아르키메데스는 손을 더럽히지 않는다

《Archimedes wa Te wo Yogosanai》

아르키메데스는 손을 더럽히지 않는다

アルキメデスは 手を汚さない

순수와 당위로 의도 없이 만들어진 미스터리

고미네 하지메 지음
민경욱 옮김

하빌리스

이 작품은 1970년대를 배경으로 하고 있으며, 당시의 시대상이 반영되어
긍정적이지 않은 성별, 신체, 직업, 국가적 차별 표현과 사상이 등장합니다.
하지만 이 작품이 처음 출간된 시점의 시대상, 저자의 의도를 고려해
수정하지 않았음을 알립니다.

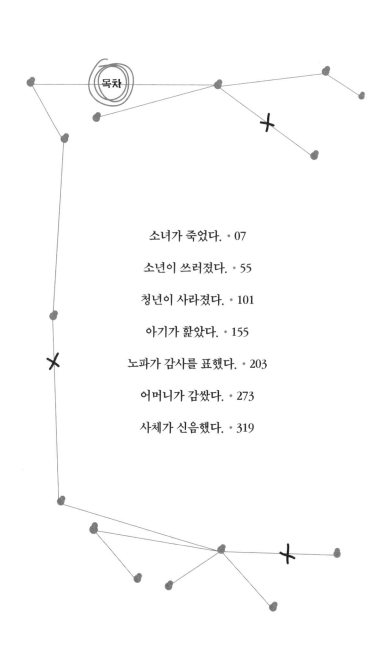

목차

소녀가 죽었다.

1

장례식은 딱 적당히 엄숙하고, 딱 적당히 성대했으며, 딱 적당히 슬펐다.

"완벽한 장례식이었어."

"요즘 이만큼 조건을 두루 갖춘 장례식은 드물지."

유서 깊은 장의사의 식장 담당 베테랑 직원들의 감상이었다.

한동안 이어진 분향 순서가 거의 끝나자, 그들은 상주가 답례로 준비한 손수건이 얼마나 줄어들었는지 슬쩍 살피며 서로 속삭였다.

"장소, 시간, 사람까지 삼박자가 다 맞았어."

장소는 오사카부 도요나카시의 고급 주택가. 독경 소리가 골목에까지 흐르는 조용한 동네였다. 때는 1972년 10월 3일. 너무 맑지도 흐리지도 않은 가을 해가 너무 덥지도 춥지도 않아 상복 입기에도 적당한 시기. 문 앞을 지켜야 하는, 수많은 상조 도우미들에게는 무엇보다 중요한 부분이다. 그런 까닭에 예상보다 길어진 독경도 그리 괴롭지 않아 장례에 어울리는 평온한 표정을 유지할 수 있었다.

고인은 도요노고등학교 2학년 학생인 시바모토 미유키, 17세. 안타깝게도 상주는 친아버지인 시바모토 겐지로, 51세. 건설 시공사인 주식회사 시바모토공무점 대표이사 겸 사장. 따라서 상조 도우미들은 세 그룹으로 나뉘었다. 미유키의 학교 관련과 겐지로의 공사(公私) 관계자, 그리고 시바모토공무점 직원들.

"어린 소녀들이 슬퍼하는 얼굴은 언제 봐도 좋아."

검은색 더블 정장 소매를 걷고 붓순나무(일본 장례식에서 영을 부르는 데 사용한다)들을 가지런히 정리하면서 장의사 직원들이 속닥거렸다.

"진심으로 슬퍼하는 사람은 저 애들뿐일지 모르지."

"처음 깨닫는 인생의 허무함일 테고."

"하지만 말이야." 도우미 한 사람이 줄 서 있는 여학생들에게 눈길을 던지며 키득대면서 말했다. "저런 여학생에게 처음으로 인생의 맛을 알게 해서 울리고 싶네."

"혹시 고인은 인생의 맛도 모르고 죽었을까?" 다른 사람이 목소리를 낮춰 말했다.

"아마, 그럴지도 모르지만, 어쩌면, 아닐 수도 있지. 요즘 열일곱은 상당해."

의미심장한 미소로 입가가 음탕하게 일그러졌다.

"근무 중인데 참 불경한 소리를 한다."

"근무 중에 그런 건 미안. 하지만 여학생이란 모든 장의사에게 최고의 조문객이지. 적당히 슬프고 또 적당히 교태가 있어서 장례식장 분위기가 단숨에 후끈해진다니까. 노인네들은 영 아니야. 노인이 많은 장례식은 너무 어두워서 근무 의욕마저 잃고 만다니까."

줄 선 조문객들이 자세를 가다듬었다. 연극의 막이 오르기 직전의 관객석과 마찬가지로 숨죽인 술렁임이 찾아왔다.

"아, 출관이네. 바빠지겠어."

장의사 직원들은 정색하고 추모의 표정을 지은 채 조문객들을 향해 깊이 고개를 숙였다.

마이크를 통해 상주 겐지로의 낮고 중후한 목소리가 흐르기 시작했다. 슬픔 속에 일종의 노련함이 섞인 목소리였다. 침통하기보다 오히려 건설 시공사 사장 특유의 힘 있는 목소리였다.

"……젊은 나이에 병으로 세상을 떠난 미유키를 위해, 이렇게 많은 분이……"

겐지로가 '병으로'라고 말하며 목소리를 한층 높였을 때 고교생들 주위의 공기가 출렁 소리 없이 흔들렸다. '그랬던 거야……?' 얼핏 그렇게 질문하는 듯한 기척이 일었다.

그런 의문이 고교생 몇 명의 뇌리를 스쳤다. 순간 서로 시선이 마주치자 바로 고개를 떨구는, 순식간에 벌어진 소리 없는 움직임. 그것은 기척이라 부르기에도 너무 약했다. 하지만 겐지로 옆에서 손수건으로 입을 가리고 있던 아내 쇼코에게는 아주 강하게 느껴졌다. 큰 소리로 따지는 것보다 더 격렬한, 소리 없는 반문처럼 느껴졌다.

─누군가는, 아니, 어쩌면 모두가 미유키의 사인을 알고 있어…….

쇼코는 손수건을 악물었다. 가슴에는 슬픔보다 분노가 들끓고 있었다. 쇼코는 소리치고 싶었다. 숙연하게 고개를 떨구고 줄을 선 고등학생들을 향해 외치고 싶었다.

'너희 중에 있잖아! 미유키를 죽음으로 몰고 간 사람! 내 외동딸 미유키를 죽인…….'

─미유키는 침묵한 채 죽어버렸어요. 자신을 이토록 끔찍한 상황에 몰아놓고도 말짱한 얼굴로 방관한 인간의 이름조차 알리지 않고 죽었어요. 혼자만 괴로워하고 상처받고 고통받다가. 누구죠? 미유키에게 그런 짓을 해서 죽인 사람이? 나는 그 범인을 알 권리가 있어요. 그리고 복수할 권리가 있어요. 아니, 그럴 의무가 있어요. 그런데…….

쇼코는 오열을 막기 위해서라기보다 절규를 막으려고 이를 악물었다.

"조문하러 와주셔서 정말 감사합니다."

겐지로의 마지막 인사와 함께 손수건 찢어지는 소리가 이에서 귀를 통해 흘러들어왔다.

─뭐가 감사하다는 걸까요. 범인이 눈앞에 있는데. 범인은 틀림없이 당신의 우스꽝스럽고 장엄한 인사를 속으로 깔깔대며 듣고 있을 텐데. 병사라니, 병이라니. 어째서 당신은 그렇게 다른

사람들 눈만 걱정하나요? 왜 미유키의 원수를 갚으려 하지 않나요…….

쇼코는 당장이라도 쏟아져 나올 것 같은 마음속 말을 간신히 참으며 겐지로를 올려다봤다. 겐지로는 차가운 눈길로 쇼코를 응시했다.

겐지로는 공허한 눈을 부릅뜬 쇼코의 어깨를 가볍게 두드리며 말했다.

"자, 차에 타. 미유키를 배웅해야지. 미유키를 더는 아프지 않은 곳으로 보내주자고."

겐지로는 쇼코의 어깨에 올린 손에 힘을 주었다. 쇼코를 재촉하는 듯한 힘이었다. 그리고 목소리를 낮춰 말했다.

"뒤차가 기다리고 있어. 서둘러야 해. 지금은 장례식이라는 우스꽝스러운 의식을 치르는 중이야. 주인공인 우리가 슬퍼하거나 화를 내면 식이 끝나질 않아."

쇼코는 남편 손에 떠밀려 차에 탔다. 저항할 기력도 없었다. 겐지로는 미유키의 원수를 갚을 마음이 없는 걸까. 딸이 못살게 괴롭힘을 당하다 살해당한 거나 마찬가지인 비참한 일을 당했는데도 화낼 마음이 없나. 쇼코는 차창 너머로 조문객에게 고개를 숙이는 겐지로가 더러운 동물처럼 보였다.

차량 행렬이 사라지자 조문객들의 줄도 무질서하게 무너졌다. 거리낌 없이 하품하는 사람도 있었다. 의식은 끝났다. 할 도리는

다 마쳤다. 이제 끝이라 후련하다는 표정마저 보였다.

도요노고교의 학생들에게 그 변화가 가장 두드러졌다. 조금 전까지 질서정연하게 대형을 이루고 있던 분위기가 순식간에 밝아졌다.

"그 사람, 가, 가버렸네."

한 학생이 나지막하게 노래했다. 가요의 한 소절인데 아무도 무례하다고 생각하지 않았다. 그들에게는 이해할 수 없는 독경이나 조사보다 이 가사와 멜로디가 급우를 보내는 데 더 어울렸다. 가, 가버렸네, 라는 말을 되풀이하다 보니, 두 번 다시 돌아올 수 없는 급우에 대한 석별의 정이 현실로 다가왔는지 몇몇은 따라 흥얼거리기도 했다.

나이토 기쿠오도 그중 하나였다. 고교 2학년은 소년에서 청년으로 넘어가는 과도기다. 어떤 이는 아직 소년으로 규정하고 어떤 이는 벌써 청년이라 부른다. 나이토는 '아직'에 속했다. 근육이 충분히 붙지 않은 얄팍한 가슴이 정신의 미숙함을 그대로 드러냈다. 그만큼 추모하는 마음도 강했는지 그는 두세 번 그 멜로디를 되풀이했다.

"그 노래는 이미 한물갔어."

돌아보니 야규 다카야스가 특유의 하얗고 뾰족한 송곳니를 드러내며 씩 웃고 있다. 휘었다 놓으면 바로 제자리로 돌아가는 어린 대나무처럼 활력 넘치는 팔다리가 쭉 뻗어 있는 소년, 이라기보다 청년기로 한 발 내디딘 소년이었다.

"네 마음은 이해해. 너는 그녀에게 꽤 마음이 있었던 것 같으니까."

"그런 말 하지 마."

"어라. 욱하는 걸 보니 맞나 보네." 야규는 다시 송곳니를 살짝 드러내며 목소리를 낮췄다. "미유키의 병, 소문 들었어?"

질문의 형태를 취했으나 소문을 즐기겠다는 목적이 담긴 미소였다. 나이토는 민감하게 그 뜻을 알아차리고 고개를 저어 눈으로 재촉했다.

"이건 어디까지나 소문인데 중절에 실패했대."

"중절이라고, 임신?"

나이토는 절로 높아진 목소리에 놀라 자기 입을 막았다. 야규는 놀라는 그의 반응이 즐거운 듯 그를 보며 말했다.

"중절이니 당연하지. 맹장 중절이라는 소리는 들은 적 없잖아. 시바모토 집안의 정식 발표에 따르면 미유키는 맹장 수술에 실패했다더라. 요즘은 아무리 돌팔이라도 맹장 정도는 문제없이 자르지 않냐?"

"그래서?"

나이토는 의미심장한 미소를 머금은 야규의 단정하고 붉은 입술을 가증스러운 것이라도 되는 양 노려보며 말했다.

"소문의 상대가 누군데?"

"그런 짓을 한 남자? 그야 미유키만 알겠지. 그리고 걔는 이름을 대지 않고 죽었다더라. 어라, 왜 그래? 낯빛이 너무 안 좋아."

야규는 나이토의 얼굴을 들여다보며 짐짓 물었다. 경악한 상대의 심리를 즐기는 눈빛이다.

"믿을 만한 정보에 따르면, 그렇다고 내가 그 정보를 믿는다는 건 아니야. 그냥 상당히 퍼진 소문에 따르면 미유키의 상대는 동급생이래. 하지만 아무도 그 이름을 명확히 대지는 못하고 있어."

그리고 야규는 다시 입술만 움직여 씩 웃었다.

더 캐물으려는 나이토를 밀치듯 장의사 직원들이 황급히 붓순나무 더미를 안고 달려 나갔다. 화장을 마치고 유족이 화장장에서 돌아올 때까지 식장의 장식을 철거하고 깨끗하게 치워놓아야만 한다. 예약한 출장 음식 전문점 차량은 이미 출발했을 것이다. 유족과 친족이 돌아왔을 때는 향냄새가 완전히 가신 자리에 준비된 음식이 차려져 있어야 한다. 장의사의 능력이 시험받는 순간이다.

제단은 순식간에 이리저리 세분되어 한 사람이 능숙하게 종이 상자에 담으면 다른 사람이 종종걸음쳐 트럭에 상자를 실었다. 장의사의 협력 업체로 운반을 담당하는 요시노 고로쿠의 차례가 왔을 때는 모든 일이 순조롭게 이루어져 사각형 상자가 짐칸에 빼곡하게 실려 있었다.

"이 정도 급이면 일곱으로는 부족해. 아홉은 나와야 바쁘지 않지."

요시노는 조수석에 앉아 줄줄 흐르는 땀을 손바닥으로 닦으며 운전사에게 말했다.

"보라고. 가을철 오후 4시인데도 땀이 이렇게 난다니까. 우리 사장은 돈을 너무 아껴. 이렇게 일하다가는 장의사 직원인 내가 먼저 죽겠어."

"그럼 사장은 네 장례식으로 돈을 또 벌겠네."

"그렇겠네."

큰소리로 함께 웃고 있는데 장례식장 담당 주임인 오가가 달려와 조수석 창문을 두드렸다.

"영업과 전달 사항이야. 이 제단은 내일도 쓰니까 내리지 말고 그대로 차고에 넣어두라고. 알겠나?"

"오케이! 오케이. 사업 번창 축하드립니다."

"이런, 멍청이! 말조심해!"

오가는 트럭 옆을 지나가는 조문객을 신경 썼다.

"제 말이 틀리진 않죠. 이 정도 장례식이면 상주도 큰손일 테니 주임님 보너스도 한두 장은 아닐 텐데요?"

"무엇보다 건설업자는 건설 붐으로 엄청나게 벌고 있고 죄다 최고를 좋아하니까 주임님도 많이 받으실 거 아닙니까."

운전사도 덩달아 맞장구를 쳤다. 그리고 기어를 넣고 부르릉부르릉 힘껏 엔진 소리를 냈다.

"아까 학생들이 떠드는 걸 잠깐 들었는데." 운전사는 조문객을 요리조리 피해 핸들을 꺾으며 말을 걸었다. "오늘 고인 말이야, 그냥 병이 아니었다는데?"

"그래? 병에도 장어덮밥처럼 보통과 특상이 있나?"

"엉뚱한 소리 좀 하지 마. 네 나쁜 버릇이야."

"화내지 마. 그래서? 뭐였는데?"

"실은"이라며 운전사가 들은 이야기를 끝내자 요시노가 핸들을 두드리며 외쳤다.

"잠깐! 스톱!"

브레이크 소리가 울렸다.

"왜 그래? 놀랐잖아!"

"생각해 보니 나, 차고까지 갈 필요 없잖아. 어차피 짐은 짐칸에 쌓아둘 테니까. 그렇다면 나는 여기서 내려서 퇴근할래. 괜찮지?"

"그야 괜찮지만. 집까지 데려다줄까?"

"고맙긴 하지만 됐어. 들를 때가 있거든. 그럼 내일 봐."

요시노는 작업용 윗옷을 양복으로 갈아입고 조수석에서 뛰어내렸다. 트럭이 사라지는 것을 지켜본 다음 방금 차를 타고 온 길을 잰걸음으로 돌아왔다. 한동안 걸으니 삼삼오오 걷는 조문객들이 보였다. 몇 그룹을 보내고 한 사람의 어깨를 두드렸다.

"잠깐만!"

"네?"

"도요노고교 학생이지?" 놀라 돌아본 학생에게 물었다.

상당히 위압적인 목소리였다. 조금 전까지 운전사와 한심한 수다나 떨던 요시노와는 너무 달랐다. 위엄이 담긴 목소리에 가까웠다.

"시바모토 미유키 씨 장례식에서 오는 길이지?"

"네." 나이 차이에서 오는 위압감이 소년을 당혹하게 만들었다.

"오래 걸리지는 않을 거야. 잠깐 협력해줬으면 하는데. 여기서는 좀 그렇고……." 안주머니에서 검은 수첩을 꺼내며 옆길로 걸음을 옮겼다.

소년은 겁을 먹은 채 도움을 요청하는 눈빛으로 주위를 둘러봤으나 하필 친한 사람의 얼굴을 찾을 수 없었다. 다리가 자연스레 요시노의 뒤를 따라갔다. 옆길로 들어가자 다른 사람의 모습은 없었다. 요시노는 천천히, 그러나 불응할 수 없는 말투로 말을 꺼냈다.

"이름을 얘기해줄까? 나이토 기쿠오라. 기쿠오는 어떤 한자를 쓰지?"

일찌감치 저문 가을 석양이 두 사람의 긴 그림자에 떨어지고 있었다.

2

철문이 삐걱 소리를 내며 닫히자 기다렸다는 듯 점화 스위치가 켜졌다. 이글이글, 화장로에 가득한 불꽃 소리가 쇼코의 귀에 들려왔다. 미유키가 우는 소리 같았다. 죽고 싶지 않다고 소리치는 것처럼 들렸다. 그 목소리를 지우려는 듯 스님들의 독경이 시작되었다. 낮게 울리는 독경의 단조로운 리듬. 그 소리에는 울지마라, 고인을 달래는 듯한, 슬퍼하지 마라, 유족을 위로하는 듯한 울림이 있었다. 유족의 훌쩍이는 소리와 조화를 이루도록 미리 고려한 게 아닐까 하는 생각이 들 정도로 억양 없는 멜로디와 특징 없는 리듬. 독경 소리가 더 높아졌을 때 쇼코는 그 리듬을 거스르는 듯한 중얼거림을 들었다.

"미유키 복수, 꼭 할 거야."

독경을 모독하듯 원한을 가득 담은 목소리였다. 순간 흠칫 놀라 고개를 돌리니 겐지로의 입술이 귀에 닿아 있었다.

─여보…….

눈으로 질문을 던지는 쇼코에게 겐지로가 계속 속삭였다.

"화장로 안에서 미유키가 울고 있어. 복수해달라며 울고 있어."

잠꼬대처럼 말하는 겐지로의 입술은 학질 경련이라도 일어난 듯 덜덜 떨리고 있었다. 장례식 때 조금의 동요도 보이지 않았던 겐지로와는 너무나 달랐다. 쇼코는 조용히, 하지만 힘껏 겐지로의 팔을 당겼다.

"가요. 독경 같은 거 너무 한심해. 미유키도 안 들을 거야."

둘은 차에 앉아 똑바로 서로를 응시했다. 겐지로는 문득, 아무 맥락도 없이 지금 보이는 쇼코의 눈이 아름답다고 생각했다. 눈물로 얼룩진 눈은 조금 전까지는 공허했고 빛이 없었다. 의지를 잃은 눈이었다. 하지만 지금 쇼코의 눈에는 한 점을 응시하는 반짝임이 있었다.

─아름다운 눈이다. 이 사람은 위기를 맞은 순간이면 이런 눈이 되지…….

겐지로는 자신 역시 같은 눈임을 모른 채 한참 쇼코의 눈을 응시했다.

"당신, 조금 전 얘기, 진짜죠?"

쇼코는 차분함을 되찾은 목소리로 물었다.

"미유키가 위독했을 때부터 결심했어. 미유키와 당신을 위해서, 그리고 나를 위해서라도 범인을 찾아내 복수하는 게 내 의무야."

겐지로는 쇼코의 눈을 응시하면서 한마디 한마디씩 확인하듯 힘주어 말했다.

"미안해요. 나, 당신을 오해했어요."

"오해? 아, 당신은 장례식 때 내 태도가 불만이었겠지. 그러나

나로서는 그럴 수밖에 없었어. 무엇보다 미유키의 사인을 절대 친척에게 알려선 안 되었으니까. 비웃음만 당할 뿐이지. 내 친척은 물론 당신 친척도 못 믿어. 돈을 빌리러 오는 주제에 갚을 생각은 안 해. 게다가 전혀 고마워하지도 않지. 그러니 정이 안 가. 이놈 저놈 할 것 없이 다른 이의 불행을 즐길 뿐이지. 지인 중에 자기보다 불행한 사람이 있다는 것만으로 우월감을 느끼는 놈들이야. 그런 녀석들에게 미유키의 사인을 알려 봐. 일찌감치 너절한 호기심을 점잖은 가면에 숨기고 위로와 회한의 말을 건네러 오겠지. 그리고 완벽하게 낙담한 우리 모습을 확인하고 입에 발린 소리를 늘어놓고는 좋아하며 돌아가겠지. 하물며 복수하겠다는 말을 꺼내면 아주 난리가 날 거야. 미유키의 복수를 할 수 있다면 재산도 일도 다 내던질 각오가 되어 있어. 놈들이 그 사실을 알면 필사적으로 말릴 거야. 녀석들이 노리는 것은 내 재산이야. 그런데 복수에 그 돈을 탕진한다는 사실을 알면 가만 있지 않겠지. 그러니 놈들에게 본심을 들켜선 안 돼. 약한 소리를 해서도 안 돼. 한 발자국이라도 다가오게 해서는 안 된다고.”

쇼코에게 이야기한다기보다 자신을 북돋고 설득하기 위해 겐지로는 천천히 이야기를 이어갔다.

“직원들에게도 말해선 안 돼.”

그들을 동요시켜서는 안 된다. 그들 가족을 포함해 3백 명이 자기들의 생활을 시바모토공무원의 사장인 겐지로에게 맡기고 있다. 그런 사장이 모든 것을 내던지겠다고 하면 가만히 있을 리 없다. 그들은 '일할 권리'를 내세워 겐지로를 압박할 것이다. 겐지로는 그 상황에서 그들이 할 말까지 상상할 수 있었다. 사적인 정에 이끌려 노동자의 권리를 짓밟지 마라…….

그들에게 미유키의 사인을 밝히고 동정과 이해를 구하면 어떨까? 겐지로는 즉시 그 선택지를 지웠다. 그들의 대답을 상상하기는 어렵지 않았다. 타락한 자본가의 딸이 문란하게 행동하다 맞은 결과를 노동자에게 전가하지 마라. 그들은 그런 내용을 플래카드에 크게 써서 미유키를 모독할 것이다.

"쇼코."

겐지로는 무릎에 올려진 아내의 손을 잡았다. 쇼코는 흠칫 놀라며 반사적으로 손을 빼려 했다. 벌건 대낮에 손을 잡는 일은 삼십 년간의 부부 생활 중 없던 일이었다. 낮 동안의 남편은 그저 일하기 위해 사는 계산 빠른 남자였다. 결혼 후 남편은 잠자리에서조차 달콤한 말을 한 적 없다. 그런 겐지로가 차 안이라고는 해도 쇼코에게 이토록 가깝게 다가온 것은 처음이었다.

"쇼코. 이 일은 우리 둘이 해야 해. 미유키에게 중절하라고 한 사람은 우리이고 수술에 실패한 것은 의사야. 의사의 말처럼 미유키의 심신이 그 부담을 견디지 못했을 수도 있어. 그 일을 놓고 우리는 아무도 탓할 수 없어. 미유키를 임신시킨 남자. 그놈이 누군지 우린 몰라. 안다 해도 그 사실만으로 우리가 그 남자를 탓할 수는 없어."

쇼코는 자기 손 위에 있는 겐지로의 손을 끔찍한 것이라도 되는 양 뿌리쳤다. 기대와 너무 동떨어진 말에 반사적으로 반응한 것이었다.

"그래요? 미유키는 아직 어린애였어요. 고등학생이라고요. 그런 미유키가 임신이라니, 그런 남자를 우리가 탓하지도 못한다니……."

"그 자체는 탓할 수 없어. 미유키는 우리에게 강간당했다고 말하지 않았잖아. 우리가 알아차릴 때까지 임신 사실을 알리지 않았어. 우리가 알고 나서도 상대를 밝히지 않았고, 우리가 그 남자를 탓할까 봐 걱정한 거야. 그것은 곧 미유키가 '그'를 받아들였다는 거지. 그 남자를 용서한 거라고. 미유키가 그렇게 한 이상 우리는 그 남자를 탓할 수 없지 않을까?"

"그런 논리는 받아들일 수 없어요. 미유키는 그 남자 때문에 죽었어요. 아뇨, 살해당했어요. 그래도 그 남자에게 책임이 없다는 말이에요?"

"잠깐!" 겐지로는 계속 주장을 펼치려는 아내의 말을 막았다. 독경을 끝낸 스님을 앞세워 조문객이 돌아오는 게 보였다. 여기저기서 담배를 피우고 있던 운전사들이 저마다 차로 돌아와 시동 거는 소리가 주위 공기를 한바탕 흔들었다.

"당신은 받아들일 수 없다고 했지?"

차가 달리기 시작하자 겐지로가 목소리를 낮춰 말했다.

"실은 나도 마찬가지야. 논리야 어떻든 받아들일 수 있겠어? 가령 미유키가 그 남자를 용서했다 해도 나는 절대 용서할 수 없어. 법률이 그 남자를 벌하지 않는다면 그 열 배의 고통을 맛보게 할 거야. 이 손으로 복수할 거야. 그게 죽은 미유키에게 아버지가 할 수 있는 최고의 공양일 테니까."

쇼코는 조용히 손을 뻗어 겐지로의 손을 꼭 잡았다. 그것으로도 모자라 두 손바닥으로 감싸 쥐고 그 손을 애틋하게 자기 품으로 가져와 그 위에 눈물을 흘렸다. 지금처럼 남편과 마음이 통한 적은 없었던 것 같았다.

그 감개도 오래 이어지지 못했다. 집으로 돌아와 회식이 시작되자 술이 돌면서 자리가 떠들썩해졌다.

"아직 젊으니까 노력해서 아이를 낳아야지. 그게 미유키에 대한 추모지."

그 정도 얘기는 그래도 웃고 넘길 수 있었다.

"꽤 벌었을 텐데 후계자가 없어져서 어째?"

이야기가 마침 건설 붐으로 옮겨가자 들으라는 듯 이런 밉살스러운 얘기를 수군거렸다. 겐지로의 관자놀이에 새파란 힘줄이 튀어나왔다.

"여보." 박차고 일어나려는 겐지로를 쇼코가 나지막하게 불러 세웠다. "이상한 사람이 만나고 싶다며 왔는데……."

"이상한 사람? 누군데?"

"모르는 사람이에요. 이름을 물어도 대답하질 않아요. 이름을 대봤자 모를 테니까 말하나 마나 마찬가지라며 싱글대기만 해요."

"지금 너무 바쁘다고 거절해."

"벌써 그렇게 말했는데."

"버텨?"

"네. 그 바쁜 일로 할 얘기가 있다고."

"뭐라고? 그러면 미유키 일이라고?"

"그런 것 같아요. 나, 너무 기분 나빠요……."

"알았어. 내가 만나지. 당신은 여기서 손님과 있어. 아직 더 마실 것 같으니까. 그리고 무슨 소리를 듣더라도 화내거나 속상해하지 말고."

그렇게 말하고 현관으로 나오자 지저분한 양복 차림의 남자가 서 있었다. 재킷은 간신히 형태를 유지하고 있었으나 구두와 셔츠는 완전히 너저분했다. 스물다섯이나 여섯일까. 이 녀석이라면 악당이라도 양아치에 불과할 것이다. 겐지로는 재빨리 셈하고 위협적인 태도로 말했다.

"내가 시바모토 겐지로네. 자네는 누군가?"

"사장님이시군요. 갑자기 찾아뵙게 되어 죄송합니다."

남자는 매우 공손하면서도 비굴한 목소리를 내고 눈을 치켜떠 겐지로의 무릎에서 가슴으로 시선을 옮겼다. 시선이 도착한 곳에 겐지로의 의혹과 분노의 눈빛이 있었는데 남자는 꿈쩍도 하지 않고 그 눈을 가만히 응시했다.

공갈범의 눈이구나. 겐지로는 순식간에 판단했다. 그것도 상당히 능숙한 놈이다. 그런 느낌이 들자 겐지로는 오히려 차분해졌다. 아직도 전근대적인 구습이 남아 있는 건설업계에서는 다소의 폭력 사태나 공갈 비슷한 일들이 다반사로 일어난다. 그런 사소한 일에 일일이 마음을 쓰다가는 중소 토건업자는 살아남을 수 없다. 게다가 패전 직후 불타버린 허허벌판에서 작업복 하나 주워 입고 몸뚱이 하나로 밑바닥 목수에서 시작한 겐지로다. 여기까지 오면서 얼마나 많은 위험을 겪었고 생사를 오간 적은 또 몇 번인가. 그것을 생각하면 저런 양아치 한둘쯤은 문제도 아니다.

"인사는 됐고. 이름이나 말할까?" 겐지로가 물었다.

남자는 잠자코 고개를 저었다.

"이름 없는 아무개라. 이야기가 제대로 되겠나? 그만 돌아가지."

남자가 설핏 웃었다. 이 상황이 가부키라면, 여기서 돌아가라면 가겠으나 오히려 당신에게 도움이 안 될 거라며 흰자위를 보일 것이다. 남자는 그 흰자위와 같은 효과를 비웃음으로 연출했다. 초짜 공갈범이 아니라는 관록을 보여주고 있다.

"보는 대로 지금 문상객을 받는 중이야. 다시 오겠나?"

겐지로는 말하고 나서 아차 싶었다. 다시 오라는 말은 상대에게 또 찾아올 구실을 주는 것이다. 상대의 존재를 인정한다는 소리다. 예상대로 남자는 흥 하고 입술 끝을 일그러뜨리며 웃었다. 자신의 우위를 확인했다는 태도다.

"상을 치르는 중에 죄송한데 따님, 분명 미유키 씨죠? 미유키 씨가 마음에 걸려 찾아뵌 것이라. 이대로는 미유키 씨도 편히 눈을 감을 수 없겠습니다. 정말 너무하죠. 그렇게 사랑스러운 아가씨가 그렇게 죽다니."

남자는 일부러 혼잣말처럼 말했다. 그런 주제에 서서히 목소리를 높였다. 아주 능숙한 공갈범의 연기다. 안에서 귀를 쫑긋 세우고 있을 사람들을 의식하고 또 그들에게 들릴까 두려워하는 겐지로의 약점을 파고든 대사였다.

"이름 없는 아무개 씨."

겐지로는 감정을 드러내지 않고 손을 들어 그의 말을 제지했다. 약점을 보여서는 안 된다고 계속 강하게만 밀고 나가다가는 오히려 큰일 난다. 공갈범을 다루는 방법을 전혀 모르는 바는 아니다.

"얘기가 길어질 것 같군. 이쪽으로 들어오겠나?"

응접실에 마주 앉자 나이 차이에서 오는 관록이 모든 것을 말해주었다. 겐지로는 자신의 페이스로 상대를 끌어들였다.

"미유키의 죽음이 어땠다고 했지? 미유키는 맹장 수술 실패로 죽었는데 그게 뭐 잘못됐나?"

"속이려 해도 소문은 벌써 났어요."

"그래? 소문이?"

"따님은 임신했었죠?"

"임신? 미유키가? 그 참 몹쓸 농담이군."

"쳇, 얼버무리려 해도 소용없어요. 증인도 있으니까."

"증인? 그럼 나도 좀 묻겠네, 아무개 씨. 미유키가 임신했다고
치세. 그 상대는 누굴까? 그 녀석의 이름을 알려주겠나?"

남자는 순간 말문이 막혔으나 흥 코웃음을 치고 말했다.

"그건 말 못 하죠."

"이놈이!"

겐지로는 우렁차게 호통쳤다. 여기가 승부처이기에 기합을 잔
뜩 넣었다. 건축 현장에 와서 난동을 부리는 남자를 제압할 때의
날 선 목소리가 되살아났다.

"공갈을 치려거든 제대로 준비라도 하고 와. 가장 중요한 남자
이름을 대지 못한다고? 웃기고 있네. 여자 혼자 임신하나? 괜한
시비를 붙겠다면 우리도 험한 사람쯤 없지도 않아. 다치고 싶지
않으면 어서 돌아가."

남자는 독기가 쏙 빠진 듯 놀란 눈으로 겐지로를 바라봤다. 하
지만 곧 태세를 바꿨다.

"돌아가라면 그러죠. 하지만 괜찮으시겠어요? 시바모토공무점

의 사장 딸이 아버지도 없는 아이를 갖고 미쳐 죽었다는 사실을 세상이 알아도?"

"맘대로 하게." 겐지로는 다시 평정심을 찾은 목소리로 말했다. "너 같은 더러운 개들이 아무리 짖어도 세상은 상대해주지 않아."

"시바모토공무점의 간판에 먹칠이 될 텐데."

"너무 시끄럽게 짖어대면 들개 사냥꾼인 경찰에게 넘겨야지."

둘은 한동안 침묵했다. 남자는 겐지로의 표정을 살피면서 강하게 밀고 나갈 것인지 빠질 것인지를 망설였다. 겐지로는 상대의 망설임을 읽은 덕분에 다음 처리가 쉬워졌다. 천천히 담배에 불을 붙이고 경멸을 가득 담아 불렀다.

"아무개 씨. 그런 엉터리 이야기로는 용돈도 못 벌어."

"엉터리가 아니야. 제대로 된 증인이……"

"계속할 건가? 그럼 미유키의 상대는 누군가?"

"그건 아직 몰라. 아까 온 도요노고교 학생도 몰랐다고."

겐지로의 눈이 순간 번뜩였다. 안주머니에서 지갑을 꺼내 만 엔짜리를 휙 남자에게 던졌다.

"아무개. 넣어둬."

남자는 만 엔짜리와 겐지로의 얼굴을 번갈아 바라보기만 할 뿐 바로 손을 뻗지 못했다.

"우물쭈물하지 말고 주워. 다만 말해두겠는데 이 돈은 협박의 입막음으로 주는 돈이 아니야. 조사비 선금이지."

"에? 조사비?"

돈을 든 남자의 눈에 비굴함이 깃들었다.

"어떤 조사요?"

말투도 한없이 약해졌다.

"도요노고교 학생이 뭐라고 했다고 했지? 미유키의 몸은 온전했어. 그러나 도요노고교에 그런 소문이 돈다면 미유키의 명예를 위해서라도 가만 있을 수는 없지. 그런 엉터리 소문을 흘린 놈을 용서할 순 없어."

"당연히 그렇죠."

"그러니까 그 소문을 조사해. 어디 어떤 놈이 미유키가 임신했다고 떠들고 다니는지 조사하라고."

"그럼 역시 미유키, 아니, 따님은 애를…… 아니 임신……"

"멍청한 녀석. 무슨 임신이야! 미유키의 몸은 온전했다고 하지 않았나!"

"아뇨. 그건 아는데……. 그러면 아, 그러니까 상대 남자는 없다는 소린데. 그러니까……"

"한심하군. 그렇게 안 돌아가는 머리로 용케 공갈칠 생각은 했네. 잘 들어. 미유키는 임신하지 않았어. 그런데 미유키가 임신했다고 떠드는 놈이 있어. 아무래도 그놈은 도요노고교 학생 같아. 그 녀석을 알아 오라고. 그게 네 임무야. 알겠나?"

"아! 뭐. 네."

"알았으면 당장 시작해. 알아 오면 오만 엔이다."

"지금 만 엔과는 별도로?"

"욕심부릴 때는 머리가 잘 도네. 그래. 다시 오만 엔이야. 서둘러."

"알겠습니다." 남자는 일어나 고개를 깊이 숙였다.

"무례를 범했습니다. 사과의 예로 최선을 다해 조사하겠습니다. 늦었지만 제 이름은……"

요시노 고로쿠라고 말하려는데 겐지로는 성가시다는 듯 손을 흔들었다.

"네 이름이 뭐든 상관없어. 아무개로 충분해. 얼른 돌아가."

3

장례식으로부터 이틀이 지난 5일 오후, 시바모토 겐지로는 차로 도요노고교에 갔다. 교장을 만나 장례식 참석 감사 인사를 건넨 후 미유키의 담임 후지타 마사유키와 마주 앉았다. 국어과 주임이며 일본 전통 시 단카를 잘 짓는 온화한 인품 그대로 후지타는 "이번 일은"이라며 말을 꺼내다가 입을 다물었다. 겐지로는 그런 태도가 유창하게 조사를 늘어놓는 것보다 마음에 들었다. 이 남자라면 마음을 알아줄 것만 같았다.

주저 없이 미유키의 임신, 중절에 따른 사망 사실을 털어놓았다. 후지타는 고통을 참듯 미간을 찌푸렸으나 겐지로의 예상과 달리 놀라워하지는 않았다.

"역시, 그랬던 건가요?"

"역시? 역시라고 하셨는데 그럼 선생님은 미유키의 임신을 아셨습니까?"

겐지로는 그렇다면 용서할 수 없어 목소리를 높였다. 부부가 미유키의 임신을 알았을 때의 경악과 비통함. 굳게 입을 다물고 그저 눈물만 흘리는 미유키를 둘러싸고 어떻게든 사태를 만회하려고 몸부림쳤던 날들. 그 고통을, 그리고 미유키의 임신 사실을 알면서도 방관했다면 후지타는 용서할 수 없다. 움켜쥔 주먹에 흥건하게 땀이 뱄다.

"알았던 건 아닙니다. 다만, 그런 소문이⋯⋯. 그렇습니다. 9월 초, 미유키가 결석했을 때부터 누군지는 모르겠으나 그런 소문이 흐르기 시작했습니다."

"그럴 리 없습니다."

겐지로의 목소리가 더 높아졌다.

"그런 일이 있을 수 있나요? 부모인 저도 9월 말이나 돼서야 알았습니다. 본인인 미유키조차 9월의 학기 초에는 몸의 이상을 알아차리지 못해 등교했습니다. 알자마자 바로 누워 지냈고요. 그 후로는 한 번도 등교하지 않았습니다. 그런데 어떻게 그런 정확한 소문이 납니까? 근거 없는 소문이라면 모르죠. 하지만 그 소문은 정확합니다. 너무 정확한 게 문제죠."

후지타는 한동안 눈을 감고 생각에 잠겼다가 툭 내뱉었다.

"믿을 수 없네요. 너무 끔찍하네요."

"맞습니다. 끔찍합니다. 소문을 흘린 놈은 그 사실을 알고 있었습니다. 미유키보다 먼저 미유키의 임신을, 적어도 임신이리라는 것을 알았습니다."

"그 말씀은……"

"그렇습니다. 그놈이 미유키의 상대입니다. 그놈은 미유키의 몸에 돌이킬 수 없는 낙인을 찍고는 그 낙인을 비웃었습니다. 참혹합니다. 여자에게 그보다 더 참혹한 일이 있을까요?"

후지타는 잠자코 고개를 떨궜다.

"자신이라고 밝히고 나섰다면 나름 이해했을 겁니다. 미유키도 얼마나 안도했을까요. 그런데 이게 뭡니까? 미유키는 그것 때문에 죽었는데 그놈은 난 모른다는 얼굴로 지내겠죠. 그게 남자, 아니, 사람입니까!"

시바모토는 마치 후지타가 그 장본인이라도 되는 양 노려봤다. 후지타는 묵묵히 고개만 숙이고 있었다.

"실례했습니다. 괜히 흥분해서……."

시바모토는 마음을 다잡고 억양을 누그러뜨렸다.

"아닙니다. 그건 괜찮습니다…… 좀 실례되는 질문을 해도 될까요? 문제를 정리하고 싶은데요."

후지타는 가라앉은 목소리로 물었다. 시바모토는 말없이 고개를 끄덕였다.

"미유키는 왜 상대의 이름을 밝히지 않았나요?"

"그게…… 그게 실은 저도 잘 모르겠습니다. 절대 상대에게 나쁜 짓을 하지 않겠다고 입이 닳도록 말했는데도 완강히 버텼습니다."

"이유는 세 가지로 추측할 수 있겠습니다. 우선 상대를 감쌀 경우. 다음은 말할 수 없는 불륜 상대. 예를 들면 근친상간이나……. 화내지 말아 주세요. 미유키가 그랬다는 게 아니니까. 그리고 세 번째는 실제로 상대를 모르거나 알 수 없는 경우. 일테면 숙면 중 의식 없는 상태에서 당했거나, 짧은 기간에 여럿을 상대했거나……"

"당연히 상대를 감싼 거겠죠."

시바모토는 후지타의 말을 잘랐다. 아니 무슨 새삼 분석 같은 시늉을 하고 있나. 다른 사람 일이라고 다 아는 것처럼 말하지 말라고! 이렇게 항의하는 듯한 말투였다.

"왜 그렇게 단정하시죠?"

"어쨌든 상대는 같은 학교 학생 아닙니까? 이런 일이 밝혀지면 남자는 처분을 받는다. 아니, 가령 학교 측이 문제 삼지 않고 조용히 덮고 넘어가려 해도 제가 가만히 있질 않을 것이다. 이렇게 미유키는 착각했어요. 그렇게 착한 아이예요. 미유키는."

"어쩌면 미유키는, 그렇게 생각했을지 모르죠." 후지타는 일단 수긍하고 이야기를 이어 나갔다. "그런데 상대가 우리 학교 학생이라고 말씀하시는 이유는?"

"아무래도 선생님 말씀이 영 마음에 걸리네요. 학교의 명예나 책임 회피를 고려해 미유키 문제를 부차적으로 생각하는 것 같아서요."

"그렇지 않습니다."

후지타는 "이번 일에서"라며 목소리에 힘을 주었다.

"미유키를 괴롭힌 남자가 본교 학생이라면 더욱 그 남자를 용서할 수 없습니다. 사실 미유키가 임신했다는 이야기를 들었을 때 그 상대가 우리 학교 학생이리라고는 상상도 못 했습니다. 그러나 임신이 분명해지기 전에 그 소문이 본교에 흘렀다면 지적하신 대로 그 남자가 본교 학생일 가능성이 크죠. 그러므로 달리 짚이는 부분이 있으신가 싶어 질문한 겁니다."

"제가 실언했군요."

겐지로는 고개를 숙였다. 돌아가는 것처럼 보여도 후지타처럼 하나씩 확인하는 게 그 남자를 밝히는 확실한 길임을 이해했다.

"그런데 미유키가 수술받을 때 몇 개월이었나요?"

"의사 말로는 2개월이라고 했습니다."

"그렇다면 8월 초군요. 여름방학 중이었네요."

그러니까 학교 책임은 없단 말인가. 다시 시바모토의 표정이 굳었다. 후지타는 조용히 질문을 이어 나갔다.

"그때 미유키는 집에 있었나요? 아니면 다른 곳에?"

"마침 그때 미유키는 비와코 호수로 3박 4일 물놀이를 갔습니다. 그러나 그때는 분명 아닙니다. 미유키는 건강하고 밝은 표정으로 돌아왔으니까요. 게다가 임신을 알고 저와 아내가 끈질기게 그 나흘간을 물었는데 의심스러운 점은 없었습니다."

"정확히 며칠부터 며칠까지였나요?"

"8월 1일부터 4일까지였습니다."

"비와코, 어디?"

"마이애미입니다."

"동행자는?"

"같은 학년 여학생 넷과 갔습니다."

정말 집요하네. 겐지로는 대놓고 부루퉁하게 대답했다. 보기보다 이 교사는 끈질긴 성격인 듯해 불쾌하기까지 했다.

비와코 대교에서 동북 방면으로 5킬로미터쯤에 있는, 미국식 이름을 딴 이 수욕장은 젊은이들의 여름 메카로 유명했다. 그만큼 겐지로와 쇼코는 신중했다. 동행자의 집까지 전화해 확인했고 캠프를 원했으나 민박으로 바뀠다. 노숙이나 다름없는 텐트는 침입자를 막을 수 없다. 민박이라면 집주인의 눈도 있다.

"민박도 한 팀만 받는 작은 집을 골랐습니다. 그러니까……"

사고가 일어날 일은 없다고 겐지로는 강하게 말했다. 후지타는 잠자코 고개를 끄덕였으나 석연치 않은 얼굴이었다.

석연치 않은 것은 겐지로도 마찬가지였다. 겐지로도 미유키가 저지른 잘못의 원인을 찾으려고 후지타와 마주 앉아 있는 것이다. 그런 자신이 안달을 내며 미유키에게 잘못이 없음을 주장하고 있으니 자가당착이 아닐 수 없음을 깨닫고 쓸쓸하게 웃었다.

"오늘 이렇게 찾아뵌 것은 실은 부탁이 있어섭니다."

몸을 내밀고 목소리를 낮췄다.

"모레 7일, 미유키의 삼우제를 치릅니다. 일반 조문객과 따로 미유키와 친한 학생들을 초대하고 싶습니다. 미유키와의 추억을 듣고 싶어서요."

후지타는 말없이 겐지로를 응시했다. 어두운 얼굴이었다.

"아시겠죠? 이렇게 된 이상 분명히 말하겠습니다. 저는 미유키를 죽인 상대를, 그때 알아내 폭로하고 싶습니다. 이야기하다 보면 틀림없이 뭔가 단서가 잡힐 겁니다. 그러니까 친했다기보다 선악을 불문하고 미유키와 관계가 깊었던 사람들을 모으고 싶습니다. 그 인선은 제가 할 수 없으니 선생님에게 부탁할 수밖에 없습니다."

겐지로는 깊이 고개를 숙였다. 응낙할 때까지 고개를 들지 않겠다는 각오가 가늘게 떨리는 어깨에 드러나 있었다. 마침내 후지타가 신음하듯 말했다.

"아버님은 지금 제게 학생 가운데 피의자를 골라달라는 말씀이신가요?"

겐지로는 더 깊이 고개를 숙였다.

"그건 교사인 제게 자살 행위를 강요하는 겁니다. 너무하시는군요."

"하지만" 겐지로는 고개를 숙인 채 말했다. "미유키도 선생님 제자였습니다. 그 미유키가 살해됐어요. 선생님 도움 없이는 미유키의 영혼은 편안히 떠날 수 없습니다."

후지타는 애달픈 마음으로 고개를 절레절레 흔들었다.

"한 가지 조건이 있습니다. 학생들을 피의자로 취급하지 말아주시길 바랍니다. 미유키와 친했고 미유키의 평소 생활을 비교적 잘 아는 친구들로서 대화하시겠다고 약속해주십시오. 저도 그런 의미로 몇 사람을 고르겠습니다."

겐지로는 크게 고개를 끄덕이고 고개를 들었다.

"그리고 하나 더. 미유키와 함께 비와코에 간 세 여학생도 부르겠습니다. 저도 미유키를 괴롭힌 남자가 학생 중에 있다는 사실을 믿고 싶지 않습니다. 비와코에서의 4일을 자세히 묻고 싶습니다."

"알겠습니다."

시바모토는 작지만 힘차게 고개를 끄덕였다.

"그리고 이 말씀은 새삼 드릴 필요도 없겠지만" 후지타는 못을 박듯 덧붙였다. "학생들은 민감합니다. 단어 사용에 부디 조심해 주십시오. 자신들이 의심받는다는 사실을 알아차리면 성을 내며 어린애처럼 입을 다물 겁니다. 그뿐만 아니라 그 사실을 아는 순간 더는 저를 교사로 인정하지 않을 겁니다."

4

정오가 지나 독경에서 해방된 도요노고교 학생들은 지긋지긋한 심정으로 서로의 얼굴을 쳐다봤다. 젊은 육체로 오랫동안 무릎을 꿇고 있자니 너무 우울했다. 미유키를 추모하는 마음이 방해받을 정도는 아니었으나 육체적 고통임은 분명했다. 이해할 수 없는 독경은 졸음을 몰고 왔고 조문객들의 엄숙한 행동거지는 실에 매달려 조종되는 인형처럼 너무나 공허해 우습기까지 했다.

그러므로 별실에 자기들끼리만 음식 앞에 앉았을 때는 드디어 인간미가 도는 것 같아 살 것 같았다. 한 자리에 후지타 마사유키가 함께 있는 게 조금 숨 막혔으나 교사 가운데 '그럭저럭 학생을 이해하는 부류'로 평가되는 사람이라 거슬리지는 않았다.

"오늘 미유키의 삼우제를 위해 일부러……."

겐지로는 양손을 바닥에 대고 정중하게 인사했으나 학생들은 또 이상한 의식이 시작되었나 싶어 어리둥절한 표정을 지었다. 원래는 인사말과 식사(式辭)의 표본 같은 겐지로의 인사에 주빈부터 판에 박힌 듯한 답변을 건네면 일단 자리는 물 흐르듯 진행될 것이다. 연회를 운영하는 데 있어서 토목업자를 상대하는 선술집부터 공무원이나 은행원을 상대하는 고급 요정까지 뭐든 잘 해낸다고 자부하는 겐지로도 지금의 싸늘한 분위기에는 도무지 어떻게 반응해야 할지 알 수 없었다. 도움을 청하듯 후지타 쪽으로 눈길을 옮기자 알았다는 듯 고개를 끄덕이고 말을 시작했다.

"미유키의 아버님이시다. 처음 뵙는 사람도 있을 테니까 끝에서부터 자기소개해라. 학년, 이름, 미유키와의 관계를 순서대로 간략하게 말씀드리렴."

특이한 삼우제가 되겠구나. 겐지로가 당황할 틈도 없이 이야기가 시작되었다.

"2학년 1반, 하야마 히로유키. 시바모토와는 탁구부 활동을 함께 했습니다."

오른쪽 끝, 몸집이 작고 민첩해 보이는 소년이 냉큼 고개를 숙였다. 반사적으로 겐지로도 예를 갖추려 했는데 그럴 여유도 없이 커다란 목소리가 이어졌다.

"2학년 2반, 미네 다카시. 중학교부터 쭉 동창이었습니다."

둥근 얼굴에 장신. 어깨까지 기른 장발이라 겐지로의 마음에는 들지 않았으나 다정하게 답변을 건넸다.

"오랜 친구였구나."

그러자 미네는 당황한 얼굴로 겐지로를 보고 조그맣게 중얼거렸다.

"딱히 좋아했던 건 아니에요."

여학생들이 서로의 어깨를 툭툭 치며 키득키득 웃었다. 겐지로는 어이가 없었다. 요즘 애들은 정말! 이어서 바로 또 목소리가 들렸다.

"저도 같습니다. 나이토 기쿠오. 같은 반이고 옆자리에 앉았습니다."

"그리고 미유키를 좀 좋아했죠." 미네가 바로 끼어들었다.

"하하하!" 동시에 하야마가 거침없이 웃었다.

"그만해!"

옆구리를 찌르는 나이토를 보며 겐지로는 내심 요주의인물로 점찍었다.

"2학년 2반. 아라키 유키오. 저랑은 그냥 잘 맞아서……."

하얀 피부에 아직 통통하고 발간 뺨, 웃는 눈을 지닌 소년이었다. 미유키와 나란히 있으면 닮았겠구나. 겐지로는 문득 그런 생각이 들었다.

"여학생 셋은 이미 아시죠? 미유키와 비와코에 함께 놀러 간

학생들입니다. 오른쪽부터 엔메이 미유키, 마에카와 가요코, 미야자키 레이코입니다."

후지타의 소개가 끝나자 다시 정적이 찾아왔다. 다들 입을 다물어서는 겐지로의 목적을 달성할 수 없다.

"자, 자. 편안히, 편안히 즐겨요." 애써 미소를 지으며 밝은 목소리로 말했다. 학생들은 꿈쩍도 하지 않았다. 정말 귀여운 구석이 없네. 겐지로는 불만스러웠다.

"자. 이제 무릎은 그만 꿇어라. 편안히 앉아 식사하렴."

후지타의 호령에 학생들은 무릎을 풀고 대놓고 얼굴을 찡그리며 다리를 문질렀다. 그렇구나. 편안히 있으라고 한다고 그대로 되는 게 아니구나. 아마 미유키도 마찬가지였으리라. 세대 차이는 어렵게 생각할 게 아니라 대화가 통하지 않는다는 단순한 이유에서 오는 것임을 새삼 깨달았다. 그렇게 생각하니 편안해졌다. 그들과의 사이에 쌓인 담을 허물려면 솔직한 게 최고겠다. 원하는 바를 솔직하게 말하면 되는 것이다. 완곡하게 표현한다거나 자극하지 않으려고 배려해서는 안 된다. 배려의 말로 꾸미는 것은 스스로 단절이라는 덫을 놓는 것임을 새삼 깨달았다.

"자, 어서 먹어요. 우선 한잔하자고 하고 싶지만, 선생님 앞이라 그건 안 되겠지? 오늘은 미안하지만, 술은 선생님과 나만 할게."

근무 중이라고 거절하는 후지타에게 끝자리의 하야마가 목소리를 높였다.

"신경 쓰지 말고 드세요!"

"이 녀석, 네가 신경 쓰지 말라니, 그게 말이 되니?"

웃음이 일고 자리의 긴장이 훌쩍 사라졌다. 이 상태라면 이야기를 끌어낼 수 있겠다.

"자, 학생들의 허락도 떨어졌으니 어서." 겐지로는 밝은 목소리로 후지타에게 권했다.

배가 부르면 입은 헤퍼진다. 겐지로는 타이밍을 재다가 엔메이 일행에게 말을 걸었다.

"너희들과 비와코에 간 게 미유키의 마지막 즐거움이었구나."

"맞아요. 평생의 추억이 될 거예요."

셋은 얼굴을 마주 보며 고개를 끄덕였다.

"너희들은 늘 같이 다니니?"

후지타가 절묘하게 말을 얹었다.

"분명 비와코에서도 넷이 꼭 붙어 다니면서 신나게 놀았겠구나. 낮이나 밤이나."

"꼭 붙어 다니다니, 그런 말 싫어요. 하지만 그러고 보니 하나라도 빠지면 영 이상해요. 괜히 불안하지 않아?"

"지금도 그래. 봐, 늘 정해진 자리에 앉았는데 거기에 누가 없으면 영 마음이 걸려. 일테면 현관의 구둣주걱이 늘 오른쪽에 있는데 왼쪽으로 옮겨지면 아주 불편한 것 같은. 맞아! 미유키는 옆에 있으면 좀 성가신데, 없으면 중요한 게 빠진 것처럼 느껴진다고."

"맞아. 그래서, 맞다! 비와코에서 이틀째 오후, 영 재미없었잖아. 미유키가 빠져서 그랬잖아." 미야자키 레이코가 불만스럽게 말했다.

"빠져? 미유키가 어디 갔어?" 후지타는 눈을 번뜩이며 자연스럽게 물었다.

"그게 아니에요. 걔, 조금 몸이 안 좋았어요. 도착한 날 우리 너무 흥분해서 무리했거든요. 어두워질 때까지 수영하고 밤에는 트럼프에 노래까지. 새벽에야 잤어요. 그런데 가요코가 아침 9시부터 덥다면서 수영하자고 막 깨웠거든요. 점심을 먹고 나니 미유키는 완전히 녹초가 됐죠. 비와코 대교는 안 보겠다고. 나, 말했어요. 그건 너무하다고."

"너무해? 왜?"

"그야 모터보트로 비와코 대교를 한 바퀴 돌자며 예약한 사람이 미유키였으니까요. 그런데 자기만 빠지겠다니까."

"몸이 안 좋으니까 어쩔 수 없었잖아." 엔메이가 새삼스레 따지지 말라는 투로 말했다.

"그렇지도 않아. 그냥 졸렸던 거야. 보라고. 우리가 돌아왔을 때 미유키, 여름 담요를 덮고 쿨쿨 자고 있었잖아. 그렇게 피곤해할 줄 알았으면 모터보트는 예약하지 않았을 텐데." 가요코가 레이코의 편을 들고 나섰다.

후지타는 이야기 흐름을 방해하지 않도록 가볍게 유도했다.

"그럼 미유키는 그날 숙소에 혼자 있었구나."

"네. 하지만 그때는 미유키가 정말 몸이 아픈 줄 알고 아래층 아주머니에게 돌봐달라고 부탁했어요. 혼자 놔두면 안 될 것 같아서."

"아이고. 그랬구나. 그래서?" 겐지로도 자연스럽게 이야기에 들어왔다. "그래서 너희가 돌아왔을 때 미유키는 다시 회복되어 있었니?"

"우리가 계단을 오르는 소리에 깼는지 하품을 요란하게 하며 기분 좋다고 했어요. 우리는 한껏 걱정했는데."

후지타와 겐지로는 눈빛을 교환했다. 안심하기도 했고 기대에서 어긋나기도 해 실망했으나 일단 확인했다는 뜻으로 살짝 고개를 끄덕였다.

"미유키가 혼자 있었던 시간이 얼마나 되니?" 너무 캐묻는 것 같지 않을까 걱정했으나 후지타가 물었다.

"응. 우리는 1시쯤 나가서 6시쯤 돌아왔어요." 레이코가 잠시 생각한 뒤 흔쾌히 대답했다.

후지타가 가볍게 고개를 끄덕이고 아무래도 비와코에서는 무사했던 것으로 받아들이려 할 찰나였다.

"선생님." 하야마가 불렀다. "유도신문은 비겁해요."

"뭐?" 무안해진 후지타에게 하야마가 의기양양하게 말을 이었다.

"미유키가 언제 어디서 누구 때문에 임신했는지 아는 게 있으면 말해달라고 솔직히 말씀하시는 게 낫지 않아요?"

하야마는 재빨리 일동을 둘러보고 말했다.

"시바모토 씨와 선생님이 어떤 목적으로 우리를 불렀는지 우리가 모를 줄 아셨어요?"

그 자리에 적막이 흘렀다. 하야마의 발언을 돌출 행동이라고 생각하지 않는다고 인정하는 표정들이었다.

이윽고 겐지로가 목소리를 잔뜩 낮춰 말했다.

"그렇게까지 얘기하니 나도 분명히 말하지. 다들 아는 바대로 미유키는 아버지 모르는 아이를 가졌어. 의사에게는 절대 발설하지 말라고 했으니까 이 얘기를 흘릴 사람은 하나도 없어. 그런데 너희들은 알고 있어. 그러니까 상대 남자는 너희 학생 중에 있다는 말이야. 알면 얘기해주게. 그놈이 누군지!"

겐지로는 하나하나를 노려봤다. 모두 고개를 흔들었다. 마지막으로 하야마와 눈이 마주쳤다.

"저도 알고 싶어요. 알면 그 녀석을 흠씬 패주고 싶어요."

하야마는 그렇게 말하고 나이토에게 눈길을 던졌다.

"네게는 미안하지만, 나는 미유키를 좋아했어."

"나는 딱히……." 나이토는 주제 없는 말들을 중얼대며 눈길을 피했다.

"어머! 너희들 연적이었어? 놀라워라!"

엔메이가 자리와 어울리지 않는 소리를 했다. 아무도 웃지 않았으나 조금 전까지보다 긴장감이 훅 줄어 겐지로는 어디다 화를 내야 할지 몰랐다.

"선생님. 도대체 뭡니까? 고등학생들이 사랑놀이나 하고 있다니."

"정말 옛날 사람이네." 엔메이가 경멸스럽다는 듯 입술을 일그러뜨렸다.

"뭐?" 겐지로는 어른스럽지 못하게 기어이 목소리를 높이고 말았다.

"미유키가 종종 말했어요. 아버지는 너무 알아주지 않아서 힘들다고."

"미유키가 그런 말을?"

"네. 알아주지도 않으면서 완고하고, 바보처럼 법률만 지키는 게 능사라고."

"법률을 지켜? 그게 알아주지 않는 것과 무슨 관계지?"

"모르세요? 이런 뉘앙스를?"

"모르겠어. 무엇보다 너희들이 하는 말을 도통 따라갈 수가 없어. 발상이 이리저리 튀고 관련도 없는 말이 느닷없이 나오고, 맥락이 전혀 없잖아. 내가 완고하게 법을 지킨다고 하는데 그 말이 맞아. 법을 어기는 일은 절대 하지 않아. 내 회사도 융통성이 너무 없다는 말을 들을 정도로 절대 법을 어기지 않아. 그게 나쁜 건가?"

"나쁘지 않지만, 좋지도 않죠."

도대체 말이 통하질 않는구나. 겐지로는 고개를 흔들었다.

"쉽게 말해 플러스알파가 안 생기니까요."

"무슨 소린지 전혀 모르겠구나."

"미유키는 바로 그런 점을 참을 수 없었던 거예요. 어쩌면 증오했을지도 모르죠."

"증오해? 미유키가 나를 증오했다고?"

"엔메이 미유키!"

후지타가 바로 제지했으나 겐지로는 후지타의 개입을 성가신 듯 뿌리쳤다.

"그게 무슨 소리지?"

"나이토." 엔메이는 이해심이 부족한 겐지로에게 두 손 들었다는 듯 손을 내저었다. "네가 더 잘 설명하겠지? 법을 지킨다는 것이 얼마나 미유키에게 상처가 되었는지?"

겐지로는 몸을 돌려 나이토와 마주 앉았다.

"물었잖아? 이해할 수 있게 얘기 좀 해주겠나?"

그때까지 계속 침묵을 지키고 있던 아라키가 우물대고 있는 나이토를 향해 소녀처럼 새빨간 입술을 열었다.

"그냥 말해. 기죽지 말고. 확실히 얘기하지 않으면 못 알아들을 사람 같으니까."

냉정하고 차가운 목소리였다. 겐지로는 순간 독기를 잃고 겁을 먹은 채 아라키의 아이 같은 얼굴을 뚫어지게 바라봤다.

"그럼 말할게요."

나이토는 결심한 듯 겐지로를 정면으로 노려보며 말했다.

"시바모토 씨의 회사는 올봄, 도요나카 우키타초에 맨션을 지으셨죠?"

시바모토는 갑자기 화제가 바뀌는 바람에 순간 대답할 말을 잃고 잠자코 고개만 끄덕였다.

"그것도 주민 반대를 뿌리치고."

"잠깐만! 내가 장담하는데 그건 사실과 달라. 물론 반대 운동은 있었어. 지금 유행하는 일조권으로 요란을 떨었지. 꽤 애를 태웠지만, 결국은 보상금을 주고 해결했어."

"맞아요. 당신은 태양을 돈으로 샀죠."

"그런 말은 마음에 들지 않는군. 시비라고밖에 생각할 수 없어. 아까 보상금이라고 했으나 애당초 줄 필요도 없었어. 나는 건축법에 따라 정확하게 지었으니까. 당연한 권리를 행사한 것이지 다른 이의 권리를 침범하지 않았다고. 빌딩을 세울 때마다 일일이 불만을 늘어놓으면 도시는 진보도 발전도 없어."

겐지로는 바로 그때 가볍게 무릎을 치며 엔메이를 돌아보고 말했다.

"알았다! 이런 말이 하고 싶었니? 법을 지키는 것만으로 부족하다. 플러스알파가 필요하다고 말하고 싶은 건가?"

엔메이는 당연한 거 아니냐는 듯 턱을 당겼다.

"하지만 그건 어른들의 사업 얘기야. 너희들과는 상관없어. 그런 일로 미유키가 아버지인 나를 증오할 이유는 없지."

"그럴까요?" 엔메이가 시치미 떼듯 되물었다.

"아니라고?"

"그 맨션 바로 아래에 나이토의 집이 있었어요. 건축 소음과 태양을 빼앗겨 나이토의 할머니가 자리보전하고 말았죠. 그리고 돌아가셨고요."

"그만해!" 나이토가 소리쳤다.

그러나 엔메이는 못을 박듯 계속 말했다.

"얘기를 꺼냈으니 끝까지 해야지. 시바모토 씨는 그러지 않으면 모를 사람이니까. 잘 들으세요. 시바모토 씨. 할머님이 돌아가셨어요. 물론 전부터 아프셨고 나이도 있으셔서 그랬을 수도 있어요. 하지만 할머님은 어두워, 어두워, 라는 말을 되풀이하시다 돌아가셨어요."

"그건……." 겐지로는 나이토에게 눈인사를 건넸다. "그건 유감이구나. 하지만 나이토 학생. 그렇다고 미유키를 탓하는 건 얘기가 달라. 맨션을 지은 사람은 나야. 미유키에게는 책임이 없어."

"탓하지 않았어요. 저는 당신을 증오해요. 하지만 미유키는 미
안하다고, 나쁜 짓을 했다며 나를 위해 울어줬어요."

겐지로는 한참 할 말을 잃고 있었다. 그 시간을 재고 있었던 듯
아라키의 차가운 목소리가 끼어들었다.

"시바모토 씨. 당신은 조금 전 고등학생들의 사랑놀이라고 하
셨죠?"

"……"

겐지로는 아라키가 무슨 이유로 이 이야기를 다시 꺼내는지 알
지 못한 채 가만히 고개만 끄덕였다.

"애정이 있으면 섹스해요. 하지만 돈으로 여자를 사지는 않아
요. 예를 들어 매춘 방지법이 허점투성이라 아무도 나를 탓하지
않더라도."

"그게…… 그게 이번 문제와 무슨 관계지?"

"모르시겠어요? 당신은 법만 지키면 태양도 돈으로 살 수 있다
고 생각해요. 애정 같은 거 없이도 돈으로 여자를 사는 것처럼.
판 사람이 어떤 마음인지 생각해 본 적도 없는 사람이죠."

"잘난 체 그만 해. 그런 걸 서생의 논리라고들 하지."

겐지로는 내뱉듯 말했으나 아라키는 전혀 동요하지 않고 상쾌
할 정도로 가볍게 응수했다.

"그럴지도 모르죠. 하지만 태양을 빼앗긴 사람들은 당신 증오

하겠죠. 돈의 힘으로 당신에게 대항할 수 없다면 딸을 능욕하자고 생각한 사람이 있다고 해도 이상할 일은 아니죠."

겐지로는 벌떡 일어났다.

"알았다. 너구나!"

팔을 뻗어 나이토의 교복 깃을 움켜쥐고 당겼다. 후지타가 말릴 틈도 없었다.

"이 새끼, 너구나! 네가 엉뚱하게 미유키를 능욕했구나. 너는 그렇게 내게 복수할 생각이었어!"

"아니요……. 제가 아니에요."

"아니라잖아요. 참, 힘든 사람이네. 이상한 데서 흥분하고." 아라키가 차갑게 말했다. "나이토는 애정이 없으면 섹스하지 않는 사람이에요. 당신과는 완전 반대죠. 정말 한심하네. 복수하려고 미유키를 범한 사람은 당신과 같은 생각을 하는 부류의 사람이지 않을까요?"

"너는 그놈을 알고 있지? 반대 운동을 한 사람 중에 있겠지! 좋아, 말해. 그놈 이름을 대!"

"몰라요. 알 리가 없잖아요. 혹시 안다 해도 당신에게 얘기해 줄 의무는 없고요." 아라키는 말간 얼굴로 말했다. "게다가 미유키가 자기 의사에 반해 강간당한 흔적이 있었나요? 누군가에 폭력을 당했다면 미유키는 당당하게 고발했을 겁니다. 울며불며 몸져눕는 사람은 아니었어요."

"이 새끼들!"

겐지로는 나이토를 내던지고 좌석 중앙에 털썩 주저앉았다.

"너희들 얘기, 도무지 말이 안 돼! 도통 무슨 소린지 모를 말을 해대고. 도대체 나를 괴롭혀서 어쩌자는 거냐? 내가 너희들에게 무슨 짓을 했다는 말이야?"

"아무 잘못도 안 했는데 어두워, 어두워, 하며 고통받는 사람이 정말 많죠." 엔메이가 혼잣말처럼 말했다.

그 목소리에 담긴 조소의 울림이 겐지로를 더는 못 견디게 했다. 자제심의 끈이 툭 끊어졌다. 우워워워워! 짐승 같은 포효와 함께 나이토에게 달려들려고 일어났다. 그때 장지문을 열고 쇼코가 나타났다.

"여보, 학교에서 후지타 선생님께 전화가 왔어요. 급하다고."

겐지로는 간신히 움직임을 멈췄다.

"이리로 오세요, 이쪽 전화를 받으시면 됩니다."

살았다는 듯 수화기를 받고 두세 마디를 나누던 후지타가 곧 창백한 얼굴로 나이토에게 다가갔다.

"나이토, 네 도시락에 독이 들어 있었단다. 야규가 먹고 쓰러졌대."

「여보세요! 여보세요!」 후지타가 넋을 놓고 서 있는데 수화기 속에서는 애가 탄 목소리가 희미하게 새어 나왔다.

소년이 쓰러졌다.

1

"싸요, 싸요! 연어구이에 미니다시마 말이 세 개, 덤으로 속을 맑게 하는 매실 절임 하나가 하얀 밥 한가운데 놓여 있는 특제 도시락이요!"

교단에서 호객꾼처럼 소리를 높이고 있는 사람은 다나카 노부히로였다. 도요노고교 2학년 2반에 점심시간이면 항상 열리는 '도시락 시장'이 시작되었다.

"오십 엔!"

"육십 엔!"

여기저기서 목소리가 터져 나온다. 너무 싸! 아직, 아직! 한 번더! 그때마다 웃음 섞인 야유가 날아왔다.

"칠십 엔!"

다나카는 타고 난 동그랗고 애교스러운 눈을 부릅떴다.

"지금 칠십 엔, 칠십 엔. 더 없어? 보라고. 이 두꺼운 연어구이를. 홋카이도 바다 향이 나는 특상품. 미쓰코시백화점 연어라고. 이게 칠십 엔이라니 너무 싸지 않아? 한 번 더. 없어? 에이, 시시해. 판매!"

박수와 함께 알루미늄 도시락은 앞줄에 자리 잡은 학생에게 넘겨졌다.

"현금으로 부탁해요. 할부는 안 받아요."

다나카는 진지한 표정으로 말하곤, 산 학생에게 칠십 엔을 받아 그중 육십 엔을 도시락 제공자에게 넘겼다. 십 엔은 자기 몫이다.

도요노고고교 학생의 팔십 퍼센트는 점심 도시락을 가방에 넣고 등교한다. 나머지 이십 퍼센트는 학교 매점에서 빵과 우유를 사 먹는다. 몰래 나가 동네 식당에 가려면 상당한 배짱이 있어야 한 다. 들키면 처벌받기 때문이다. 학생들이 도시락을 가져오지 않 는 이유는 다양하다.

도시락처럼 촌스러운 물건은 안 들고 다니겠다는 학생도 있으 나 가정 사정 때문인 학생도 적지 않다. 식욕이 왕성한 나이라 빵 으로는 포만감을 느낄 수 없다. 또 점심시간까지 참지 못하고 2 교시 끝나고 도시락을 먹어 치우는, 이른바 도시락 까먹기도 적 지 않다. 그들은 점심시간에도 다른 학생처럼 밥을 먹고 싶다. 한 편 도시락을 가져왔지만 먹기 싫은 학생도 있다. 반찬이 마음에 안 든다는 단순한 이유도 있겠고 가끔은 빵이 먹고 싶을 때도 있 다. 비만이라고 생각해 다이어트 때문에 눈물을 삼키는 여학생 도 있고, 파친코나 볼링 대금으로 쓰려고 도시락을 파는 예도 적 지 않다.

이런 이유로 도시락 시장이 열린다. 중개는 다나카의 독점 사 업이다. 가격은 원칙적으로 경매를 따르는데 대체로 반찬의 품 질로 결정된다. 그러나 가끔 반에서 여왕 같은 존재의 여학생이 직접 만들어 온 도시락이 경매에 나오면 남학생들은 눈에 불을 켜고 경매에 참여해 가격을 올린다. 830엔이라는 엄청난 가격으로 낙찰된 예도 있다. 낙찰자는 여왕의 차 대접도 받는다. 낙찰자는 도시락 뚜껑에 따라주는 보리차를 공손히 받아 마시며 박수갈채를 받는다.

안타까운 것은 미움받는 사람의 도시락이다. 구입 거절. 아무도 경매에 참여하지 않으면 다나카가 업무상 어쩔 수 없이 그 도시락을 십 엔에 사들여 교정에 들어온 유기견의 먹이로 던져줘 일동의 울분을 푼다.

"다음. 제공자는 나이토 기쿠오. 제공 이유는 본인이 고 시바모토 미유키의 삼우제에 불려가 필요 없어졌기 때문. 지금쯤 본인은 시바모토 저택에서 호화로운 식사를 얻어먹고 있을 거야. 따라서 싸게 제공하겠다. 삼십 엔부터. 자, 삼십 엔, 삼십 엔, 자, 없어!"

"사십 엔."

"사십에 오."

"오십 엔."

"오십 엔 나왔다! 한 번 더. 소고기 조림과 달걀부침. 밥 위에는 가다랑어 가루가 뿌려져 있어 좋은 향이 나지. 이런 데도 오십 엔이면 너무 싸지."

다나카는 학생들을 선동했다.

"육십 엔!"

"육십 엔, 더 없어? 육십 엔."

"백 엔!"

갑자기 가격이 뛰었다. 다나카가 놀라 목소리의 주인공을 찾자, 야규가 나라는 듯 눈짓으로 알렸다. 상당히 고가인 데다 반의 실력자인 야규와 경쟁하는 일만은 피하고 싶은지 아무도 더는 나서지 않았다.

"좋아. 백 엔에 낙찰. 오늘은 이걸로 모든 판매 종료. 협력해주어 고마웠습니다."

고개를 숙이는 다나카에게 박수를 보내는 것으로 오늘의 경매 시장은 막을 내렸다. 보리차 당번이 커다란 주전자를 가져오자 요란하게 점심 식사가 시작되었다.

사건은 20분 뒤에 일어났다.

야규가 격렬한 복통과 두통을 호소하며 쓰러졌다. 달려 온 보건 교사 아보시는 피부에 난 발진을 발견하자마자 굳은 표정을 지었다.

"대변은?"

의식이 혼미한 야규를 흔들어 깨워 물었다.

"여러 번……. 그때마다 죽 같은 설사가……."

아보시는 응급 처치하겠다고 말하며 교장의 귀에 입을 댔다.

"구급차를, 그리고 경찰에도 연락하세요."

"경찰?" 교장의 얼굴이 경련을 일으켰다.

"비소 중독일 가능성이 큽니다."

"아니……, 하지만……"

"일단 구급차를, 빨리요!"

아보시는 어쩔 줄 모르는 교장을 혼내듯 말했다. 교직원이 서둘러 전화기를 들었다.

"나이토의 도시락이……" 야규가 신음하듯 말했다.

아보시가 맥박을 재면서 귀를 댔다. 맥은 빠르고 약했다. 비소 중독 증상 중 하나였다.

"이상했어요. 그래서…… 조금만 먹었어요……, 아직 남아 있으니까……"

"어디 있니? 응? 그다음에 어디 뒀니?"

아보시는 교장에게 눈짓하며 물었다.

"신문지에 싸서…… 교실 내 책상에……."

"그래, 알았다. 내가 치울게. 이제 됐으니까 그만 얘기해. 금방 괜찮아질 거야."

아보시는 엄격하게 교장에게 말했다.

"당장 회수하세요. 누가 먹을 수도 있어요. 이리로 가져와 주세요. 구급차로 함께 병원에 가져가 분석해야 해요."

"왜 도시락에 독이……. 왜 나이토의 도시락을 야규가……."

"그런 사정은 나중에 알아보시고 당장 도시락을!"

구급차 사이렌 소리가 다가오고 있었다.

2학년 2반 교실은 소동도, 정적도 아닌 기묘한 술렁임에 휩싸였다.

다나카는 구석에 웅크리고 있었다. 그가 독을 넣었다고 아무도 생각하지 않았으나 그를 보는 눈은 차가웠다. 전혀 관계없다고 할 수 없는 위치에 있는 만큼 싸늘한 시선에 그는 편안히 아이들의 대화에 낄 수 없었다.

"이거, 심하게 시달리겠어."

다케다 초야가 위로도 위협도 아닌 말을 걸었다. 부드러운 오사카 사투리 덕분에 위로의 느낌이 훨씬 강했다.

"응. 완전 의기소침." 다나카도 특유의 장난스러운 표정으로 대답했다.

"하지만 생각해 보면 말이야, 네게는 확실한 알리바이가 있어. 네가 그 도시락을 가지고 야규에게 건넬 때까지 모두 네 손을 보고 있었잖아. 그러니까 네가 독을 넣지 않았다는 것은 분명해."

"그게 알리바이야?"

"그렇지. 알리바이라고 하기에는 좀 그렇지만. 하지만 안심해. 네가 경매하며 도시락에 독을 뿌리지 않았다는 것은 내가 증언해 줄게. 경매 전에 뿌렸는지는 모르겠지만."

"어디서 안심하라는 거야? 그런 증인은 하나도 안 고맙다."

"그렇지도 않아. 경매 전에 독을 넣었다면 반 모두, 한 사람도 남김없이 다 의심스럽지. 그렇지 않아? 전부 다."

다케다는 의기양양하게 주위를 둘러보며 말했다. 어느새 다케다를 중심으로 학생들이 둥글게 진을 치고 있다.

"2교시는 화학이었어. 모두가 실험실로 옮겨 이 교실은 비어 있었고. 그러니까 몰래 들어와 독을 넣는 일은 누구나 가능했어."

학생들은 서로의 얼굴을 마주 봤다. 화학 시간과 쉬는 시간에 슬쩍 자리를 비운 사람은 누구였나. 모두 생각에 잠긴 표정이었다.

"그게 왜 내게 유리해?" 다나카는 일동의 시선을 의식하면서 말했다.

"문제는 도시락통의 지문이야." 다케다는 바로 의기양양하게 말을 시작했다.

"지문?"

"응. 지문. 경찰은 일단 도시락통의 지문을 조사하겠지. 도시락을 만든 나이토의 어머니와 나이토, 그리고 도시락을 먹은 야규. 이 셋의 지문은 당연히 있을 테니 배제하고 다른 지문이 나오면……, 아니 반드시 나올 거야. 도시락통을 만지지 않고 독을 넣을 수는 없으니까. 그 지문의 주인이 틀림없이 범인이지."

그렇구나! 일동은 감탄하며 다케다의 얇은 입술을 바라봤다.

"자, 그렇게 되면 우리 가운데 가장 유리해지는 게 다나카야. 잘 들어, 다나카. 이 부분을 잘 들으라고. 너는 다행히 많은 사람이 보는 가운데 그 도시락을 만진, 그러니까 네 지문이 나와도 전혀 문제가 안 되는 사람이므로 다나카는 결백하다. 어때? 이제 안심이 되지?"

"어디가 안심이야? 어디를 어떻게 조사해도 나는 독 같은 거 안 넣었어. 처음부터 안심하고 있다고."

"그래? 다나카는 안심했다는데 어떤 유능한 형사는 이렇게 생각하겠지. 혹시 이게 다나카의 트릭이 아닐까? 그는 독을 넣을 때 실수로 지문을 남겼다. 그래서 일부러 도시락을 경매에 내놓고 자신의 지문을 잔뜩 묻혔다. 그렇게 증거를 완벽하게 인멸한 게 아닐까? 정말 형사의 대단한 추리지? 세금을 낭비하지는 않아."

"이 바보야! 뭐가 대단한 추리냐? 무엇보다 내가 왜 나이토의 도시락에 독을 넣어야 하냐고!"

"그건 본인의 자백을 들어야지."

"자백이라니 무슨 소리야? 사람을 범인 취급이나 하고. 게다가 혹시 내가 범인이라면 나이토의 도시락에 독을 넣었다는 것은 나이토를 노렸다는 소리잖아? 그런데 그 도시락을 경매에 내놓으면 누구 입에 들어갈지 모르지 않냐?"

"흠. 그렇군. 유능한 형사의 추리에도 이런 구멍이 있군."

"참 용케 그런 말도 안 되는 생각을 했다." 다나카는 화가 난다기보다 어이없다는 듯 말했다.

"다 말이 안 되는 건 아니야. 범인은 피해자가 이 반 누구든 상관없었을 수 있지. 왜냐? 이유 없는 살인이 요즘 유행이잖아."

더는 아무도 상대해주지 않았다. 상대해주지는 않았으나 다케다의 말은 응어리가 되어 전원의 가슴 밑바닥에 가라앉아 의혹이라는 이름의 시궁창 같은 악취를 끊임없이 토해냈다.

바로 그때 후지타가 나이토 일행을 데리고 돌아왔다.

"사정은 대강 들었다. 지금 가장 중요한 것은 소란을 피우거나 엉뚱한 억측을 퍼뜨리는 거다."

후지타는 학생들의 동요를 진정시키려고 애써 침착하게 말했다.

"그보다 우선 야규의 회복을 기도하자. 교장 선생님이 함께 병원에 가셨다니 곧 상태를 알게 될 거다. 그때까지는 교실에서 기다려라. 그리고 어쩌면 경찰 조사가 있을지도 모르겠구나. 만약 질문을 받으면 아는 것을 정확하게 대답할 것. 그리고 모르는 것, 알지 못하는 것은 확실히 모른다고 대답해라. 맘대로 상상을 덧붙이지 말고. 알겠니? 알았으면 다들 자리에 앉아라. 자습이다."

자습은 아무래도 무리일 것이다. 다케다가 조심스레 손을 들었다.

"저기, 미유키 쪽 일은 어땠어요?"

"음. 말하는 걸 잊었구나. 오늘 미유키의 삼우제가 열려 너희들 대표로 인사하고 미유키의 명복을 빌고 왔단다."

"저, 그게 단가요?"

"그게 다라니, 무슨 소리지?"

"그러니까 그, 미유키에 관한 새로운 사실은 없었나 해서요……."

"바로 그런 게 엉뚱한 억측이다. 아무래도 너는 망상을 잘하는 성격인 것 같구나."

그래? 그게 진짜 망상일까? 다케다는 속으로 항의하면서도 입을 다물었다.

"나이토와 다나카. 잠깐 이리 와라."

후지타는 둘을 불러 교실을 나왔다. 그리고 돌아보며 덧붙였다.

"혹시나 해서 말하는데 경찰 외에, 일테면 신문기자 같은 사람들이 이번 일을 물으면 무조건 선생님에게 물어보라고 대답해라. 비밀로 하라거나 숨기라는 게 아니라 어리석은 의견을 늘어놓아 오해를 일으켜서는 안 되니까."

후지타의 모습이 사라지자 교실은 소란해졌다. 이게 소란을 안 떨 일인가? 억측과 망상이 일제히 쏟아져 나왔다.

"아, 가장 확실한 내 추리를 말하자면 이제 앞으로 우리 반의 명물, 도시락 경매 시장은 금지될 거야. 다나카의 아르바이트도 유종의 미를 거뒀다고 해야 하나, 아니, 우수(憂愁)인가?. 애달픈 우수 말이야. 우수의 미로 끝났네. 어! 이거 좀 괜찮지 않냐?"

다케다가 요란을 떨었으나 완전히 무시당했다.

2

후지타는 나이토와 다나카를 비어 있는 응접실로 데려갔다. 테이블을 끼고 마주 앉았으나 새삼 어떤 질문을 해야 하는지, 후지타도 상황이 제대로 정리되지 않았다. 하물며 나이토와 다나카는 영문 모를 공포와 당혹감에 사로잡혀 있었다. 넋이 나간 듯 창백한 입술을 반쯤 벌리고 공허한 눈빛으로 후지타를 바라보고 있다.

이런 상태라면 일단 진정부터 시켜야겠다.

"다나카, 봐라. 너 때문에 이 난리가 났어." 후지타는 일부러 핵심에서 벗어난 화제부터 이야기했다.

"저는…… 그냥, 부탁받고 도시락을 경매에 올렸을 뿐인데……. 독이 들어 있는 줄 알았으면 안 했죠."

"부탁받아? 누구에게?"

"제가 부탁했어요. 3교시 때 선생님이 시바모토의 집에 간다고 하셔서 도시락이 필요 없어졌잖아요. 그래서 선생님과 나가기 전에 다나카에게 팔아 달라고……." 나이토가 대답했다.

"흠. 그러면 나와 네가 나가기 전까지는 그 도시락은 네가 먹을 계획이었겠구나."

"그렇죠. 무엇보다 제가 오늘 시바모토의 집에 간다는 사실은 선생님 얘기를 들을 때까지 전혀 몰랐으니까요."

"그러니까……" 다나카가 조심스레 입을 열었다. "아까도 말했는데요. 독은 화학 시간에 넣은 게 분명해요. 그 녀석은 나이토를 죽이려고…… 아니, 나이토를 노리고 넣은 거예요. 그런데 갑자기 상황이 바뀌어……."

"다나카!" 후지타가 엄하게 말을 막았다.

"억측은 그만해라. 내 생각대로라면, 그 범인은 독이 든 도시락이 아무런 관계도 없는 사람의 손에 들어가는 동안 그 과정을 가만히 지켜봤다는 얘기가 된다. 그것은 악마이거나 미친 자나 할 짓이야. 그런 끔찍한 인간이 같은 반에 있다고는 도저히 생각할 수 없구나."

"……"

"우리 사실만 확인하자. 그래서 나이토, 도시락을 싼 사람은?"

"어머니요. 늘 어머니가 싸세요."

"너는 도시락을 가방에 넣고 등교했다. 아무에게도 건네지 않았겠지?"

"네. 등교한 후로 가방은 책상 옆 못에 걸어놓고 도시락은 교과서와 함께 책상 안에 넣었어요. 늘 그렇게 해요."

"그리고 3교시가 끝난 다음 다나카에게 줬구나. 그때 알아차린 건 없니? 도시락을 싼 상태가 달라져 있다거나……."

"글쎄요. 그건……. 별로 신경 쓰지 않아서. 하지만 특별히 이상한 건 없었던 것 같아요. 그랬다면 알았을 거예요."

나이토는 신중하게 생각하며 대답했다. 후지타는 이상한 점이 없었다기보다 알아차리지 못했으리라 생각했으나 다시 확인하지는 않았다.

"그래서 다나카, 도시락을 어떻게 했니?"

"어떻게……라니. 책상 안에 넣어뒀죠. 오늘은 팔 게 네 개밖에 없어서 다 책상 안에 뒀어요."

"아무도 건드리지 않았겠지?"

"4교시 수업 내내 책상에 앉아 있었고 수업이 끝나자마자 교단으로 가져가 경매를 시작했으니까 아무도 만지지 않았어요. 물론 저도 경매가 시작될 때까지는 열어보지 않았고요."

역시 문제는 교실이 빈 2교시, 화학 실험이 있던 한 시간이겠구나. 후지타는 그렇게 생각했으나 입 밖에 내지는 않았다. 2학년 2반 교실은 학교 건물 2층에 있다. 외부인이 몰래 숨어드는 것은 일단 어렵다. 불가능하다고 할 수 있으리라. 그렇다면 다나카의 억측도 단순한 망상이라고 물리치기 어렵다. 그러나 교사인 그에게는 너무 끔찍한 상상이었다.

노크 소리가 나고 교직원이 조심스럽게, 그러나 호기심 가득한 눈을 반짝이며 고개를 내밀었다.

"선생님, 교장 선생님 전화인데……."

후지타가 종종걸음으로 사라졌다.

둘만 남게 되자 다나카는 후 한숨을 내쉬었다.

"이게 무슨 일이래. 야, 나이토. 너 진짜 짚이는 거 없냐? 통계에 따르면 독살범은 여자일 확률이 높대. 여자는 음험한 짓을 하니까. 여학생 누군가의 원한을 산 적 없어? 솔직히 말해 봐."

"그런 소리 하지 마. 내게 그런 일이 있겠냐?"

"그렇지. 너는 무리지. 좋아하던 미유키에게 데이트 신청할 배짱도 없는 놈이니까."

나이토에게 얄미운 소리를 해대는 것은 자신의 울분을 해소하기 위해서였다. 나이토는 다나카를 노려봤으나 더는 뭐라고 할 기력도 없어 잠자코 시선을 떨궜다.

후지타가 황급히 돌아왔다.

"다행히 야규의 상태가 괜찮다는구나. 조금밖에 안 먹었고 빨리 처치해 증상도 위험할 정도는 아니란다."

어쨌든 다행이라며 셋은 서로를 보며 고개를 끄덕였다. 후지타는 다시 표정을 굳히고 말을 이었다.

"경찰이 일단 사정을 들으러 올 것 같다. 나이토와 다나카, 그리고 오늘 도시락 경매에 참여한 사람, 낙찰한 사람 정도만 바로 이 방에 모이고 다른 사람은 빨리 하교할 거야. 다나카, 그렇게 전해주렴."

다나카가 방을 나가자 스치듯 교직원이 다시 고개를 내밀었다.

"선생님. 시바모토라는 분이 면회를 청하시는데요?"

"시바모토 씨가?"

하필 이런 상황에 왔나 싶어 얼굴을 찌푸렸으나 삼우제 자리에서 서둘러 떠난 무례를 저질렀으니 함부로 거절하면 또 무례를 더하는 것이 된다. 옆 응접실로 모시라고 전하고 지친 몸을 기대고 담배에 불을 붙였다.

"일단 한 모금 피워야겠다. 이래저래 머리가 너무 복잡해 지끈지끈하구나."

나이토를 보며 괜스레 미소를 던졌다.

"저는 참!" 나이토는 부루퉁하게 대답했다. 진정한 피해자는 후지타나 야규보다 자신이라고 한탄하고 싶은 기분이었다.

시바모토는 후지타를 보자마자 흥분했다.

"선생님. 도대체 어떻게 된 일입니까? 미유키는 그렇게 됐고 학생 도시락에 독이 들어갔다고 하고, 이게 학교에서 일어날 일입니까? 학교는 순순함을 넘어 신성한 곳이라고 생각했습니다. 그런데 이에 무슨 일입니까? 이래서는 옛날 막장보다 심하잖아요. 무슨 범죄자 집단 같지 않습니까?"

후지타는 흥분하지 마시라고 힘없이 말할 수밖에 없었는데 그렇다고 진정할 시바모토가 아니었다.

"그런 무사안일주의 탓에 학생들이 기어오르는 겁니다. 이렇게 된 이상 학교를 믿을 수 없습니다. 내 방식대로 미유키의 원수를 갚겠습니다. 지금까지는 미유키의 명예와 보는 눈을 생각해서 최대한 참으려고 했고, 그래서 학교와 선생님의 성의를 기대했는데 아무래도 안일했던 것 같네요. 자, 나이토라는 학생을 내주세요. 팔 한둘쯤 부러뜨려 걔가 한 짓을 다 불게 할 테니까요."

"아버님. 그런 거친 말씀을."

"거칠어요? 거친 것은 그놈들이죠. 아무 죄도 없는 미유키에게 그런 짓을 하고. 선생님은 미유키가 어떻게 죽었는데 못 보셔서 그렇게 태평한 말씀을 하는 겁니다. 미유키는……."

수술 직전에 마취가 이루어졌다. 미유키는 호소하는 눈빛으로 겐지로를 바라봤다. 겐지로는 환하게 웃으며 힘차게 고개를 끄덕였다. 미유키, 괜찮아. 이제 몸도 마음도 가벼워질 거야. 건강해져 수술실에서 나오거라……. 그렇게 마음속으로 말을 건 게 마지막이었다.

당황한 간호사의 부름에 수술실로 뛰어 들어갔을 때 미유키의 입술에는 핏기가 없었다. 어떻게 된 거냐고 따지는 겐지로에게 의사 아리타가 말했다.

《자궁내막 소파수술은 무사히 끝났고 마취에서도 깼습니다. 그런데 얼굴에 가벼운 청색증이 생기더니 혈압이 떨어졌습니다. 아직 나이가 어리니 쇼크에 의한 것으로 판단해 산소 흡입을 하고 부신피질 호르몬을 주사했는데…….》

의사는 당황한 빛을 감추지 못했다. 미유키의 창백한 입술은 고통을 호소하듯 떨고 있었다. 보다 못한 겐지로는 미유키를 부둥켜안고 딸의 입술에 귀를 댔다. 최소한 마지막 말이라도 듣고 싶었다.

"선생님, 미유키가 뭐라고 했는지 아십니까? 미유키는 그렇게 위중한 상태에서도 학업을 걱정했습니다. 힘들다는 말 한마디 없이 아르키메데스, 그래요, 아르키메데스라고 했습니다. 틀림없이 진도를 못 따라갈 것과 시험을 걱정한 거겠죠. 그런 딸이었습니다. 그런 우리 딸을, 저놈들은……. 어쨌든 선생님, 나이토라는 학생을 데려오세요. 아까는 저도 모르게 거친 말을 하고 말았지만, 걱정하지 마십시오, 난동을 부리진 않을 겁니다. 그저 이해할 수 있는 이야기를 듣고 싶습니다."

겐지로는 이야기하다 진정한 듯했다. 후지타는 일단 안도했으나 나이토와 만나게 하는 건 생각해 볼 일이었다.

"무엇보다 본인이 이번 중독 사건으로 흥분한 상태라 지금 만나셔도……. 게다가 지금 아버님 말씀 중에 조금 이해가 안 되는 점이 있는데."

후지타는 시바모토의 기세도 꺾을 겸 화제를 바꿨다.

"미유키가 틀림없이 아르키메데스라고 했습니까?"

"네. 간신히 들릴 정도의 잠꼬대 같은 소리였지만, 그렇게 들렸습니다. 잘은 모르지만, 아르키메데스, 그리스 물리학자죠?"

"다른 동명의 역사 인물이 생각나지 않으니 아마 맞겠죠……. 그런데 만약 그렇다면 좀 이상합니다."

후지타가 생각에 잠긴 듯 말했다.

"마취 중 헛소리라면 평소 마음에 쌓아둔 이야기를 할 텐데요. 어머니나 연인의 이름 같은 것을요. 그런데 아르키메데스라니……."

"그러니까 그만큼 학업에 신경을 썼다는 거죠. 미유키는 수학과 과학을 못 했습니다. 그만큼 아주 걱정했다는 말이겠죠."

"그렇다면 더 이상합니다. 아버님. 제 얘기 좀 들어보세요. 제가 전공은 아니라 잘 모르지만, 아르키메데스를 처음 배우는 시기는 초등학교 4학년부터 5학년 이과 시간입니다. 지렛대나 부력을 배울 때죠. 중학교와 고등학교에서도 물론 그 이름이 나옵니다. 그러나 그 이름이 헛소리로 나올 만큼 강렬한 인상을 주는 것은 초등학교 때뿐입니다."

"그래요?" 겐지로는 받아들일 수 없다는 듯 중얼거렸다.

"잘못 들으신 거 아닐까요? 다른 비슷한 단어와?"

"절대 아닙니다. 미유키는 그렇게 말했습니다. 그것도 두 번이나."

노크 소리가 나고 교직원이 나타나 교장이 돌아왔다고 알렸다.

3

교장은 불과 몇 시간 만에 아주 초췌한 몰골이 되어 있었다.

"아, 후지타 선생. 이쪽은 도요나카히가시경찰서 분들이네." 교장은 창백하고 부은 얼굴로 소개하고 의자에 몸을 깊이 묻고 눈을 감았다.

교장은 일본사 전공이라 옛날 무사 같은 풍모를 지닌 것을 자랑으로 여겨왔다. 그런 그가 지금은 처형을 기다리는 항복 무사처럼 한껏 위축되어 있다.

후지타는 그들이 내민 명함을 받아 책상에 쭉 늘어놓았다.

도요나카히가시경찰서 수사과 순사부장 노무라 쓰네오

조용히 명함을 읽고 고개를 들자 쉰에 가까운 마르고 키가 큰 남자가 생각보다 부드러운 눈빛으로 가볍게 고개를 끄덕여 인사했다. 옆에는 대조적으로 어깨가 넓은 서른 정도의 남자가 번뜩이는 눈을 짧게 깜빡였다. 명함에는 수사과 순사 오쓰카 노리미쓰라고 적혀 있었다. 이쪽은 후지타의 눈인사에 응하지도 않았다. 기세를 감추기에는 아직 너무 젊겠지. 상대하기 어려울 것 같아 후지타는 오쓰카에게서 노무라에게로 눈길을 돌렸다.

"학교 측에서 사고를 신고하는 형태로 말씀해주세요. 저희는 아직 자세한 사정을 몰라서요." 노무라는 수다라도 시작하듯 태평하게 말을 꺼냈다.

그 말투 덕분에 후지타도 말하기 편해졌다. 다나카와 나이토에게 들은 내용을 가능한 한 순서대로 말했다. 노무라는 이따금, 그래요? 흠, 하고 고개를 끄덕일 뿐이었다. 오히려 무슨 즐거운 이야기라도 듣는 듯 평온한 표정을 무너뜨리지 않았다. 이야기가 다 끝났는데도 한동안 말이 없었다. 얼마 후 한심하다는 말투로 이야기했다.

"도시락 경매라니, 요즘 애들은 참, 무슨 짓인지. 오쓰카, 자네 고등학교 때는 어땠나? 자네는 먹는 데 신경을 쓰니까 꽤 높은 가격으로 팔렸겠네."

"농담 좀, 그만 하세요. 그보다 선생님. 다나카라는 학생을 불러와 주시죠."

후지타가 조용히 일어섰다.

"오쓰카, 잘 들어." 노무라가 속삭였다. "애한테 너무 무섭게 하지 마. 바위처럼 입을 꼭 닫아버리니까. 내게도 고등학생 자식이 있는데 좀처럼 입을 열지 않아. 내 자식이지만 정말 다루기 힘들어. 그 나이 때는."

"그럼 부장님에게 맡길게요. 저는 도시락 경매나 하는 녀석은 두들겨 패고 싶어요. 도대체 교육을 어떻게 하는 건지."

교장은 꼼짝도 하지 않고 듣고만 있었다.

다나카가 들어왔다. 교장에게만 꾸벅 고개를 숙이고 잘못한 기색도 없이 노무라와 오쓰카를 번갈아 바라봤다.

"저……, 저희는?"

후지타는 교장에게 눈길을 던지면서 말했다. 노무라는 아니라며 손을 흔들며 말했다.

"경찰 조사가 아니니까……. 그저 참고하려는 것뿐이니 선생님들도 같이 계시죠. 그게 학생들도 편안하게 얘기할 수 있을 겁니다. 아니면 교장 선생님 앞이라 더 얘기하기 힘들까?"

노무라는 다시 다나카에게 눈길을 돌리고 긴장을 풀어주려는 듯 흐뭇하게 웃었다. 다나카가 씩 웃으며 머리를 긁적였다. 분위기가 풀어지자 곧바로 질문을 던졌다.

"도시락 경매라니 굉장해. 네가 생각했니?"

"네. 뭐."

"대답을 들으니 전부터 해왔구나?"

"서로 교환하는 일은 있었어요. 하지만 그러면 수요와 공급이 잘 일치하지 않아요. 그래서 제가 유통기구를 만든 거예요."

"유통기구?" 오쓰카는 눈을 부릅떴다.

"흠. 참 어려운 말을 하는구나." 그러나 노무라는 감탄한 듯 말했다.

"너는……. 무, 무슨 말을……." 교장이 참다못해 목소리를 냈다. 무릎 위에 놓인 양손이 가늘게 떨리고 있었다. "부모님께 죄송하지도 않니? 부모님이 만들어준 도시락을 사고팔다니……."

다나카는 어리둥절한 표정으로 교장을 바라봤다. 왜 교장이 저렇게 흥분하는지 도통 이해할 수 없다는 표정이다.

"아, 됐습니다." 노무라는 교장을 제지하고 말을 이었다. "안 좋은 일이라고 생각하지 않지?"

"왜요? 무엇보다 사는 사람도 파는 사람도 좋아해요. 그 증거로 수수료를 떼도 뭐라고 하는 사람이 아무도 없잖아요."

"하지만 말이다. 어머니가 직접 싸준 도시락이란 애정이 담겨 있는 법이야. 교장 선생님은 그것을 매매하는 행위는 자식으로서 도리가 아니라고 말씀하시는 거야."

"그런 말도 안 되는 논리가 어디 있어요!"

다나카는 말도 안 되는 생트집이라는 듯 목소리를 높였다.

"도시락에 어머니의 애정이 담겨 있다고요? 슈퍼마켓에서 파는 것을 그저 조금씩 담은 거 아닌가요? 형사님. 형사님은 즉석식품을 전자레인지에 돌려먹는 것도 요리라고 하세요? 그게 요리면 엄마가 싼 도시락에도 애정이 들어있긴 하겠죠."

"그런가? 하지만 그렇게 싼 도시락이라도 안 싸주면 곤란할 텐데?"

"아니, 도시락을 싸는 일은 주부가 담당한 가사 잡무 중 하나 아닌가요? 당연히 쌀 의무가 있죠."

"의무……라. 애정이 아니라."

어느 쪽이든 상관없지 않냐는 듯 다나카는 고개를 돌리고 대답하지 않았다.

"자, 문제의 도시락 말인데." 노무라가 다정했던 표정을 굳혔다. "야규 학생은 평소에도 도시락을 안 가지고 다녔니?"

"네. 걘 대체로 매점에서 빵을 샀어요. 게다가……." 슬쩍 후지타를 보고 입을 다물었다.

"게다가?"

"걔 같은 보스는 이따금 담을 넘어 동네 식당에도 가요. 식어버린 애정이 담긴 도시락보다 따뜻한 밥을 돈 내고 먹는 게 더 맛있죠."

밉살스러운 애송이를 향해 오쓰카가 눈을 부릅떴다.

"아이고, 바로 반격하는구나. 그러면 말이야, 문제의 도시락이 야규 학생에게 갈지는 네가 예상할 수 없었겠구나."

"물론이죠. 그게 공정한 경매니까요. 경매는 삼십 엔에서 시작해 몇 명이 육십 엔까지 올렸어요. 그런데 야규가 갑자기 백 엔을 불러 모두 포기했죠……."

"갑자기 백 엔? 너무 비싼 거 아닌가?"

"그러고 보면 당시 분위기로는 저도 팔십 엔이면 충분하다고 생각했어요. 갑자기 백 엔이라고 해서 좀 놀랐죠."

"이상하다는 생각은 안 했니?"

"이상할 정도는 아니었어요. 팔백 엔에 낙찰될 때도 있고 십 엔에도 안 팔릴 때도 있으니까."

"그래. 미인의 도시락은 비싸겠지. 하지만 나이토 학생은 미인은 아니잖아."

"하지만 야규와 친구라고 해야 하나, 같은 그룹이라. 다소 인심을 쓰려나 보다 했죠."

"그룹? 친했니?"

"특별히 그런 건 아니지만, 중학교부터 같이 다녀서."

다나카는 명확하게 대답하지 않았다. 사건에 깊이 관여하고 싶지 않다는 태도가 묻어났다.

이야기가 끊겼다. 요점을 메모하려고 수첩을 펼치고 있던 오쓰카는 이제 끝났다는 듯 일부러 큰 소리를 내며 수첩을 닫았다. 요점은커녕 조사라고 부를 만한 내용이 전혀 없었다.

"얘기할 게 있는데요?" 다나카가 힐끔 교장의 표정을 살피며 말했다.

"그럼, 얼마든지." 노무라는 교장을 무시하고 대답했다.

떠들고 싶으면 얼마든지 떠들어라. 그 가운데 수사의 힌트를 잡겠다는 심산이었다.

"도시락 경매요……. 계속하면 안 되나요?"

"이 녀석이 정말……." 노무라는 어이가 없어 말을 흐리고 말았다.

"유익한 면도 있어요. 일테면 전에 단팥빵 하나가 오백 엔에 낙찰된 적 있어요. 빵 하나가 말이죠."

"그게 어떻게 유익해?"

후지타가 저도 모르게 끼어들었다. 너무 엉뚱한 발언을 해서 경찰의 심기를 건드리면 두고두고 곤란하다.

"그 녀석은 수학 여행비 적립금을 내지 못했어요. 그래서 제가 백 엔부터 경매를 시작했죠. 녀석의 집이 가난하다는 건 다 알아요. 가격이 점점 올라가 마침내 오백 엔에 낙찰됐죠. 그게 한 달 분 적립금이었어요."

"……"

대놓고 동정해 모금하는 것보다 훨씬 자연스럽게 우정을 드러내는 방식일지 모르겠구나. 후지타는 복잡한 심경으로 다나카의 이야기를 들었다.

"그렇구나. 그러면 너도 십 엔 수수료를 안 받았겠구나."

노무라는 반쯤 넋이 나가 중얼거렸다.

"왜요? 당연히 받았죠. 비즈니스잖아요. 자선 판매가 아니라고요. 자선이라는 그런, 위선적인 거 질색이에요."

노무라는 뺨을 얻어맞은 것 같아 입을 다물었다. 후지타도, 조금 전 시바모토가 "걔들은 발상의 차원이 달라요"라고 한탄하던 게 떠올라 침울해졌다.

"그러니까 경매의 존속을 인정……, 아니, 묵인해주셨으면 해요." 다나카가 호소하듯 노무라를 바라봤다.

"글쎄다, 그건……, 내가 뭐라고 할 처지가……. 교장 선생님의 생각도 있으실 테니까⋯⋯."

　노무라의 어정쩡한 대답을 들었는지 아닌지 교장은 입을 다문 채 이상한 생물을 보듯 다나카를 바라보고 있었다.

　"자, 그럼." 노무라는 부자연스럽게 후지타를 보며 말했다. "나이토 학생을 불러주시겠습니까?"

　다나카는 도저히 용납할 수 없다는 듯 부루퉁한 표정으로 자리에서 일어났다. 그 모습을 배웅하며 오쓰카가 내뱉었다.

　"뭐라고 지껄이는 거야⋯⋯. 수사에 전혀 도움도 안 되고."

　반쯤은 노무라의 한심한 신문에 대한 불만이었다.

　"그래? 나는 꽤 재밌었는데. 참고도 됐고."

　"그러셨어요?"

　"마음에 안 들었구나? 하지만 경매 얘기, 학생끼리 어떻게 마음을 주고받는지 알아서 좋았어."

　"좋아요? 부모가 들으면 한숨을 쉴 겁니다. 도대체 무슨 생각을 하는지⋯⋯."

　노무라는 "어쭈?"라고 생각했다. 오쓰카가 평소 자신을 '합리성이 부족한 고리타분한 형사'라고 내심 얕보고 있음을 모르는 바 아니다. 젊은이가 나이 든 사람에게 품는 당연한 비판으로 받아들이고 최대한 '젊은 생각'을 이해하고 노력하려 했다. 그런데도 오쓰카의 생각을 이해할 수 없어 '도대체 무슨 생각이냐?'라고 혼자 삭인 게 한두 번이 아니다. 그런 오쓰카가 다나카를 똑같은 말로 비난할 줄은 생각도 못 했다. 세대 차이라는 것은 원래 그런 것임을 새삼 느끼며 노무라는 씁쓸하게 웃었다.

"참, 나는 종종 우리 애 일기를 읽어." 노무라가 갑자기 화제를 바꿨다.

"네?" 의아해하는 오쓰카에게 수다라도 떨 듯 노무라가 말을 이었다.

"큰아들 방에 들어가면 일기장이 펼쳐져 있어. 그 전날 고등학교 2학년 성적표를 보여줬는데 칭찬할 만한 성적이 아니라 좀 혼냈지. 그래선지 아들의 생각이 궁금해져 슬쩍 읽었어. 그 일기에 뭐라고 적혀 있었게?"

"몰라요." 오쓰카가 무뚝뚝하게 말했다.

"친구가 모두, 나보다 좋은 점수를 딴 날이여, 이불을 뒤집어쓰고, 혼자 위로하네."

"그게 뭡니까?"

"다쿠보쿠(일본의 근대 시인)의 시를 개사한 거야."

"그건 알아요……."

"자네도 알잖아. 경찰학교에서 안 좋은 점수를 받거나 승직 시험에 떨어지면 정처 없는 마음을 달래려고 혼자 자위……"

"그만 좀 하세요. 한심해요."

"부끄러워하지 말라고. 누구나 그러니까."

"부장님은 도대체 무슨 말씀을 하고 싶으신 거예요? 그런 얘기, 수사와 전혀 관계가 없잖아요?"

"그렇지도 않아. 내가 하고 싶은 말은 요즘 소년들은 우리가 젊었을 때보다, 또 다쿠보쿠 때보다 훨씬 솔직해. 다쿠보쿠처럼 '꽃을 사서'라고 고상을 떨거나 '아내로 삼아'라며 에둘러 표현하지 않아. 자기 생각을 그대로 밝히지. 꾸미거나 숨기려고 하지 않아. 그러니까 신문할 때도 선입견 없이 솔직하게 그들의 이야기를 들어야 수사가 엉뚱한 방향으로 가지 않아. 그 점을 자네에게 알려주고 싶었어."

너무 훈계 같았나 싶어 미안한 마음이 들려고 할 때 문을 밀고 나이토가 긴장한 얼굴을 내밀었다. 노무라는 그 신경질적인 얼굴을 보고 다나카보다 훨씬 어렵겠다고 직감했다.

4

"도시락통의 지문은 어떻게 됐나요?"

의자에 앉자마자 갑자기 나이토가 캐물었다. 노무라는 한 방 먹고 놀란 표정으로 나이토를 뚫어지게 쳐다봤다.

"지문을 조사하지 않았나요? 어머니와 나, 다나카와 야규. 이외의 지문이 나오면 그게 범인인데……."

노무라는 그제야 이해했다. 그리고 고개를 저었다.

"뭐야? 조사 안 했다고요?"

"조사 안 한 건 아닌데 명료한 지문이 검출될 상태가 아니었어. 게다가 독을 넣는 사람이 지문을 남기는 실수를 할 리도 없고."

"독은 뭐였나요?"

"비소계 농약이라더라. 흔한 농약이지."

오쓰카가 참지 못하고 노무라의 옆구리를 찔렀다.

"왜? 아, 맞다. 미안하지만 나이토 학생, 질문은 내가 하면 안 될까? 참고가 될 만한 걸 모으려고 하니까……."

"그러세요. 뭐든지."

나이토는 무뚝뚝하게 대답했다. 상대의 수사 능력을 그리 평가하지 않는다는 태도를 숨기려고 하지 않는다.

"네가 도시락을 먹지 않기로 한 것, 그러니까 시바모토 집에 가야 한다는 사실을 안 게 3교시 끝난 다음이지?"

"네."

"반 학생 전부 그때까지는 몰랐다?"

"맞습니다." 후지타가 끼어들었다. "3교시는 제 국어 수업이었습니다. 제가 수업하면서 학생들의 얼굴을 일일이 보며 차례대로 뽑았고요. 1반의 하야마에게는 수업 끝나고 교실에 들러 알렸습니다."

"그렇군. 그럼 나이토 학생은 후지타 선생님의 지명 덕분에 살

앴네. 아니면 그 도시락을 먹고……."

천하의 나이토도 얼굴을 찌푸렸다. 딱히 후지타에게 감사할 마음은 없다는 표정이다.

"짚이는 점이 없을까? 누군가의 미움을 샀다거나 누군가에게 나쁜 짓을 해서 그 복수라거나……."

"전혀 없어요. 누가 장난을 쳤다면 모르지만."

자기는 전혀 모르겠다는 듯 나이토는 부루퉁하게 대답했다.

"장난? 이건 장난이라 할 수 없지. 인명이 걸린 문제야. 무엇보다 너 대신 야규 학생이……, 한두 숟갈 먹다 토해서 다행이지만."

"나도 토했겠죠. 그런 거."

"그런 거? 왜 그런 거라고 하지? 너는 한 번도 그 도시락을 본적 없을 텐데."

"그러리라 생각해요. 그야 농약이잖아요. 냄새나서 틀림없이 다 먹지 못했을 거예요."

"흠." 노무라가 오쓰카를 돌아봤다. "감식에서는 뭐라고 했지?"

"냄새보다 혀를 자극해 먹을 수 없었을 거라고 했습니다. 쌀밥 위에 간장을 뿌린 가다랑어 가루가 뿌려져 있어서 어느 정도 냄새와 맛이 가려지기는 했으나 웬만큼 식성이 좋지 않고는 두 번 이상은 못 먹을 거라고."

"그렇겠지. 하지만 조금 먹더라도 비소 중독은 위험하니까 장난이라고 하기는 어려워. 정말 원한을 산 일은 없었니?"

"없다고 했잖아요. 내가 누군가를 증오할망정 증오받을 일은 안 해요."

"증오하다니, 그 참 사나운 말을 하네." 노무라가 드디어 공격을 개시했다. "네가 증오하는 상대가 의외로 너를 증오하고 있진 않을까? 누구니? 증오하는 대상이?"

"형사님이 뭘 원하는지 알겠네요. 그 말을 듣고 싶으신 거죠? 시바모토 미유키 일이요."

"시바모토 미유키?"

노무라는 당황했다. 사건은 나이토가 시바모토 미유키의 삼우제에 출석하느라 자리를 비운 가운데 일어났다고 들었는데 미유키가 중독 사건과 무슨 관계인지 판단이 서질 않았다.

"모르는 척하지 마세요. 경찰은 미유키의 임신을 제 탓이라고 의심하죠?"

"뭐?" 노무라는 말문이 막혔다. 아무래도 사건의 배경을 제대로 듣지 못한 것 같아 항의의 뜻을 담아 교사를 불렀다.

"후지타 선생님? 선생님은 아무래도 중요한 얘기를 빠뜨리신 것 같네요."

"그게……"

후지타는 노무라보다 교장을 더 어려워하며 말을 흐렸다. 교장은 조각이라도 된 듯 여전히 움직이지도 말하지도 않았다.

"이거 곤란하네요. 숨기시는 게 있으면."

"아뇨. 숨긴 건 아닙니다. 그저 이번 사건과 관련이 없는 것 같아서."

"관련이 있는지 없는지는 경찰이 판단하게 해주시죠. 어쨌든 미유키의, 분명 임신이라고 했나요? 자세히 말씀해주시죠."

후지타는 비지땀을 흘리면서 미유키의 죽음을 이야기했다. 마침내 이야기는 삼우제 자리의 혼란한 대화로 이어졌고, 노무라의 교묘한 질문으로 인해 겐지로가 지금도 응접실에 있다는 사실까지 말하고 말았다.

"그런 이유로……. 미유키를 진찰한 아리타 의사가 필요한 신고는 한 것 같아……. 절대 숨기려 했던 것은……."

노무라는 교장과 자신을 번갈아 보며 계속 땀을 닦는 후지타를 차갑게 바라보다가 나이토에게 질문했다.

"그래서, 미유키 학생 일로 경찰이 너를 의심할 거란 이유는?"

"그야, 전에도 형사가 나를 조사하러 왔으니까."

"전에 형사가? 언제?"

"미유키의 장례식 날이요. 장례식을 끝내고 돌아가는 길에."

노무라는 오쓰카에게 눈으로 물었다. 오쓰카는 고개를 저었다. 그리고 노무라가 턱짓하자 일어나 전화기로 향했다.

"도요나카히가시서의 형사였니?"

"네. 도요나카히가시서 사람이라고 했어요."

"이름은?"

"물었는데 대답해주지 않았어요. 안주머니에서 검은 수첩을 꺼내 필기해서 형사인 줄 알았죠."

"뭘 물어봤니?"

"미유키 일이요. 임신한 게 진짜냐, 상대는 누구냐."

"너는 뭐라고 대답했니?"

"모른다고 했죠. 정말 몰랐으니까요. 사실 미유키가 임신 중절하다 죽은 사실도 얼마 전 듣고 저도 놀랐으니까요."

"얼마 전? 누구에게 들었니?"

"누구라기보다 그냥 소문이요."

"소문이라면, 그 소문을 네게 전한 사람이 누구니?"

"야규요." 나이토는 잠시 주저한 후 말했다.

노무라는 저도 모르게 자리에서 주춤 일어났다.

"네 도시락을 먹은 그 야규 말이니?"

통화를 끝낸 오쓰카가 성난 목소리로 노무라에게 말했다.

"과장도 처음 듣는 소리랍니다. 시바모토 미유키의 사망과 관련해 의사의 신고가 있긴 했답니다. 하지만 가족의 희망에 따라 경찰에서도 관계자 외에는 알리지 않았답니다. 물론 관련해 수사한 적도 없고요."

노무라는 고개를 끄덕이고 질문을 계속했다.

"나이토 학생. 들었지? 그 남자는 아무래도 가짜 형사인 것 같구나. 어떤 목적으로 네게 말을 걸었는지는 모르겠으나 다음에 또 보면 바로 연락해라. 질문을 받은 것 외에 다른 피해는 없었겠지?"

노무라는 그렇게 말하면서 미유키의 죽음을 조사할 필요가 있겠다고 생각했다. 간접적으로라도 중독 사건과 관련이 있을 것 같았다.

"그리고 시바모토 겐지로 씨가 미유키 학생 일로 너를 원망했다고 해도 그가 네 도시락에 독을 넣는 것은 불가능해. 그는 계속 삼우제 자리에 있었고 무엇보다 그가 너를 의심하기 시작한 것은 이미 네 도시락이 경매에 나온 뒤였으니까."

나이토는 말없이 고개를 끄덕였다.

"자, 수고했어. 다음은……"

"실례합니다만" 교장이 억눌린 목소리로 입을 뗐다. "너무 늦었고 학생들을 오래 잡아두는 것도……. 가능하면 내일 다시 하시죠."

교장이 내놓은 의견다운 의견은 그게 다였다. 근엄만이 유일한 자랑인 늙은 교장에게 그만큼 충격이 컸겠지.

"그러네요. 자, 그만하죠."

노무라도 흔쾌히 받아들였다. 학생 가운데 범인이 있다고 해도 도망칠 우려는 없었다. 자칫 수사를 강행해 학교와 학생들을 자극하는 바람에 수사 협력을 거부하면 더 안 좋은 상황이 되리라는 계산도 있었다.

"아, 잠깐." 후지타가 방을 나가려는 나이토를 불러세웠다. "너희 반에서 요즘 서양사나 물리 시간에 아르키메데스를 배우니?"

"아뇨. 별로." 나이토는 느닷없는 질문에 의아한 표정으로 대답했다.

"흠. 그러면 최근 아르키메데스가 화제가 오른 적은 있니?"

"글쎄요……. 그게 사건과 관련이 있나요?"

"아니, 대단한 건 아닐 것 같은데……. 그저 미유키가 아르키메데스에 관심이 많았다고 해서."

"아, 그거라면." 나이토가 처음으로 미소를 지었다. "학교 축제 영어 연극일 거예요. 틀림없이."

"영어 연극……?"

"5월에 창립 50주년 기념 축제가 있었잖아요. 우리 반은 영어 연극을 했어요. 그때 올린 연극이 아르키메데스였어요."

영어 교과서에 나오는, 목욕 중에 아르키메데스 원리를 발견한다는 일화였다. 플루타르코스 영웅전에서 번안된 이 이야기는 영어 연극과 어울렸다. 무엇보다 내용이 대중적이다. 참관하는 부모들에게 영어 연극만큼 지루한 것도 없다. 하나도 이해할 수 없는데 그렇다고 관객석을 지키지 않으면 아이들 볼 면목이 없다. 게다가 학부형끼리 체면도 있어서 이해하지 못한다는 표정을 들키고 싶지도 않다. 그런 관객이라도 이 연극이라면 충분히 알 수 있다. 어슴푸레 내용도 생각나고 짐작도 가능해 손뼉 칠 곳을 놓칠 우려도 없다. 다행히 같이 온 초등학생도 아는 내용이라 지루하지 않다는 부수적 이익도 있다.

"예상대로 대성공이었어요. 특히 아르키메데스가 알몸으로 거리를 질주하는 장면에서 아주 빵 터졌어요. 정말 알몸이었거든요."

"진짜 알몸으로? 그럼…… 너."

노무라가 눈을 부릅떴다.

"아니, 팬티를 입은 아르키메데스라니 웃기잖아요. 연출자가 절대 물러서지 않았어요. 옳은 말이긴 하죠. 그래서 결국은 조명을 최대한 낮춰 관객에게는 알몸인 게 잘 보이지 않도록 했어요. 그리고 스포트라이트를 여러 개 위에서 아래로 흐르게 해 마을 사람들이 붕 뜬 것처럼 보이게 하면서 아르키메데스가 달리는 느낌을 강조하기로 했죠."

"좋은 생각이구나. 그래서?"

"그런데 조명 담당이 잘못해서, 아니면 장난을 치려 했는지 순간 아르키메데스의 중요한 부분에 스포트라이트를 맞췄어요."

"그거…… 큰일이었겠구나. 공연음란죄야, 그거." 노무라가 싱글대며 말했다.

"아주 잠깐이었어요. 그런데 운이 나쁘다고 해야 하나, 좋다고 해야 하나 바로 앞자리에 미유키 그룹이 있었어요. 게다가 미유키의 눈길이 마침 아르키메데스로 향해 있었죠. 제대로 보고 말았어요. 대단하다고 나중에 그 그룹 애들이 떠들어댔어요. 미유키는 못 봤다고 부정했지만, 얼굴이 새빨개진 것을 보면 아무래도 본 것 같아요."

나이토는 거기서 한숨 돌리고 계속 말했다.

"그 정도가 다예요. 미유키와 아르키메데스는."

그렇게 말하고 말간 얼굴로 후지타를 봤다. 후지타는 씁쓸하게 웃으며 물었다.

"그게 누구니? 아르키메데스를 연기한 사람? 너니?"

"말도 안 돼요. 나처럼 빈약한 몸으로 그 많은 사람 앞에 나서다니. 그럴 용기는 없어요. 야규예요."

"야규!"

"또 야규야……?"

후지타와 노무라가 동시에 나지막하게 소리쳤다.

나이토가 자리를 뜬 뒤 조금 있다가 노무라는 후 한숨을 내쉬었다.

"여학생의 임신에 남학생의 스트립까지……. 후지타 선생님. 요즘 고등학생은 다 저런가요?"

"아뇨. 다 그렇다고는……." 후지타가 어렵게 반론했다.

"제게도 고2 아들과 중3 딸이 있습니다. 지금 얘기를 듣고 등줄기가 서늘해졌어요. 실제로 그들은 섹스를 어떻게 생각하나요? 이것은 수사와 상관없이 선생님의 생각을 여쭙는 겁니다."

노무라가 진지하게 물었다.

"그렇게 말씀하셔도……. 그러네요. 이건 올해 7월에 교토 류고쿠대학의 심리학과가 조사한 결과인데 참고가 될까요?" 후지타가 수첩을 펼치며 말했다.

"교토 시내의 공립, 사립 고등학교 남학생 683명과 여학생 238명, 그 아버지 132명, 어머니 134명을 조사한 결과인데 그에 따르면 육체관계 경험자가 남자 27.7%, 여자 3.4%였습니다."

"남학생은 사 분의 일 이상? ……믿어지지 않네요."

노무라는 자기 아들의 여드름 난 얼굴을 떠올리며 말했다. 그리고 그 녀석은 아무리 생각해도 나머지 사 분의 삼 **무리**이리라 생각했다.

"그렇습니다. 이 조사에서도 내 아이가 경험했을지 모른다고 대답한 부모는 275명 중 단 한 명도 없었습니다. 즉 부모들은 아무것도 모른다는 거죠."

"흠." 노무라는 불안해졌다. 그럼 그 녀석도 어쩌면 사 분의 일 **무리**일지도…….

"아직 경험하진 않았으나 해도 그만이라고 대답한 것은 남자가 61%, 여자가 43%였습니다. 그리고 애무 경험자는 더 많아서……"

"자네, 그만하게!" 교장이 호통쳤다. "한심한 소리를 길게 도⋯⋯."

"아니, 저는 그저 통계를⋯⋯."

"그 통계가 한심하다는 거네. 다른 학교 학생이라면 모를까 우리 학생들이 그런 방정치 못한 짓을⋯⋯."

저러면 아무것도 모르는 부모나 마찬가지 아닌가. 후지타는 그렇게 생각했으나 입 밖에 내지는 않았다. 그러나 교장은 그 마음을 민감하게 알아차리고 날카롭게 말했다.

"그 조사 결과의 진위를 따지는 게 아니야. 그저 우리 학생의 실태는 그런 게 아니라고 하는 거지. 애당초 우리의 교육 방침은⋯⋯."

"아이고, 그만!"

노무라가 손을 흔들며 말렸다. 교장의 교육 방침을 경청해 봤자 수사에 도움 될 게 없었다.

"후지타 선생님도 그만 됐습니다. 더 들었다가는 집에 가 아들딸 얼굴을 제대로 못 보겠어요. 그럼 오늘은 이만 돌아가겠습니다."

오쓰카가 부루퉁한 얼굴로 쓱 일어났다. 아무 도움이 안 된 수사라 화가 난 듯하다.

"그럼 이제⋯⋯."

교문을 나서며 노무라가 크게 기지개를 켰다.

"이왕 온 김에 미유키라는 학생의 집에 가볼까? 아무래도 이 사건은 미유키의 죽음과 전혀 관련이 없을 것 같지 않아."

"괜찮지 않을까요? 바로 서로 돌아가도."

보고할 만한 성과가 없어선지 오쓰카는 불만이었다.

세련된 상점가를 지나자 길은 작은 언덕을 돌아 주택가로 들어 갔다. 언덕을 하나 넘자 만국박람회 자리가 바로 앞이었다.

"집은 성이라는 영국 속담이 있는데 이런 집을 보면 맞장구를 치게 돼. 다 대체로 2백 평은 될 법한 대지에 하늘 높이 쌓은 담 으로 높이 둘러쳐 있잖아. 작은 성의 성주로 사는 거지. 여기 사 는 사람들은."

노무라는 도로 양쪽 옆에 늘어선 블록 담을 보며 투덜댔다. 그 의 집은 도요나카시 남쪽 끝의 지은 지, 사십 년이나 된 네 칸짜 리 연립주택이다. 담도 문도 없다. 오십 미터 앞에는 검붉은 오염 수를 태연히 흘려보내는 마을 공장이 있다.

─그곳 노동자는 또 얼마나 불량한가. 그들의 행동을 배워 막 내딸까지 자신을 가리켜 '미'라고 한다. 미는 아시야까지는 바라 지도 않아. 적어도 도요나카 주택지의 단독주택이 있는 상대가 아니면 결혼하지 않을 거야. 이렇게 말한다. 그리고 네 칸짜리 연 립주택에 사는 형사에게 시집온 여자가 있다는 게 이상하다는 얼 굴을 한다.

"여기예요."

노무라는 오쓰카의 목소리에 정신을 차렸다. 나무 울타리에 둘러싸인 작은 성 앞이었다.

"가볼까요?"

"아니야." 노무라는 고개를 흔들었다. "그보다 미유키를 진찰한 아리타 의사를 만나지. 가족들은 편을 들거나 과장해서 얘기하기 마련이니까."

아리타산부인과까지는 10분도 걸리지 않았다.

"건강 보험증과 진료비만 들고 와 진찰받으려면 기가 죽겠어."

노무라는 오쓰카를 보고 중얼거렸다. 주택가 안에서도 가장 눈에 띄는, 화려하고 새하얀 3층짜리 건물이었다.

"그것도 남자 둘이니 더 그러네요." 오쓰카도 다소 기가 죽은 듯한 태도였다.

"그렇지……. 우리가 받은 명령과는 직접 관계가 없을지도 모르지만, 일단 조사해보자고."

아리타는 명함을 보고 "용건은?"이라며 불안해했다. 의사는, 특히 산부인과 의사는 이름을 파는 장사다. 이상한 소문이나 나쁜 평판이 나면 환자의 발길이 뚝 끊긴다. 형사 같은 부류는 가장 멀리하고 싶은 쪽에 속할 것이다.

시바모토 미유키 일이라고 말하자 아리타는 먼저 진료 차트를 넘겼다.

"중절 수술이 순조롭지 않았다고 들었는데……."

노무라는 일부러 실패라는 단어를 쓰지 않는 것으로 배려한 셈인데 아리타의 표정이 갑자기 험악해졌다.

"순조롭지 않았다고요? 누가 그런 말도 안 되는 소리를 했습니까? 수술은 전혀 문제가 없었습니다."

"그러나 미유키 씨는 사망했죠……." 노무라는 격렬한 아리타의 말을 진저리치며 끊었다.

"분명 환자는 바로 사망했습니다. 그러나 수술 탓이 아닙니다. 얼마 전, 환자의 아버지에게도 자세히 설명해 드렸습니다. 아시겠어요? 환자는 난관 임신이었습니다."

노무라는 낯선 단어에 입을 벌린 채 침묵했다.

"그러니까 모르는 사람은 괜히 참견하지 마세요." 아리타는 내뱉듯 말하고 설명을 시작했다.

난관에서 수정한 난소는 자궁에 내려와 착상해 태아로 발육하는 것이 일반적인 형태다. 그런데 수정란이 자궁으로 내려가는 도중에 난관에 협착이 일어나면 난소는 그곳에 멈춰 성장을 계속한다. 난관은 가늘어 임신 1, 2개월이 되면 확장 한도에 달해 찢어진다. 그리고 복강 안으로 1천5백cc에서 2천cc의 피가 흘러나와 죽음에 이른다.

"이른바 자궁외임신이라는 거죠."

아리타는 이 정도 말이라면 알아듣지 않냐는 듯 노무라를 노려봤다. 노무라도 파열하기 전에 자궁외임신을 진단한다는 것은 극히 어렵다는 정도의 지식은 있었다. 그러므로 아리타의 분노를 모르는 바 아니었다.

"알겠습니다. 무책임한 소문을 함부로 얘기해 죄송했습니다. 그런데 선생님, 한 가지 더 여쭙고 싶습니다."

아리타는 여전히 불쾌한지 대답도 없었다. 노무라는 개의치 않고 계속했다.

"마취 중에 하는 말, 그러니까 헛소리 말인데요, 어느 정도까지 믿을 수 있나요?"

"마취가 얼마나 깊고 얕으냐에 따라, 본인의 신체 상황에 따라, 저마다 다릅니다. 그러니까 한마디로 말할 수 없습니다."

도무지 말을 붙이기가 힘드네. 노무라는 허둥지둥 자리를 뜰 수밖에 없었다.

"망했네. 조금 더 자료를 갖추고 갈 걸 그랬어."

노무라는 그렇게 말하면서도 그다지 후회하는 것 같지 않았다.

"조금 걸을까? 지금까지의 내용을 정리하고 싶은데……."

경찰서까지는 걸어서 20분 거리인데 가을 해가 아직 살짝 남아 있어서 산책하기 안성맞춤인 시간이었다.

"아무래도 마음에 걸리고 석연치 않은 점이 있는데……."

노무라는 천천히 걸음을 옮기면서 말했다. 오쓰카는 어떤 점이냐고 묻지 않았다. 잠자코 보조를 맞출 뿐이다. 상대에게 질문하기보다 자문자답하면서 생각을 정리하는 것이 노무라의 습관이다. 노무라와 일 년 이상 파트너로 일한 오쓰카는 그 습관에 완전히 익숙해졌다. 반문하거나 대답하는 일은 노무라의 생각을 방해하는 것이다. 무슨 말을 하든 긍정도 부정도 하지 않고 그저 고개만 끄덕이고 있으면 된다.

"첫째는 시바모토 미유키가 기어이 관계한 상대의 이름을 밝히지 않았다는 거야. 아르키메데스가 야규라고 해도, 상대가 아르키메데스라고 단정할 수는 없지. 게다가 마취 중에 한 헛소리야. 얼마나 믿어야 할까.

또 나이토는 도시락에 독을 넣은 게 누군지 전혀 짐작이 가지 않는다고 했어. 즉 피해자는…… 미유키를 피해자로 부를지는 의문이지만……, 피해자는 둘 다 가해자의 이름을 대지 않아. 모르니까 얘기하지 못한다고 생각해 버리면 그뿐이지만, 어쩐지 그런 것 같지 않아.

둘째는 두 가지 사건이 전혀 별개의 것인지, 관련이 있는지, 지금 단계에서는 모르겠어. 나이토는 관련이 있다고 생각하는 것 같아. 그래서 중독 사건에 관해 질문했는데 묻지도 않은 미유키 얘기를 먼저 꺼냈겠지. 그는 왜 관련 있다고 생각할까.

그리고 야규의 존재야. 헛소리의 주인공이라는 것과 중독의 피해자라는 것. 그런 면에서 일단 야규가 두 건의 사고를 연결하고 있다고 말할 수 있어.

하지만 그것만으로는 너무 빈약해. 도시락에 농약을 넣은 사람과 미유키와의 관련. 그것과 야규가 그 도시락을 먹기에 이르는 **필연적인** 이유. 그것들을 해명하지 않으면 야규의 존재가 두 가지 사고를 잇고 있다고 말할 수 없어……."

청년이 사라졌다.

1

입원한 일주일 동안 야규 다카야스는 지루해서 미칠 지경이었다. 원래 건강한 데다 젊은 나이 덕분에 중독 증상은 나흘째에 고비를 넘겼다. 다음은 식단 관리뿐이다. 의사는 퇴원해도 된다고 했으나 다카야스는 일단 몸을 돌보기로 했다. 집에 가면 오히려 마음이 편치 않았다. 과부인 엄마 이쿠요는 보험 설계사, 누나인 미사코는 오사카 무역상사에서 근무하며 가계를 유지하고 있다. 둘 다 거의 쉬지 못한다. 집에 돌아가면 점심 식사부터 혼자 해결해야 한다. 게다가 용건이 있는 사람이나 수금원, 영업사원까지, 집에 없으면 그냥 넘어갈 일도 집에 있으면 일일이 대응해야 한다. 그러면 편히 잘 수도 없겠다……라는 이유로 셋이 상담한 끝에 일주일 동안 병원에 머물기로 했다.

"오늘이 13일의 금요일이야."

이쿠요가 사과를 깎으면서 말했다. 또 사과즙이야? 다카야스는 지긋지긋해하며 바라보고 있었다. 반 애들이 준 병문안 선물이다. 사흘째부터는 사과즙이면 먹을 수 있다는 이야기를 듣고 한 상자를 들고 왔다. 고마운 일이지만 아무리 그래도 양이 너무 많아 열심히 짜도 줄어들지 않았다. 병문안을 오는 사람에게 떠맡기듯 먹게 했는데도 반도 줄지 않았다. 어쩔 수 없이 다카야스는 사과즙 공략에 나섰다.

"그런 미신, 요즘은 통하지도 않잖아."

부루퉁하게 대답했다. 마찬가지로 사과즙이 환자에게 좋다는 소리도 미신이라며 속으로 투덜댔다.

"그렇지도 않아. 보험 권유에는 꽤 도움이 돼. 교통사고는 언제 당할지 몰라요. 게다가 13일의 금요일에는 상당히 늘어요. 여기 오는 도중에도 자동차가 정면충돌하는 걸 봤어요. 한 가족 셋이……이런 식으로 적당히 말하면 하나 들어준다니까."

이쿠요는 애써 밝게 웃었다. 자신이 바쁜 탓에 도시락을 싸주지 못한 것이 이런 사고의 원인이라는 자책감이 그렇게 만들었다. 하지만 마음에 걸리는 것은 농약이 들어간 경로를 여전히 모른다는 점이다. 나이토의 도시락을 먹은 것은 '완벽한 우연'이라고 다카야스는 별일 아니라는 듯 말했다. 그리고 여러 번 병문안을 온 나이토와는 허물없이 대화를 나누기도 했다. 이쿠요는 그게 영 마음에 들지 않았다.

"다카야스가 나이토를 원망해 봤자 소용없을 것이고 원망할 수도 없겠지. 하지만 나이토도 참 어지간해. 들어보면 네가 나이토 대신 피해자가 된 거잖아. 그렇다면 한마디라도 미안하다고 해야 하는 거 아니니?"

여러 차례 불쾌함을 드러냈다. 그때마다 다카야스는 이쿠요보다 더 불쾌해하며 걔도 피해자라고 고개를 흔들었다. 이쿠요가 피해자는 너라고 되받아치자 다카야스는 그보다 더 피해자라며 그 화제를 피했다.

"다카야스의 나이 때는 원래 그래. 쟤한테는 우정이 최고야. 우정이 생명보다 소중한 나이라고."

이쿠요의 불만에 대한 미사코의 설득이었다. "그럴까?" 이쿠요는 도통 받아들이지 못하는 표정이었다.

그런 이쿠요였으나 그래도 오늘은 퇴원하는 날이라 마음이 가벼웠다. 사과즙을 테이블에 놓고 화장을 고치면서 말했다.

"짐은 저녁에 미사코가 정리하러 올 거야. 5시에 자동차를 부탁해뒀으니까 너는 몸만 와라. 오랜만에 저녁이나 같이 먹자. 이제 두세 군데 더 돌아야겠어. 13일의 금요일을 최대한 이용해야 하니까."

재빨리 문에 손을 대고 "맞다!"라며 고개를 돌렸다.

"수학여행은 25일부터라고 했지?"

"맞아. 25일부터 3박 4일이야. 시코쿠 일주."

"어때? 갈 수 있겠어?"

"물론이지. 의사도 괜찮다고 했어."

"다행이네. 마음에 걸렸는데. 네가 실망할까 싶어서."

"솔직히 나도 중간고사보다 수학여행이 걱정이었어."

"너도 참……. 하지만 잘 됐다. 나도 갈 수 있겠다."

"엄마, 어디 가?"

"아니. 지점 가을 운동회가 호쿠리쿠의 온천에서 열려. 너처럼 25일 밤에 버스 타고 출발해 27일 낮에 돌아와. 안 가려고 했는데……."

"가면 좋지. 나 때문이라면 신경 쓰지 마."

"알았어. 그렇게 할게."

이쿠요가 떠나자 교대라도 하듯 미사코가 나타났다.

"어? 괜찮아? 회사 빼먹어도?"

"응. 잠깐이니까." 미사코가 말을 흐렸다. "그가…… 병문안을 오겠다고 해서……."

"그? 아, 가메이?"

"응. 괜찮아?"

"괜찮냐 아니냐 문제가 아니잖아. 이미 왔으니 어쩔 수 없지."

"어쩔 수 없다니……. 친절을 베풀어 온 건데."

"나는 환영 안 해."

문이 조심스레 열리더니 테 없는 안경을 쓴 청년이 고개를 내밀었다.

"다행이야. 오늘 퇴원한다고?"

부드럽고 온화한 미소였다.

다카야스는 벽을 응시한 채 대답하지 않았다. 하얗고 단정한 그 얼굴은 보고 싶지 않았다. 단정한 이목구비가 마음에 들지 않은 건 아니다. 누나의 연애 상대라 마음에 안 드는 것도 아니다.

가메이 마사카즈에게 결혼한 지 삼 년 된 아내와 두 살짜리 아이가 있는 것도, 그런 주제에 누나와 사귀는 것도 뭐라 할 마음은 없다. 누나가 그걸 다 알면서도 그를 사랑한다면 자신이 참견할 바 아니라고 생각한다.

하지만 싫었다. 왜 그렇게 싫어하냐는 미사코의 질문에 대답할 수 없었다. 설명할 수는 없지만, 그냥 벌레가 싫은 거나 마찬가지라고 웅얼거릴 수밖에 없었다.

가메이는 미사코가 입사하며 배치된 서무과 계장이었다. 가메이는 그녀 동생이 도요노고교 후배임을 알자 갑자기 호의를 드러냈다. 첫 직장이라 불안했던 미사코에게 가메이는 든든한 상사였다. 그런 그가 동생의 고등학교 선배라고 하니 더 가까워졌고 든든했을 것이다. 저도 모르게 의지하고 말았다. 그 의지를 가메이가 남자에 대한 여성의 교태로 해석했다 해도 그만을 나무랄 일은 아닐 것이다. 가메이에게 처자가 있음을 알면서도 미사코가 그를 남자로 받아들인 것은 입사 후 불과 반년 만의 일이었다.

직장에서는 그래도 조심스럽게 행동한 덕분에 근거 없는 소문으로 넘어갔으나 이쿠요의 눈을 속일 수는 없었다.

모녀 사이에 험악한 말다툼이 이어졌다. 불륜은 용서할 수 없다는 어머니와 사랑은 이유가 없다는 딸 사이에 타협점은 찾을 수 없었다. 무책임하다고 질책하는 이쿠요와 이대로 좋다, 헤어질 바에는 오히려, 라며 매달리는 미사코 사이에서 가메이는 곧 납득할 만한 해결책을 내겠다는 말만 반복했다.

그렇게 일 년. 사태는 조금도 달라지지 않았는데 셋 다 길어진 싸움에 지쳐 표면적으로는 기묘한 평온을 유지하고 있었다. 이런 관계를 대단한 불륜으로 보지 않는 세상의 변화가 이 평온을 초래했는지도 모른다.

미사코에게 가장 큰 골칫거리는 다카야스의 태도였다. 처음에는 오히려 호의적이었다. 가메이를 단순한 선배가 아니라 매형으로 대하며 잘 따랐다. 그런데 반년쯤 전부터 갑자기 서먹서먹해지더니 반항적인 태도를 보였다. 고등학교 2학년 두 번째 사춘기니까 신경 쓰지 말라고 가메이는 웃어넘겼으나 미사코는 그렇게만 생각되지 않았다. 미사코에게는 여전히 다정했기 때문이다. 때로는 이루지 못할 사랑을 안타깝게 여기기조차 했다. 그러나 가메이에게는 혐오의 빛을 감추지 않았다.

그러니까 사춘기라니까, 더 크면 우리를 이해해줄 거야…….
가메이는 미사코를 그렇게 달래고 다카야스를 조심스럽게 대하는 태도를 유지했다. 그리고 다카야스의 중독 사고 소식을 듣자 바로 달려와 당황한 이쿠요와 미사코를 제치고 척척 일을 처리해주었다. 게다가 다카야스를 자극하지 않으려고 퇴원하는 날까지 다카야스의 앞에 나타나지 않았다.

사람 다시 봤다……. 이쿠요도 미사코에게 그렇게 말했을 정도였다. 남자의 가치는 어떤 결정을 하느냐에 있다고도 했다. 여차

싶을 때 사소한 사정을 내던지고 해야 할 일을 하느냐에서 남자의 진면목을 가늠할 수 있다고. 다음은 처자를 버리고 미사코를 선택할 것인지, 미사코와 헤어지고 가정으로 돌아갈 것인지, 어느 쪽을 선택할 것인지가 그 남자의 진가를 볼 수 있는 기회겠지. 이쿠요는 이렇게 말했으나 미사코는 상대하지 않았다. 이런 말로 옥신각신하는 데 지쳤다.

"퇴원 준비는 다 했니? 도울 게 있으면⋯⋯." 가메이가 미소를 지으면서 말을 걸어왔다.

"됐어요. 다 끝냈어요."

들어올 틈을 주지 않는 다카야스에게 미사코는 눈살을 찌푸리고 분위기를 무마하려 했으나 가메이는 해맑은 표정으로 실내를 돌아보며 미사코에게 말했다.

"이 정도면 승용차에 다 넣을 수 있겠다. 내 차로 갈까?"

떼쓰는 아이를 가볍게 무시하는 듯한 그 태도가 다카야스의 신경을 더 거스른다는 사실을 모르는 건지, 아니면 알면서도 모르는 체하는지, 그걸 알 수 없어 다카야스는 불쾌를 넘어 증오에 가까운 강렬한 분노를 느꼈다.

문이 벌컥 열리고 나이토가 들어왔다. 학교에서 돌아오는 길인지 가방을 침대에 내던지듯 놓고 말했다.

"학교에는, 언제부터 올 거야?"

미사코에게도 가메이에게도 인사할 생각이 없는 듯하다. 미사코는 버릇없는 행동을 나무라는 표정을 노골적으로 지었으나 나이토는 알아차리지 못했다. 자신이 찾아온 사람은 다카야스지 미사코도 가메이도 아니다. 거기에 있든 말든 내가 상관할 바 아니야……. 라는 게 그의 논리였다.

"다음 주부터."

"그럼 시험은?"

"쳐야지. 시험은 안 치고 수학여행은 가겠다고 하면 너무 속 보이잖아." 다카야스는 한심한 소리를 거침없이 날렸다. "게다가 점수가 안 나오더라도 이런 상황이니 선생님도 다소 봐주겠지."

"동정 점수를 따겠다고? 그럼 내가 불리한데. 네게 주는 동정 점수만큼 내게서 뺄지도 몰라."

"그야 당연하지. 네 도시락 탓에 중독됐으니까."

둘은 함께 웃었다.

미사코는 도통 이해할 수 없는, 그러나 평화로운 웃음이었다. 가메이도 따라서 쓸쓸하게 웃었다.

"그런데? 학교는 어때?"

"그게 말이야, 여러모로……."

나이토는 빤히 가메이와 미사코를 보며 입을 닫았다. 방해꾼은 꺼지라는 태도다. 가메이는 어이가 없었다. 내가 먼저 왔으니 내가 있어서 곤란하면 네가 나가라는 태도로 응했다. 그런 둘을 바라보며 다카야스는 피식 웃었다. 아주 사소한 갈등이라도 사람들 사이의 말썽은 제삼자의 눈에는 즐겁게 보이기 마련이라는 표정이다.

"괜찮으니까 말해. 저 사람들과는 관계없는 얘기니까 들어봤자 문제 될 것도 없어."

다카야스는 가메이를 무시하는 것으로 도전했다. 가메이는 말간 표정이고 미사코는 못마땅한 얼굴이었다.

"형사가 왔어. 온갖 질문을 하고 돌아다녔지. 교장과 후지타는 완전히 겁을 집어먹고 있고. 다들 재미 삼아 온갖 정보를 떠들어 대는데 경찰이라는 거, 상당히 비효율적이더라. 아무것도 쥔 게 없는 것 같다. 도시락에 농약을 넣은 게 화학 시간이라는 건 알아냈는데 누가 넣었는지는 오리무중인가 봐."

"모르겠지."

"그렇겠지. 우리 학생들도 모르는데 외부인인 형사가 알 리 없지."

둘은 싱글대며 웃었다.

"범인이 안 잡히는 게 좋은가 보네."

가메이가 처음부터 함께 대화하고 있었던 것처럼 자연스럽게 끼어들었다.

"잡혀봤자 어떻게 할 수 있는 것도 아니고."

"맞아. 그렇다고 내 복통이 없던 게 되는 것도 아니고……."

"의료비는 보험에서 냈고……."

"그러고 보니 그러네." 가메이는 가볍게 대답하고 미사코에게 말했다. "미사코 씨, 아무래도 우리에게 볼일은 없는 것 같으니 나가 있을까요?"

둘의 발걸음 소리가 멀어지자 나이토는 침대 곁에 앉았다.

"그 사람이야? 그 돈 후안?"

"돈 후안은 무슨. 그냥 여자에게 환장한 놈이야. 누나는 남자가 필요한 발정기 암컷이고. 유감스럽게도 발정기가 길어지네. 일 년 반이나 계속되고 있어." 씹어 뱉듯 말했다. "그보다 형사가 시바모토 미유키와의 관련을 알아차린 것 같아?"

"괜한 노력을 하고 있지. 뭔지 모를 거야. 다만 시바모토 그 아저씨가 시끄러워서. 나를 의심하고 있어. 게다가 가짜 형사까지 한몫했고……."

"일단 그 녀석을 만나 혼내주자."

"그건 됐어. 가짜라는 걸 알았으니까 하나도 안 무서워. 적당히 대하면 그만이야. 시끄럽게 굴면 진짜인 노무라에게 넘기면 그만이야."

"뭐, 가짜가 경찰에 협력할 일도 없겠고."

"그러니까 내버려 두면 돼. 내가 네, 네, 하고 잔뜩 겁먹은 것처럼 행동하니 정작 본인은 정체가 폭로된 줄도 모르고 위엄을 유지하는 척하지. 그리고 엉뚱한 질문을 하고 내 대답으로 추리하며 심각한 얼굴로 생각에 잠겨. 정말 웃기는 상황이지."

"뭘 찾는데?"

"미유키의 상대를 알고 싶대."

"왜?"

"그걸 잘 모르겠어. 어쩌면 그 상대를 협박하려는 거 아닐까. 그럴 남자야."

"흠. 그게 다라면 별문제는 아닌데……." 다카야스는 살짝 고개를 갸웃했다.

간호사가 얼굴을 내밀고 자동차가 도착했다고 알렸다.

"같이 타자. 바로 집에 돌아가 봤자 할 것도 없어. 만국박람회 터의 서킷을 달리자고. 오토바이 정도는 아니더라고 꽤 기분이 후련해질 거야."

2

전화가 울렸다. 책상 위의 사장 직통 전화였다.

"응. 나야."

겐지로는 읽던 서류를 내려놓고 대답했다. 직통 전화번호를 아는 사람은 손에 꼽는다. 내밀하거나 특별한 관계자 외에는 걸지 않는다. 거래처나 금융기관, 나아가 지방 정계 인물과의 비밀 대화도 이 직통 전화를 이용했다. 건설업계는 뒷이야기가 많은 세계다. 교환대를 통해 이야기가 새어 나가서는 안 된다.

"뭐? 아, 아무개 씨. 뭐지? 뭔가 잡았나? 음, 아냐, 그럴 수는 없어. 너 같은 남자가 회사를 드나들면 신용에 문제가 생겨. 집에? 선 넘지 마. 너 같은 자식을 집에 들일 사이야? 응. 좋아. 6시. 좋아, 가지."

겐지로는 전화를 끊고 책상 서랍을 열었다. 미유키가 웃고 있다. 도요노고교 입학식 사진이다. 세일러복 옷깃이 청결하다. 겐지로는 한참 눈을 감고 있다가 서랍을 닫았다.

6시 정각에 사장실을 나섰다. 시바모토공무점 본사는 도요나카역과 가깝다. 회사 차를 물리치고 역까지 걸었다. 지나가는 택시를 잡아 쇼나이로 가라고 했다. 쇼나이초는 도요나카 시내 남쪽 일대를 차지하고 있는 새로 개간된 토지다. 무질서하게 개발된 상점과 작은 주택, 여기에 문화주택이라는 말을 함부로 붙인 2층짜리 연립주택이 난립한 도시 슬럼화 직전의 지역이다.

쇼나이역 앞에서 택시를 내렸다. 운전사도 들어가길 꺼리는 지역이다. 도로는 좁고 통행인은 많다. 잘못 길을 들면 한없이 헤맬 우려도 있다.

그런 골목길을 몇 개 돌아들어 가자, 허름한 가정식 음식점이 늘어선 곳이 나타났다. 겐지로는 그중 하나의 문을 밀었다. 쉰 냄새 같은 게 확 달려들었다.

"아니 어떻게······?"

입구에 자리를 잡은 노무자처럼 보이는 두 사람이 이곳과 영 어울리지 않는 손님을 보며 목을 움츠렸다.

"시바모토 사장님 아니십니까? 이런 데······?" 엉덩이를 든 채 눈도 못 마주치고 우물쭈물한다.

"와있나?"

주인이 끄덕이자 시바모토는 사다리처럼 급경사인 계단을 올랐다. 다 오르니 약 한 평 반 정도의 공간에 요시노가 있었다. 낮은 테이블에 술병과 식은 문어 다리가 그대로 있는 것을 보면 요시노 나름 예의를 차리고 있는 것이리라.

"이야기를 들어보지."

시바모토는 책상다리하고 턱짓했다. 요시노는 서둘러 술병을 들어 올렸으나 필요 없다며 매몰차게 손을 저었다.

"맨션 건설 반대파 녀석들을 찾았나?"

"네. 일단은······."

"그래서······?"

"죄송합니다······." 머리를 긁적이며 말을 이었다. "이렇게 말씀드리기 그런데 사장님 평판이 아주 나빠서······. 마치 사람이 아닌 것처럼 얘기하고 있습니다."

"그런 놈들이야. 보상금을 받아 가 놓고 뒤에서 험담하는 놈들이지."

"비뚤어진 가난뱅이의 대표군요."

"그런 셈이지. 그래서?"

"하지만 이놈 저놈 할 것 없이 큰일을 저지를 것 같지는 않았습니다. 저임금 노동자나 소상인들이라 험담은 잘 늘어놓아도 누구에게 손을 댈 만한 근성은 없었습니다. 제가 얼굴을 드러내고 질문을 던지고 다니기만 했는데도 벌벌 떠는 족속들이라."

요시노는 의기양양하게 얼굴을 탁탁 때렸다.

"괜히 위협하고 다니지 말게. 그런 놈들도 모이면 무서워."

"압니다. 녀석들이 시끄럽게 하면 제게 맡기세요. 하지만 한심한 놈들이라 따님을 어떻게 하지는 못했을 겁니다."

"반대 운동 위원장이었던 미나미는 어때?"

"아니, 그 아저씨는 이미 쉰다섯이에요. 품을 기운도 없을 겁니다."

"아들이 있을 텐데."

"겁쟁이 월급쟁이던데요. 사장님 이름을 댈 것도 없이 제 얼굴을 보자마자 창백해지더군요. 사장님에게 무척 혼났다던데요……."

"그랬지. 녀석 회사에서 철근을 사면서 그 회사 사장에게 네 회사의 미나미라는 자식은 빨갱이냐고 호통을 쳤더니 그날 바로 혼을 낸 모양이더군. 다음 날부터 교섭 자리에 나타나지 않았어."

"참 잘 대응하시네요."

"월급쟁이란 게 그런 거야. 밖에서는 잘난 체하고 다녀도 상사에게는 고개를 숙이는 법이지. 제대로 된 녀석은 남 밑에 있질 않아."

"지금 놀리시는 겁니까?" 요시노가 광대처럼 머리를 두드리며 토라진 척했다.

"아니야. 아무개 씨는 그런 한심한 놈이 아니지. 장의업체의 일을 받아서 하며 뒤에서 꽤 나쁜 짓을 해 돈을 버는 것 같아. 다 알지. 장의사라면 고인을 성불하도록 돕는 일인데 그런 자네가 고인의 비밀을 파헤쳐 공갈 소재로 삼다니, 앞날이 좋지 않겠어. 썩은 고기를 찾아다니는 하이에나 같은 녀석이지."

겐지로는 오물이라도 보듯 요시노를 응시했다.

"그런 사장님도 뻔뻔하게 살아 있는 사람에게 하늘을 빼앗아 돈을 버는 장사를 하시지 않습니까? 말하자면 산 생명을 노리는 들개 같죠……. 아이고, 이건 제 말이 아닙니다. 반대파들이 하는 말이죠."

요시노도 지지 않고 반론했다.

"나는 합법적인 사업이야. 협박과 똑같이 취급될 수는 없지. 자네도 너무 큰소리는 치지 마. 내 사업상 경찰에도 아는 사람이 없지 않아. 그보다 애송이들은?"

겐지로는 본론으로 화제를 틀었다. 요시노를 수족으로 쓰는 이상 너무 자극하지 않는 게 상책이라고 마음을 바꾸고 표정을 풀었다.

"말씀하신 대로 8월 1일부터 4일까지 놈들의 알리바이를 물어보고 다녔습니다. 정말 힘들었습니다. 인근 온갖 군데를 찾아다니니 의심까지 받았다니까요."

"그 잘난 가짜 형사로 행세했나?"

"네, 뭐, 그렇게 임기응변했죠. 자, 일단 확인한 사실을 알려드리자면……."

나이토는 1일, 온종일 집에 틀어박혀 있었다. 2일은 아침 10시에 야규가 오토바이를 타자고 해서 해수욕하러 갔다. 스마라는 곳에 간다고 크게 말했단다. 저녁 6시쯤에 돌아왔는데 오토바이소리가 너무 시끄러워 이웃 할아버지가 불평했으니 시간은 확실할 것이다. 3일부터 일주일 동안은 체조 동아리 합숙에 참여해 나라현에 갔으니 특이할 게 없다.

하야마 히로유키. 7월 25일부터 외갓집이 있는 군마로. 돌아온 것은 8월 5일.

미네 다카시. 1일은 오사카 시내에서 열린 포크송 모임에. 2일은 종일 집에서 빈둥빈둥. 3일부터 나이토와 마찬가지로 체조 동아리 합숙으로 나라에.

야규는……, 이라며 요시노는 머리를 긁적였다.

"이 녀석이 문제입니다. 무엇보다 중독 소동이 일어나는 바람에 이웃도, 병원도 진짜 형사가 돌아다녀 다가갈 수 없어서요. 그래도 확인한 바로는 1일은 집에 얌전히 있었습니다. 2일은 나이토를 뒤에 태우고 스마 해변에 갔고 3일과 4일은 집에 있다가 학교에 가거나, 근처 파친코 가게에 가기도 했으니까 멀리 간 흔적은 없는 듯……."

"흠"

겐지로는 수첩에 메모하고 다시 읽으며 생각을 거듭했다.

"스마에 간 게 수상해. 오토바이로 달리면 스마든 비와코든 같지 않나?"

"그럼 이 둘이……?"

"둘 중 하나겠지."

"윤간일 수도 있죠." 요시노는 입술을 음란하게 일그러뜨리며 말했다.

"한심한 소리 좀 마. 미유키는 순진한 처녀야. 그것도 갓난아이처럼 아무것도 몰라. 그런 일을 당하고 이틀이나 태연하게 친구들과 놀 수 있겠어? 그나저나……."

겐지로는 수첩을 닫고 말했다.

"아무개 씨. 하루 시간 내서 비와코로 가게. 숙소 주인을 만나 2일, 누가 오지 않았는지, 나이토나 야규 같은 남자를 보지 않았는지를 조사하고 와."

"가라면 가겠는데요. 하지만 아주 오래전 일이라 얼마나 알아낼지는."

탐탁지 않은 표정이다. 술상에 이만 엔을 던지니 "뭐, 그럼"이라며 손을 뻗었다.

"자고 올 생각하고 천천히 조사하게."

여름철이라면 모를까 이렇게 아침저녁으로 선선해진 계절에 수욕장에서 혼자 자고 와야 한다니 영 내키지 않았던 요시노는 속으로 이만 엔과 저울질하고 고개를 끄덕였다.

"그리고 야규는 학교에 나왔나?"

"네. 이번 주 초부터. 지금은 한창 시험 중입니다. 현재 녀석들은 고양이처럼 얌전한데 다음 주에는 수학여행을 간답니다."

"수학여행이라……."

겐지로는 미유키가 수학여행을 손꼽아 기다리던 것을 떠올리고 갑자기 입을 다물었다. 여행이 시코쿠 일주라는 사실을 안 이후로 시코쿠 여행 안내서를 손에서 놓지 않았다. 특히 배 여행이 마음을 사로잡은 듯했다. 오사카에서 다카마쓰까지 여덟 시간 남짓의 해상 여행을 처음으로 가본다는 사실이 얼마나 소녀의 마음을 들뜨게 했는지.

"가게 하고 싶었는데."

저도 모르게 이렇게 중얼거리는데 "네?"라며 요시노가 의아한 표정으로 물었다.

"아니야. 이만 나는 가겠네."

겐지로는 불결한 것이라도 되는 양 요시노의 시선을 물리쳤다.

미유키에 대한 추모를 벌레 같은 녀석 탓에 방해받은 게 화가 났다.

주인에게 오천 엔짜리를 던지듯 건넸다. 입구에 있던 둘이 호기심 어린 눈빛으로 눈인사를 건넸다.

"이 사람들에게도 술을 주게. 그리고 내가 온 건 비밀로 하고."

주인이 한쪽 눈을 찡긋하며 고개를 끄덕였다.

바로 집으로 돌아갈 생각이었는데 역까지 걸어 차를 잡자 마음이 변해 우키타초 맨션 옆에 내렸다. 차를 기다리게 하고 북쪽 길로 들어가자 어렴풋이 달이 뜬 밤하늘에 맨션이 주위를 위협하듯 솟아 있었다. 창문의 불빛이 아주 강하게 번쩍이며 발아래 웅크린 작은 집들의 지붕을 비추고 있다. 그 집들은 맨션이라는 거대한 괴물의 희생양처럼 초라하고 약해 보였다.

"나랑 무슨 상관이야!" 겐지로가 중얼거렸다.

"법을 다 지키며 정당한 권리를 행사했을 뿐이야. 합법적인 비즈니스를 한 내가 원한을 살 이유는 없다고."

그렇게 자신을 설득하며 몸을 돌리려는데 뒤에서 콩알 같은 것이 떨어졌다. 퍼뜩 돌아보니 인적은 없고 "귀신은 가라"라는 소리가 설핏 들렸다. 눈 밝은 이곳 주민이 겐지로를 발견하고 짓궂은 짓을 한 게 분명하다.

"멍청한 놈들!"

겐지로는 차로 돌아와 창밖으로 침을 뱉으며 욕설을 퍼부었다. 중재자의 체면을 생각해 6층의 일부를 4층으로 낮춘 데다 보상금까지 줬는데 지금까지 원한을 품다니. 저런 반대파 놈들에게 양보하는 게 아니었다. 법이 허락하는 한, 아니, 규제를 조금 어기더라도 훨씬 큰 건물을 보란 듯 지을 걸 그랬다고 후회했다.

3

"정말 괜찮지?"

이쿠요는 수없이 확인했다. 다카야스는 이제 대답도 하지 않고 묵묵히 보스턴 가방 안을 점검한다.

"간식은 안 돼. 아직 위가 약하니까. 그러니 야식도……."

"엄마. 적당히 좀 해. 이제 어린애도 아니고. 그보다 엄마나 정신 놓고 취하지나 마. 취한 여자 아주 꼴불견이야."

보스턴 가방을 들고 어깨를 돌리며 말했다.

"7시에 학교에서 집합이야. 다녀올게!"

이쿠요는 아들을 보내고 거실로 돌아와 털썩 주저앉아 미사코와 마주했다.

창문 밖은 이미 어두컴컴했다.

"오늘 밤과 내일 밤, 너 혼자야. 미안해."

"아이, 괜찮아. 걱정하지 말고 가." 미사코의 목소리는 밝다.

"온천이라니, 몇 년, 몇십 년 만인가?"

"그러면 더욱 귀한 기회를 놓치지 말아야지. 버스 22시 출발이었지?"

"응. 도요나카역 앞에서 22시. 밤새도록 달려 내일 아침 일찍 가타야마 온천마을에 도착한대. 틀림없이 잠들지 못할 테니 피곤할 거야."

이쿠요는 영 내키지 않는 표정이었다. 미사코는 그런 어머니의 결정 장애 습성에 짜증이 났다.

"새삼 무슨 소리야? 다른 사람에게 폐라고, 갑자기 안 가겠다고 하면. 게다가 9시에 다 같이 만나 야식을 먹는다며!"

"배가 너무 빈 상태에서 버스를 타면 멀미한다고."

"그러면 8시 반에는 나가야 해. 준비는 다 했어? 세면도구는? 맞다. 비누 안 가져가면 안 돼. 여관에 있는 비누는 영 거품이 안 나니까 꼭 가져가야 해……."

"됐어. 괜찮아. 그렇게 챙기지 않아도. 이거야말로 다카야스가 말한 어린애 취급이네. 그렇게 성화 부리지 마. 꼭 쫓겨나는 것 같다."

"그야……."

"왠지 내가 나가는 게 좋은 것 같다?"

그 말에서 살짝 빈정거림과 비난의 울림이 느껴져 미사코는 놀랐다. 놀란 표정을 들키지 않으려고 고개를 숙였다.

맞다. 9시에 가메이가 오기로 되어 있다. 어머니도 동생도 없는 집에 가메이를 맞아들일 수 있는 절호의 기회였다.

어머니와 다카야스가 동시에 여행을 떠난다는 것을 알게 된 날, 흥분한 미사코는 가메이에게 속삭였다.

"집에서 느긋하게 있다가 갈 수 있어……. 나, 한 번이라도 좋으니까 당신과 한집에 살아보고 싶어. 딱 하룻밤이라도 부부처럼."

호텔에서의 밀회는 왠지 찝찝했다. 게다가 사람들 눈을 피해 따로따로 호텔을 나올 때의 불쾌함은 정사의 달콤함을 지우기에 충분했다. 거기에는 안타까워하며 헤어지는 애틋함이 전혀 없다. 마음 없는 밀회. 그것은 젊은 미사코에게 오히려 고통에 가까웠다.

그런데 오늘 밤 바로……. 미사코는 너무 느리게 가는 시곗바늘을 보면서 한없이 공상을 부풀렸다.

뜨거운 차를 타 줘야지. TV를 보는 어깨를 살살 주물러 줘야지. 목욕하는 동안 간단한 요리를 준비해 술을 마실 수 있게 해야지. 그리고…….

아무래도 그다음 상상은 꺼려져, 미사코는 생각을 뿌리치듯 고개를 흔들었다.

그리고 다음 날 아침, 그가 잠든 모습을 바라보며 살며시 이부자리를 빠져나와 부엌에 선다. 사랑하는 사람을 위해 아침 식사를 준비한다. 그것이 여성에게 최고의 기쁨이라고 어떤 유명한 사람이 말했는데 맞는 말이다……. 후 한숨을 내쉬고 정신을 차렸다. 시계를 올려다본다. 바늘은 이제야 8시를 넘어서고 있었다.

"엄마. 이제 슬슬 나아야 해."

절로 목소리에 활력이 담긴다. 이쿠요가 수없이 짐을 확인하는 모습을 보며 안달하다가, 어머니가 문단속과 불조심을 신신당부하며 현관을 나서자 미사코는 기대와는 달리 낙담 같은 긴 한숨을 내쉬었다. 무너지듯 주저앉아 가만히 귀를 기울였다. 무릎에 마루의 찬 기운이 스며들어서 일어설 엄두가 나지 않았다. 일 초라도 빨리 가메이를 만나고 싶었다. 가메이가 문을 연 순간 달려들어 안기고 싶다. 안에서 마중 나가는 시간마저 아까웠다.

여러 발소리가 가까워졌다가 멀어진다. 그때마다 미사코는 엉덩이를 들썩였다가 힘없이 앉았다.

9시 정각에 문이 삐걱 소리를 냈다. 미사코는 찻상을 건너뛰어 미닫이문에 손을 댔다. 동시에 밖에서 미닫이문이 열리고 가메이의, 불안해 보이는 얼굴이 나타났다. 미사코는 가메이의 두 손을 힘껏 잡아당겼다. 기우뚱 무너지는 가메이의 품에 얼굴을 묻자 이유 없이 눈물이 났다.

"여보, 잘 왔어요."

생각지도 못한 인사를 건네고 말았다. 언젠가 이 인사로 가메이의 귀가를 맞이하고 싶다고 바랐는데 그 마음이 무의식중에 나온 것이다.

문득 정신을 차려보니 버선발로 뛰어나온 셈이 되고 말았다. 너무 나대는 것 같아 부끄러웠으나 하룻밤 정도는 부부처럼 지내고 싶다는 마음이 부끄러움을 압도해 뻔뻔하게 여겨질 정도로 미사코를 대담하게 만들었다. 그런 마음은 민감하게 가메이에게도 전해졌다. 가메이는 미사코를 옆에 끼고 자기 집에라도 온 듯 성큼성큼 거실로 들어갔다. 남편의 자리는 당연히 상석이다. 그는 커다란 방석 위에 털썩 앉았다.

여전히 미사코를 안은 채였다. 오늘 밤은 부부니까 인사도, 내외할 필요도 없겠지. 눈을 감았다. 가메이의 입술이 거칠게 덮쳐왔다. 이거야말로 부부의 인사구나. 옷을 갈아입게 하고 차를 내오는 둥 그토록 손꼽아 기다린 순서는 전혀 필요치 않았다. 그런 순서를 생각한다는 것 자체가 부부가 아님을 나타내는 것이라는 사실을 새삼 깨달았다.

가메이는 아기를 안 듯 미사코를 안고 있던 팔을 갑자기 뺐다. 미사코의 엉덩이가 가메이의 탄탄한 무릎을 지지대로 몸이 활처럼 휘었다. 다리와 머리가 다다미에 닿아 숨쉬기가 힘들다. 저항할 틈도 없이 기모노가 젖혀지고 가메이의 얼굴이 미사코의 몸 중심으로 밀고 들어왔다.

"……"

소리를 삼키고 이를 악물었다. 활처럼 휜 가슴을 파고드는 허리띠가 아파 머리에 피가 몰리고 심장이 빨리 뛰었다. 하지만 고통이 더해질수록 쾌감도 커졌다. 마침내 몸의 중심에서 폭풍우가 치더니 등을 거쳐 사지의 말단까지 경직되었다. 엉덩이를 지지대 삼아 온몸이 붕 떴다. 마침내 몽롱한 상태가 찾아왔다.

느닷없이 가메이가 고개를 들었다. 꿈에서 깬 듯 미사코도 눈을 떴다. 바로 위의 형광등 불빛이 눈을 찔러 아팠다.

"누가 문을 두드려……." 가메이가 귓가에 대고 속삭였다.

"말도 안 돼……. 이런 시간에 누가……."

"쉿!" 가메이는 헐떡이며 말하는 미사코를 제지했다. "분명히 네 이름을 불렀어."

그 목소리가 다 끝나지도 않았을 때였다.

"미사코, 미사코! 엄마다. 얼른 문 좀 열어!"

미사코는 벌떡 일어났다. 순식간에 TV 스위치를 눌렀다. TV가 켜지며 평소처럼 익숙한 노랫소리가 흘러나왔다.

"다락으로 빨리!"

미사코가 기모노 매무새를 정리하며 속삭였다. 가메이는 끄덕이고 안쪽 방으로 달려가 장지문을 열었다. 평소에는 장지문으로 가려놓는 좁은 계단이 다락으로 이어져 있다. 창고로 이용하는 다락은 전등도 없어 캄캄하다. 가메이는 계단 삐걱대는 소리가 나지 않도록 조심하며 더듬거리며 올라갔다.

"잠시만 조용히 있어요. 방법을 생각할 테니까."

미사코는 가메이가 몸을 구부리고 올라가는 모습을 지켜본 뒤 장지문을 닫고 현관으로 향했다.

"엄마?" 일부러 의심스러운 목소리를 냈다.

"맞아. 무슨 일이니? 아까부터 불렀는데."

"엄마야말로 무슨 일이야? 왜 왔어?"

"됐으니까 얼른 열어."

"알았다고. TV 보느라 엄마 목소리를 못 들었어."

미사코는 호흡을 가다듬고 잠금장치를 풀었다. 이쿠요는 급히 집에 들어오더니 바닥에 털썩 앉았다.

"왜 그래? 괜찮아?"

"아니. 야식으로 메밀국수를 먹으려는데 갑자기 배가 아프잖아. 도저히 참을 수가 있어야지."

"아이고 참, 나는 또 뭐라고, 갑자기……. 일단 일어나. 그런 데 앉아 있으면 모처럼 입은 옷이 엉망이 되잖아."

"잠깐 손 좀 잡아줘. 집에 왔더니 갑자기 마음이 놓여서……. 미안, 화장실 좀."

미사코는 곰곰이 생각했다. 이쿠요가 화장실에 간 사이 가메이를 내보내고 싶은데 시간을 가늠하기 힘들었다. 다락에 말을 걸고 가메이가 계단을 내려와 현관을 통과하려면 아무리 서둘러도 3분은 걸린다. 잘못하면 화장실에서 나오는 어머니와 맞닥뜨릴 위험이 있다. 이대로 이쿠요가 침실에 누워 버리면 끝장이다. 다락으로 통하는 계단은 이 침실 구석에 있다.

가메이의 방문을 이쿠요가 나중에 알게 된다고 해도 각오는 되어 있었다. 다카야스도 어렴풋이 아는 것 같았으니 더 확실하게 밝힐 것을 그랬다. 그러나 어머니와 동생이 집을 비운 틈을 노려 몰래 데려온 현장을 이런 형태로 들키는 것은 자신에게도 가메이에게도 최악이다. 이 상황은 어떻게든 모면해야 한다.

생각이 다 정리되지도 않았는데 이쿠요는 후련한 표정으로 나왔다.

"역시 배가 너무 찼나 봐. 정말 초특급으로 나왔어."

"왜 그래? 벌써? 그럴 나이도 아닌데. 그래서, 어떻게 할 거야?"

"어떻게 하다니?"

"여행은 안 가?"

"그렇지 뭐……."

"지금 9시 35분이야. 버스는 10시였잖아. 서두르면 탈 수 있어."

"하지만……."

"아깝잖아. 모처럼 기다린 여행인데. 회비도 냈다며?"

"돈보다…… 몸이."

"……"

더는 밀어붙일 수 없다. 미사코는 머리를 굴리기 위한 시간을 벌려고 TV 채널을 계속 바꾸면서 말했다.

"맞다. 일단 병원에 가서 진찰받자."

"됐어. 그렇게 요란을 떨 일은 아니야."

"그러다 다카야스처럼 되면 큰일이야."

"나쁜 걸 먹은 게 아니야. 나는 그저 배탈이야."

"만에 하나가 있으니까. 지금이라면 아리타 선생님도 일어나 계실 거야. 더 늦어지기 전에 가자. 내가 같이 갈게."

미사코가 이쿠요의 팔을 끌며 말했다.

"오늘 밤은 왜 이리 효녀일까?"

이쿠요도 마지못해 일어났다.

현관의 미닫이문을 일부러 쾅 닫으며 미사코는 가메이가 알아 차리길 기원했다. 돌아오기 전에 잘 빠져나가면 안타깝기는 해도 어쨌든 위기는 넘기는 셈이다.

아리타의원까지 이쿠요의 걸음으로 10분도 걸리지 않는다. 산부인과 간판을 걸고 있으나 이쿠요는 오랜 환자다. 이 동네에 지금처럼 집이 많지 않을 때는 아리타도 산부인과만이 아니라 내과 진료도 봤다. 이때부터 다닌 환자들은 지금도 감기나 복통으로 찾아왔다. 확실히 남자들은 드나들기 어렵겠으나 이쿠요나 미사코에게는 편안한 가정의였다.

의원 앞까지 오자 이쿠요는 벨을 누르려 하는 미사코를 말렸다.

"사람까지 달고 올 정도의 병자는 아니니까 나 혼자 진료 보고 먼저 돌아갈게. 미사코. 미안하지만 여기까지 나온 김에 역까지 가서 지점장님에게 여행 못 간다고 전해주지 않을래? 간다 못 간다. 확실히 말하지 못하고 와서 다들 기다리면 미안하잖아."

"알았어."

미사코는 가메이가 마음에 걸렸으나 이쿠요의 말도 일리가 있어 거절할 수 없었다.

"꼭 버스가 출발하는 것까지 보고 와라. 내가 폐를 끼쳤으니까……."

"알아. 알았다고."

지점장의 길고 긴 연설을 들은 뒤 정각보다 5분 늦게 떠나는 버스에 손을 흔들고 종종걸음으로 집에 돌아오니 이쿠요는 이미 거실에 앉아 TV를 보고 있었다.

"빨리 왔네?"

"그다지 큰 병도 아니니까. 주사 한 대 맞고 왔지."

복통에 주사라니, 문득 이상하다 싶었으나 더 캐물을 정도는 아니었다. 그보다 다락이 걱정되어 자연스럽게 침실을 들여다보니 이미 이부자리가 깔려 있었다.

"효도 서비스로 깔아놨어. 오늘 밤은 일찍 자자. 너무 피곤해."

미사코가 놀라 돌아보는데 이쿠요는 TV를 끄더니 기지개를 크게 켜고 찻상을 옆으로 민 다음 자신의 이부자리에 들어갔다. 거실이 이쿠요의 침실이었다.

미사코는 자리에 누워 숨을 죽이고 귀를 기울였다. 다락에서는 전혀 소리가 나지 않았다. 어머니가 잠든 것을 확인하고 살며시 계단으로 통하는 장지문을 열었다. 속삭이듯 불렀으나 대답이 없어 살금살금 계단을 올라 슬쩍 들여다봤는데 인기척은 전혀 느껴지지 않았다.

잘 빠져나갔구나. 안심하며 잠자리로 돌아왔다. 눈을 감으니 조금 전의 흥분이 되살아났다. 저릿한 하반신의 느낌이 되살아나자 절로 흠칫 허리가 경련했다. 중심에 손바닥을 대니 생생한 온기가 느껴졌다. 어느샌가 손가락이 꿈틀대기 시작했다. 조금 전의 미칠 것 같은 쾌감과는 거리가 멀었으나 가메이의 얼굴을 떠올리자 숨소리가 뜨거워졌다.

내일, 가메이를 만나면 너무 부끄러워 제대로 얼굴도 못 볼 것 같아 걱정이었으나 걱정해 봤자 소용없는 일이었다.

다음 날, 가메이가 직장에 모습을 드러내지 않았기 때문이다.

4

간사이기선 승선장의 오사카항 벤텐 부두는 배를 타고 내리는 손님들로 북적였다. 19시 20분에 다카마쓰에서 관광선이 도착해 만선의 승객을 토해내는 것과 엇갈려 20시 30분과 40분에 다카마쓰행 두 선박이 이어서 출항하기 때문에 승선객이 밀려들었다. 마침 레저 시즌에다 가을 시즌까지 겹쳐 이 두 편의 배가 기항하는 쇼도시마는 단풍철에는 선박회사가 돈을 긁어모으는 곳이기도 했다. 부두에서 1킬로미터 남짓 떨어진 국철 순환선과 지하철 벤텐초역까지는 사람과 차로 가득하다고 할 만큼 혼잡했다.

이것 참 곤란하네. 선박회사가 바란 것도 아닌데 올해 수학여행은 무슨 영문인지 선박에 인기가 집중했다. 고등학생만 되어도 학교 측이 대충 세운 계획은 받아들이지 않는다. 며칠부터 며칠까지, 어디를 갈지 스스로 정한다. 자주적이라고 하면 듣기에는 좋으나, 한마디로 말해 멋대로다. 학교 행사 일정을 고려하지 않는 것 정도는 내부 사정이다. 그러나 한참 손님 많을 때를 고르다니, 학교 당국으로서는 곤란하지 않을 수 없다. 이날의 승선을 확보하려고 후지타는 여행사와 교섭하며 얼마나 많은 땀을 흘렸는지 모른다.

학생들은 그런 사정을 전혀 신경 쓰지 않는다. 복장은 거듭되는 논의를 거쳐 지나친 사치를 피한다는 취지에서 교복 착용으로 정했으나 형형색색의 여행 가방까지는 규제할 수 없었고 나아가 이 소란은 손댈 수도 없다.

후지타는 그런 학생들을 간신히 정렬시키고, 소지품을 확인하고 인원수를 셌다. 그것만으로도 이미 피곤해져 앞일을 걱정하면서 동료와 투덜대며 대기실 벤치에 앉아 있었다.

　대기실도 정신없이 시끄러웠다. 후지타 일행 근처 벤치에는 한 노파가 놀란 목소리로 아우성치고 있었다. 가방이 없어졌다는 것이다. 지루하게 기다리던 십여 명이 이 노파를 둘러쌌다. 동정심이라기보다 구경거리를 보는 호기심으로 저마다 노파에게 사정을 물었는데 후지타 일행은 가만히 바라만 보고 있었다. 학생과 관련된 일이 아닌 한 방관자로 있을 생각이었다. 그런 마음가짐이 아니라면 도저히 나흘이나 학생들과 지낼 수 없었기 때문이다.

　승선하라는 지시가 내려졌을 때 대기실의 커다란 시계는 20시를 가리키고 있었다. 나이토에 이어 트랩을 향해 가는 다카야스의 앞을 한 학생이 가로질렀다. 학생의 다리가 다카야스의 보스턴 가방에 걸리는 바람에 운 나쁘게도 물웅덩이에 넘어졌다. 다카야스는 반사적으로 팔을 뻗어 상대의 팔을 움켜쥐었다.

　"안 보고 다니냐!"

　모자의 마크는 도요나카상고였다. 그냥 넘어갈 수 없는 상대였다.

　"도요노고의 줄을 가로지르고도 무사할 줄 알았어? 도요노 학생의 보스턴 가방은 차도 돼?"

　상대는 순간 겁을 먹었으나 그도 도요노고 학생이 상대라면 순순히 사과할 수는 없었다.

　상고와 일반고 사이에는 전통적으로 이어져 온 대립 의식이 있다. 게다가 도요노고교와 도요나카상고는 지리적으로 가까운 만큼 사사건건 반목한 역사가 있다. 매년 졸업을 앞둔 연중행사 같은 것이다. 하물며 수학여행 출발 직전에는 피차 출발 신호가 떨어지기 직전의 경주마 같은 상태라 더욱 그랬다.

도요나카상고 학생의 여드름투성이 얼굴은 다카야스의 투지를 불러일으켰다. 그는 유유히 한 걸음 나아갔다. 힘껏 펀치를 날리며 욕설을 퍼부으려는 순간 스피커가 아우성치기 시작했다.

"도요노고등학교 학생 여러분, 승선하세요. 1반부터 5반까지 차례로 한 줄로 서서 승선하세요. 담당 직원이 트랩에서 인원수를 셀 테니까 협력하세요. 다시 말씀드립니다……."

다카야스는 쳇, 혀를 차고 입술을 일그러뜨리며 험악한 표정으로 말했다.

"나이토. 이 녀석 놔주지 마. 어이, 얘기는 배에 타고 하자."

나이토는 말없이 상고생의 팔을 잡아당기려다가 "앗!" 소리를 냈다. 왜 그러냐며 눈으로 묻는 다카야스의 귀에 입을 대고 말했다.

"그 가짜 형사야. 왜 여기까지 왔지?"

"어떤 놈이야?"

나이토가 가리킨 쪽의 인파가 흔들리고 있었다.

"이놈, 도둑이야! 놓치지 마!"

더 큰 절규가 들려왔다.

"좋았어." 다카야스는 인파를 향해 돌진하려 했다.

"야규. 안 돼! 배에 타야 해." 엔메이 미유키가 서둘러 말렸다.

"바로 돌아올게. 얼굴만 보고 온다고. 5반 줄 꽁무니에 따라 탈 테니까 내 보스턴 가방 좀 맡아줘. 그때까지 나이토, 이 녀석을 놓치지 마."

"나이토도 안 돼." 미유키가 조그맣게 말했다. "트랩 위에서 인원수를 센다고 했잖아. 이 사람을 데리고 타면 인원이 넘어가."

나이토는 아라키와 얼굴을 마주 봤다. 놓아줄지 눈빛으로 의견을 나눴지만 아무래도 놓아주기는 싫었다.

줄은 트랩을 향해 서서히 나아가기 시작했다.

"너, 이름이 뭐야?" 아라키는 태평하게 물었다.

"나, 구리하라예요. 상고 2학년이요."

도요노고교 학생에게 포위되어 구리하라 가즈요시는 떨리는 목소리로 대답했다.

"흥. 도요상고도 수학여행이야?"

"네. 쇼도시마요. 사카테에서 내려요."

"그럼 같은 배겠네. 자, 얌전히 따라와라."

트랩을 다 오르자, 나이토는 구리하라를 붙잡고 손바닥으로 구리하라의 얼굴을 쓱 올리며 씩 웃어 험악한 분위기를 만들더니 턱짓했다.

"얼굴 기억해뒀다. 피차 여행을 즐겨야 하지 않겠냐? 그러니까

괜한 말을 해서 일 키우지 말자. 자, 가."

TV에서 본 야쿠자 같은 행동을 해본 덕분에 만족한 나이토는 도망치듯 사라지는 구리하라에게 냉소를 퍼부으면서 말했다.

"미유키. 야규에게 잘 말해줘. 괜한 말썽 일으키고 싶지 않으니까."

"알았어. 갑판에서 기다리라고 했으니 갔다 올게."

"헤헤헤. 그렇게 빨리? 갑판에서 신혼여행 연습이냐?"

둘러싼 학생들이 나이토의 말뜻을 알아듣고 신나서 놀려댔다.

"너희들, 질투하냐?" 미유키는 거칠게 보스턴 가방을 아라키에게 던졌다. "걔 거야. 잘 자리 비워 놔."

출항 기적이 울렸다.

후지타는 선실에서 수첩을 펼쳤다.

—10월 25일(수) 오후 8시 30분. 벤텐 부두를 정시 출항. 전원 이상 무.

메모를 쓰고 침대에 누웠다. 손바닥으로 얼굴을 쓸어내리고 가방에서 위스키 포켓 병을 꺼냈다. 취기를 빌려서라도 잠들어야 한다. 앞으로 4일간 마음 편할 날이 없을 테니까.

간사이기선의 다카마쓰 잔교는 나무로 만든 초라한 것이었다. 2백 미터 서쪽에 있는 국철 우다카연락선의 잔교가 세련된 백아의 모습을 뽐내고 있는 탓에 간사이기선의 잔교는 더 초라하게 보였다.

그러나 아침 안개 속에서 빨강과 파랑의 빛을 뿜어내는 등대 사이를 헤치고 배가 접안을 시작하자 도요노고교 학생들은 수면 부족으로 충혈된 눈을 비비면서 환호성을 질렀다.

안개 낀 항구, 끝내준다! 초라한 잔교가 더 느낌 있네! 이런 말들이 터져 나왔다.

여학생들은 30분 전부터 항구와 인연이 있는 노래들을 계속 불러댔다. 항구와 눈물과 안개. 가요는 내가 젊었을 때로부터 한 발짝도 진보하지 않았네. 그렇게 생각하며 후지타는 졸음을 쫓으려고 소리를 높였다.

"전원, 잔교는 좁고 위험하니까 배에서 내리면 바로 개찰구로 나올 것. 대기실 앞 광장에 정렬해라. 점호가 끝날 때까지 마음대로 행동해서는 절대 안 된다!"

학생들이 다 있기만 하면 통솔 교사의 책임은 일단 끝난다. 소년의 감상이나 뱃멀미까지 돌볼 수는 없다. 교직 경력 이십 년의 경험으로 이렇게 판단한 후지타는 전원의 하선을 확인한 뒤 마지막으로 트랩을 내렸다.

다카마쓰항에서 정남향으로 5십 미터쯤 뻗어 있는 도로는 3대 정원 중 하나라는 구리바야시공원으로 이어진다. 그 북쪽 끝이 다카마쓰시의 현관이라고 불리는데 관광도시의 현관이라고 부르기에는 부족할 정도로 초라했다. 본토를 떠나 섬에 왔다는 향수가 그런 생각을 일으키는 것인지, 아니면 극채색으로 가득한 선물 가게의 간판이 너무나 촌스러워서인지 모를 일이었다.

학생들은 흥분한 표정으로 주위를 둘러보는데 후지타는 그런 감상에는 어울릴 마음이 없었다.

"빨리 줄 서라. 잘 들어. 앞뒤 좌우에 늘 지긋지긋하게 본 얼굴이 있는지 확인해라."

"구역질이 날 정도로 지긋지긋한 얼굴은 당신이야."

줄 가운데서 비난이 날아왔으나 후지타는 아무렇지 않았다. 애송이와 미친놈은 그냥 무시하면 절로 얌전해진다. 그게 교사 생활의 지혜였다.

"야규가 없어요." 누군가 중얼거렸다.

"뭐? 누가 없다고?"

비난에는 귀를 기울이지 않는 후지타도 이런 말에는 바로 반응했다. 직업적 훈련 덕분이다.

"야규, 있어요."

엔메이가 후지타의 의아한 표정을 바라보더니 말했다. 그리고 소리를 높였다.

"야규, 빨리 와. 무슨 오줌을 그리 오래 누니?"

왁자지껄 터진 학생들의 웃음에 대답하듯 장신의 다카야스가 대기실 옆에서 나타나 손을 흔들었다.

―10월 26일(목) 오전 4시 20분 정각 다카마쓰항 도착. 동 30분, 상륙 점호. 전원 이상 무.

후지타는 수첩에 기록했다.

관광버스에 나눠 타고 야시마로 향했다. 일본사를 모르는 소년이라도 여기가 겐페이전투(헤이안시대 말기 겐지와 헤이지 일족이 패권을 놓고 벌인 전투)가 벌어진 곳이라는 소리에 절로 몸을 내밀고 가이드의 설명에 귀를 기울였다.

"히카루 겐지(고전 문학『겐지 이야기』의 주인공)도 여기서 싸웠나요?"

중세 전투와 고대 문학의 주인공을 하나로 생각하다니. 말도 안 되는 질문에 후지타는 눈을 크게 떴다.

"여기일 것 같은데 자세히는 몰라요."

태연하게 대답하는 가이드의 새침한 얼굴을 보고 후지타는 너무 어이가 없어 설명할 마음도 일지 않았다.

구리바야시공원의 아름다움도, 물로 둘러싸인 다마모성의 역사도 학생들과는 인연이 없었다. 다카마쓰성이라는 소리에 어렴풋하게나마 도요토미 히데요시의 물 공격이나 식량 공격을 떠올리다가 자신들의 배고픔을 자각하는 데 그쳤다. 물론 역사에 등장하는 다카마쓰성은 다른 지역인 비추 지역에 있는 것이라 이곳 다카마쓰시의 성과는 전혀 관련이 없다는 사실을 아는 학생은 그리 많지 않았다.

그런 학생들에게, 시즈미 지로초(에도 말기의 협객) 일가는 역사 속에서 빛나는 위대한 인물이었다. 그러므로 버스가 고토히라의 마을에 도착해 고토히라 신궁 돌계단 앞에 섰을 때는 엔슈모리 이시마쓰(지로초의 부하 협객)의, 지로초 신궁이란 말인가, 라며 문자 그대로 학생들이 소란해졌다. 그리고 다카마쓰의 여관에 도착했을 때는 배고픔보다 졸음과 싸워야 했던 학생들이다.

후지타는 수첩을 펼쳤다.

─26일(목) 오후 6시. 다카마쓰시. 시코쿠야 여관 도착. 전원 이상 무.

5

10월 마지막 날, 효고현 니시노미야시의 니시경찰서에 행방불명자 신고가 접수되었다. 이 시에 사는 가메이 구미코가 남편 가즈마사가 25일 이후 소식이 끊겼다고 신고한 것이다.

가출, 실종, 증발까지 행방불명자 신고는 항상 많다. 따라서 경찰도 그다지 수색에 주력하지 않는다. 냉담한 것은 아니나 무엇보다 인력과 예산이 부족했다. 딱히 범죄의 냄새가 나지 않는 단순 가출이라면 일단 수배 조치를 하는 게 최선이다.

가메이도 예외는 아니었다. 신고한 아내 구미코도 실종 원인으로 짚이는 바가 없다고 했고 어디 갔는지도 알 수 없어 경찰로서는 당장 손 쓸 도리가 없었다. 조금이라도 단서가 될 만한 소문을 들으면 바로 알려달라며 격려해준 것만으로도 친절했다고 할 수 있다.

다음 날인 11월 1일, 구미코는 고민 끝에 남편의 회사를 찾았다. 남편의 회사에는 최대한 실종 사실을 알리고 싶지 않았다. 경력에 문제가 생길 뿐만 아니라 어쩌면 직무 방기로 처분을 받을 수도 있다. 실종 이틀째 결근했다는 직장에서 문의가 왔을 때도 감기로 누워있다, 늦게 말씀드려 죄송하다고 얼버무렸다. 그러나 언제까지 이렇게 놔둘 수는 없었다.

구미코는 용기를 내어 회사 문을 통과했다. 응대에 나선 서무과장 모리타의 표정이 어두워졌다.

"그러면 가메이 씨가 출장이라고 말하고 집을 나갔다는 겁니까?"

"네. 도쿄 본사에 간다고 했어요. 25일 밤에 출발해 다음 날 돌아온다고⋯⋯."

출장을 명한 사실은 없었다. 퍼뜩 공금 횡령 혹은 탕진이 아닌가 하는 의심이 모리타의 머리를 스쳤다. 영업이나 경리 업무와 달리 서무과에서는 일어날 위험이 적었으나 회사 사정을 잘 아는 사원이 간계를 부리면 못 할 것도 없다. 관리자인 모리타에게는 그 부분이 제일 걱정이었다. 구미코를 응접실에 기다리게 하고 심복 부하에게 귀띔했다.

부하의 안부와 그 아내의 심경은 제쳐놓고 일단 해당 부하를 의심하는 모리타의 행동은 어쩌면 인간미가 부족한 조치일지 모른다. 그러나 결과적으로 그러길 잘했다. 가메이의 업무와 관련해서는 의심스러운 점이 발견되지 않았기 때문이다.

모리타는 안심하고—그보다는 자신에게 미칠 위험이 없음을 확인하고— 구미코를 인사부장에게 안내했다. 운 좋게도 인사부장이 니시노미야니시경찰서 서장과 아는 사이였다. 재빨리 회사 명의로 신고하면서 부디 잘 부탁한다고 개인적인 전화도 넣었다. 그 한마디가 효과를 본 건 아니겠으나 사흘이 지난 4일 토요일에 수사과 오이시가 구미코의 집을 찾아왔다.

구미코는 막 세 살이 된 노보루를 안고 그저 어쩔 줄 몰라 했을 뿐 오이시의 질문에 제대로 대답하지 못했다. 교우 관계는? 도박은? 최근 고민거리는? 수상한 사람의 출입은? 금전적 문제는? 화살처럼 쏟아지는 질문 속에서 구미코는 자신이 남편의 생활에 무지함을 깨달았다. 그럭저럭 평온한 생활이 이어지고 있다는 데 안주하고 만 자신의 어리석음이 한심하고 창피했다.

"회사에서 남편분과 가장 가까웠던 사람은?"

오이시는 구미코의 청취를 거의 포기하고 물었다. 남자란 존재는 사적이고 내밀한 이야기는 친구에게 털어놓지, 아내에게는 밝히지 않는다. 그 점은 가메이도 예외가 아니라 생각했기 때문이다.

"영업과의 오치 씨라는 분이 입사 동기라고 했는데……."

"지금부터 그 사람을 만날 건데, 부인도 가시겠습니까?"

오이시는 영 내키지는 않았으나 어쩔 수 없이 구미코에게 제안했다. 그런데 구미코가 노보루까지 데리고 나서는 것을 보며 아이 동반 수사라니 절로 얼굴이 찌푸려졌으나 세 살짜리 애를 혼자 놔둘 수도 없는 노릇이었다.

회사에 도착해 오치를 불러내자 접수 담당 여직원들은 호기심으로 눈을 반짝이며 서로의 얼굴을 바라봤다. 도망간 남편을 좇는 아내를 보는 눈을 의식하고 구미코는 저도 모르게 위축되고 말았다. 노보루만 엄마와 함께 외출했다는 사실에 신이 났는데 그 모습이 접수대 여직원의 흥미를 더 끌었다.

오치는 곤혹스러움과 호기심이 반반 섞인 표정으로 구미코 일행을 근처 찻집으로 안내했다.

"짚이는 데가 있냐고 하셔도……."

오치는 오이시와 구미코를 번갈아 쳐다보며 말했다.

"피차 사생활에는 관여하지 않는다는 묵계 같은 게 있어서. 다만……."

말을 꺼내더니 구미코의 존재가 걸리는지 우물거렸다.

"다만, 뭔가요?"

오이시는 개의치 않았다.

"부인이 회사에 오실 때까지 회사 사람들은 다 감기인 줄 알았어요. 그런데 야규 씨, 아! 서무과의 야규 미사코 씨요. 그 사람만 전부터 가메이를 신경 쓰는 것 같더라고요. 나한테까지 사정을 물어보러 오고."

"그게 언제죠?"

"그게…… 맞아요. 지난달 28일이었습니다."

"틀림없나요?"

"네. 토요일이었으니까요. 오전 근무만 하고 돌아가려는데 붙잡고 물어봐서."

"그래서? 야규 씨가 뭐라던가요?"

"가메이 씨 무슨 일이냐고요. 제가 감기라고 하니까 그러면 다행인데, 라면서 어쩐지 믿지 않는 눈치였어요."

"흠." 오이시는 한동안 침묵했다.

"오치 씨. 죄송하지만 야규 씨를 불러 저와 다른 장소에서 만나게 해주시겠습니까? 저를 경찰이라고 하지 말고. 그래요. 가메이 씨의 동창이라고 하죠."

"저……." 구미코가 입을 열었다.

"부인은 여기서 기다려 주세요. 부인이 있으면 솔직히 얘기할 수 없을 것 같으니까요."

"그럼 그 사람은……."

구미코의 뺨에 홍조가 깃드는 것을 보며, 둔해 보여도 여자는 남편의 사생활과 관련해서는 감이 남다르구나 싶어 오이시는 진저리를 쳤다.

다른 찻집에서 굳은 표정의 미사코와 마주 앉자마자 오이시가 말했다.

"가메이에게 당신 얘기를 들었습니다."

그 한마디에 미사코의 자세가 일거에 무너졌다.

"그럼…… 가메이는……."

역시 내 감이 맞았어. 오이시는 속으로 고개를 끄덕였다. 여자가 남자의 성을 호칭 없이 부른다는 것은 상당히 깊은 관계, 부부에 가까운 관계임을 고백하는 것이나 마찬가지다.

"그렇습니다. 제게는 뭐든 얘기하죠. 그도 당신 일로 정말 많이 고민했습니다."

이렇게 결정타를 날리자 아직 경계하던 미사코의 눈빛이 매달리는 눈빛으로 변했다.

다음은 간단했다.

25일 밤, 가메이가 집을 방문한 것, 그리고 기묘한 형태로 돌아간 것을 알아내는 데 그리 많은 시간이 걸리지 않았다.

오이시는 내심 자기 일은 여기까지라고 생각했다. 형사로서 가메이가 사라진 방식은 찜찜한 구석이 있었으나 더는 깊이 파헤칠 의무는 없다고 자신을 다독였다. 이제 상사에게 보고만 하면 모든 것은 순리대로 처리될 것이다.

"뭐, 걱정할 일은 아닌 것 같습니다."

오이시는 궁금해하는 미사코에게도, 기다리게 해놓고 아무런 설명이 없는 것에 불만인 구미코에게도 적당히 대답하고 헤어졌다.

그날 오후 늦게 니시노미야니시경찰서로부터 연락받은 도요나카서 수사과장도 별다른 관심을 보이지 않았다. 안 그래도 수사과는 늘 정신없이 바쁘다. 직장 여성과의 정사가 원인으로 증발한 샐러리맨을 추적할 여유는 없었다. 열흘쯤 지나면 말간 얼굴로 처자 앞에 나타나 한바탕 아수라장을 벌인 다음 원래 생활로 돌아갈 것이다. 과장은 그렇게 생각하며 씁쓸하게 웃다가 문득 떠올렸다.

"이봐, 노무라. 도요노고교생 농약 중독은 자네가 조사 중이지?"

"아, 네……." 노무라가 머리를 긁적였다.

"아니, 독촉하려는 게 아니야. 피해자가 분명 야규라고 했지?"

"네."

"야규 미사코는 누구야?"

"피해자의 누나인데 왜 그러세요?"

"흠. 그럼 이것도 자네에게 맡겨 볼까? 아무래도 중독 사고와는 관계가 없을 것 같지만."

아이고, 또 짐을 떠맡게 되었네. 노무라는 중얼댔다. 중독 사고도 형사가 열정을 불사를 만한 사건이 아니었다. 문제의 피해자가 다 회복하자 학교는 이제 수사를 반기는 분위기가 아니었다. 당황한 나머지 신고한 것을 후회한다는 말까지 들었다. 거기다가 증발 수사까지……

"야규라는 소년은 왠지 신경 쓰여. 언제나 관계가 있을 듯 없을 듯한 위치에 있다고. 다시 만나볼까?"

노무라는 파트너인, 역시 노무라보다 훨씬 이번 일에 불만이 많아 부루퉁한 오쓰카를 재촉해 일어났다.

야규의 집에 도착해 현관 벨을 눌렀으나 대답이 없었다. 미닫이 문에 손을 댔으나 잠겼는지 꿈쩍도 하지 않았다. 손목시계를 본 노무라는 씁쓸하게 웃었다. 5시 전이다. 이쿠요와 미사코는 아직 근무 중일 테고 다카야스도 학교에서 돌아오지 않을 시각이다.

낮에는 야규의 집에 아무도 없다는 사실조차 잊었다니 한심하군. 둘은 어깨를 움츠리고 몸을 돌렸다. 거리를 1분쯤 걷는데 쇼핑 카트를 끌고 오는 이쿠요를 만났다. 평상복 차림이었다.

"안녕하세요. 오늘 쉬시나요?" 노무라가 싹싹하게 말을 걸었다.

"네. 계약만 따면 매일 일정한 시간에 출근하지 않아도 되는 직장이라. 그런데 오늘은 무슨 일로?"

이쿠요는 실어 놓은 무가 쇼핑 카트에서 떨어지려 하자 다시 쌓으며 고개를 갸웃했다.

"장을 많이 보셨네요." 노무라는 더 싹싹하게 말했다.

"쉬는 날에는 일주일 분량 장을 봐요. 셋 다 밖에 나가야 해서 장 볼 시간이 없거든요."

"그러시구나. 실은 방금 댁을 방문했는데 아무도 안 계셔서."

"어머, 그러셨어요?" 이쿠요는 의아한 표정으로 고개를 더 기울였다. "다카야스가 집에 있을 텐데요. 아까 TV를 보고 있었거든요. 벨 소리를 못 들었나 봐요. 바로 열게 할 테니까 따라오세요……."

이쿠요가 종종걸음으로 집으로 갔다.

"서두르지 않으셔도 됩니다. 같이 이야기나 하려고 들렀습니다."

"하지만 집이 지저분해서."

이쿠요는 말을 내뱉고 걸음을 서둘러 앞서갔으나 쇼핑 카트가 무거워 노무라 일행과의 거리는 그리 줄어들지 않았다. 집 앞에 도착했을 때는 이쿠요가 미닫이문을 두드리며 크게 소리치고 있었다.

"다카야스, 다카야스. 손님 왔다!"

그렇구나. TV 소리를 올려놓으면 이 정도로 소리쳐야 들리겠구나. 노무라는 그제야 이해했다.

다카야스가 얼굴을 내밀었다. 그리고 노무라를 보자 무슨 일이 나는 듯 어깨를 으쓱하고 쌀쌀맞게 들어오라고 했다. 청바지에 러닝셔츠 한 장의 단출한 차림이다. 젊은이는 참 건강하구나. 노무라는 쓸데없이 감탄하며 집으로 들어가려다 쇼핑 카트에 발이 걸렸다. 발에 묵직한 무게감이 느껴져 이런 걸 여자 혼자 옮길 수 있을까 싶어 이쿠요에게 말했다.

"무거워 보이네요. 괜찮으시면 부엌까지 옮겨드릴까요?"

"아이고, 무슨! 아니에요."

이쿠요는 황급히 노무라의 손을 뿌리쳤다. 거절하는 방법치고는 상당히 거칠다고 생각했는데 이쿠요 정도의 나이면 그래도 경찰의 권위를 존중해주려고 그러는 것이라는 생각에 내심 뿌듯했다.

오쓰카는 시종일관 말이 없었다. 노무라의 '권위 없는' 태도가 불만일 것이다.

노무라는 현관에 걸터앉아 가메이 이야기를 꺼냈다. 이야기가 진행됨에 따라 이쿠요의 눈이 매섭게 올라갔다. 말도 안 되는 화제를 들고 온 노무라를 노려보며 소리치듯 말했다.

"그런 말은 믿을 수 없어요! 미사코가 내가 없는 사이에 그런 부정한 짓을 저지르다니!"

"하지만……, 미사코 씨가 한 말입니다. 가메이를 불렀는데 사라졌다고." 오쓰카가 냉랭한 말투로 끼어들었다.

"뭐요? 미사코가 뭐라고 했든 내가 집을 나가고 아무도 우리 집에 오지 않았어요. 그리고 내가 돌아왔을 때도 미사코 혼자였고요. 가메이 씨라는 사람을 나는 본 적 없어요." 이쿠요는 오쓰카를 가만히 응시했다.

"그런 남자, 나도 못 봤는데."

다카야스가 버티고 서서 한심하다는 듯 노무라를 내려다보며 말했다.

"나는 그날 밤부터 수학여행에 가서요. 그런 남자가 왔든 안 왔든, 사라졌든 아니든, 나랑 관계도 없고 관심도 없어요."

노무라는 잠시 침묵했다. 이윽고 천연덕스럽게 말을 꺼냈다.

"괜찮으시면 잠깐 들어가도 될까요? 미사코 씨가 가메이 씨를 숨겼다는 다락을 보여주시겠어요?"

"그건 안 되겠네요." 이쿠요가 단칼에 거절했다. "보여드릴 이유가 없어요. 아니면 영장이라도 가져오셨나요?"

"아니……. 그게, 잠시 참고나 할까 싶었지요."

"그렇다면 거절할게요."

"엄마, 보여줘도 되잖아?" 다카야스가 느긋한 말투로 중재에 나섰다.

"아니, 너무 불쾌하잖아. 우리가 마치 그 남자를 어떻게 한 것처럼……."

"그렇게 말하지는 않았어. 그냥 다락을 보여달라고 했지. 보여주면 그만이야. 거절했다가 괜히 오해를 사면 더 곤란해져."

"네가 그렇게까지 말하면……."

노무라는 그 기회를 놓치지 않고 구두를 벗으며 말했다.

"어딘가요?"

그야말로 전광석화였다.

"이 방이요. 저 안쪽 장지문을 열면 계단이 나와요."

다카야스가 턱으로 가리켰다. 방 한가운데 이불 한 채가 아무렇게나 깔려 있었다. 노무라는 그 이불을 밟지 않게 조심스레 피하며 걸었다.

"낮잠을 자고 있었다고요. 한참 좋은 꿈을 꾸고 있었는데 난데없는 손님이 와서."

다카야스가 쓸데없는 말을 늘어놓으며 투덜댔다. 노무라는 그런 다카야스를 상대하지 않고 장지문을 열고 계단을 올랐다. 사람 하나가 간신히 오를 정도로 좁았다. 이래서는 큰 짐은 옮기지도 못하겠다고 생각하며 고개만 내밀어 다락을 둘러봤다.

들보가 그대로 드러난, 다락방이라는 말이 어울리는 약 두 평 반 정도 크기의 방이었다. 통풍이 잘 안되어 살짝 쉰 냄새가 코를 찔렀다. 전등도 없어 캄캄했고 디근 자 형태로 작은 상자나 옷 보관함 등이 빼곡하게 정돈되어 있었다.

"함부로 건드리지 마세요. 계절별로 구분해 놓은 거니까요."

아래쪽에서 이쿠요가 퉁명스럽게 소리쳤다.

확인할 것도 없이 창은 없었다. 기둥 아래 통풍용 작은 창이 있는데 사방 15센티미터에 불과하고 격자까지 쳐 놓아 사람이 드나들 수는 없었다.

그렇다면······. 노무라는 생각했다. 가메이는 집에 사람이 없는 틈을 노려 계단을 내려와 탈출했다고밖에 생각할 수 없다. 그렇다면 그 시간은? 노무라는 생각하며 뒷걸음쳐 계단을 내려왔다.

"이게 무슨 일이야?" 그때 미사코의 목소리가 들렸다.

"아, 미사코!"

이쿠요가 소리치듯 말하는 목소리에 겹쳐 노무라가 말을 건넸다.

"잘됐네요. 마침 잘 오셨어요. 여러분 다 그날 밤 일을 최대한 정확하게 말씀해주세요."

이쿠요는 거의 정색하고 거실에 앉았다. 그리고 미사코와 뭔가 확인하듯 나지막하게 대화를 나눴다. 노무라는 여러 차례 되물으면서 메모했다.

"자, 이렇게 된 거네요."

노무라는 행동 시간표를 다 완성한 후 읽기 시작했다.

① 6시 30분   ······ 다카야스, 집을 나섬

② 8시 30분   ······ 이쿠요, 집을 나섬

③ 9시 00분   ······ 가메이, 집에 옴

④ 9시 30분경   ······ 이쿠요, 복통으로 일단 귀가

⑤ 같은 시각   ······ 가메이, 다락방에 숨음

⑥ 9시 40분경   ······ 이쿠요와 미사코, 다시 집을 나섬

⑦ 10시 00분경   ······ 이쿠요, 아리타의원에서 돌아옴

⑧ 10시 25분경 ······ 미사코, 10시 5분에 출발한 버스를 전송하고 돌아옴

⑨ 10시 30분경 ······ 이쿠요 거실에서, 미사코는 문제의 방에서 취침

⑩ 11시경 ······ 미사코가 다락방을 살펴봤으나 가메이는 없었음

"이는 곧······" 노무라가 못을 박듯 말했다. "9시 40분부터 10시 사이에 가메이는 다락방을 나와 자취를 감춘 게 됩니다."

"형사라는 사람은 참 바보 같은 생각을 꼼꼼하게도 하네요." 다카야스가 조소하듯 말했다. "20분이면 도망치죠. 둘이 집을 나서기를 기다렸다가 길에 사람이 없는 것을 확인하고 몰래 도망친 거죠. 도둑고양이처럼!"

아기가 핥았다.

1

"그래서, 자네들 생각은?"

수사과장은 노무라의 보고를 심드렁한 표정으로 들은 뒤 노무라와 오쓰카를 번갈아 바라보며 물었다. 11월 6일, 월요일 정오 전이었다.

"영 찜찜해요." 노무라는 시원치 않은 대답을 하고 턱을 쓰다듬었다.

"왜 찜찜한데?" 과장도 태평하게 물었다. 노무라가 턱만 쓰다듬으며 더는 대답하지 않는 데도 나무라지 않는다.

"딱, 이거다 싶은 게 없으세요?" 오쓰카가 조심스러우면서도 짜증을 담아 물었다. "가메이에게는 충분히 도망칠 시간이 있었고 자기 의사에 따라 자취를 감출 수도 있었어요. 범죄가 있었던 것도 아니고 흔해 빠진 치정이라고요. 우리가 개입할 일이 아니에요."

"그러면 좋겠는데. 아무래도 찜찜하다니까." 노무라는 생각에 잠겨 중얼거렸다.

"그러니까 어디가요?" 오쓰카의 목소리가 날카로워졌다.

"야규야. 녀석이 그때 없었잖아?. 그게 영 찜찜해."

"다카야스요? 아니, 그는 수학여행이었어요! 현장에 없었으니 상관없잖아요. 애당초 미사코와 가메이 문제였고요. 관계가 없는 다카야스가 그 자리에 없는 건, 아무런 상관이 없다고요."

"논리적으로는 그렇지. 하지만 아무래도 찜찜해……."

오쓰카는 더는 상대하지 않았다. 과장도 어느 한쪽 편을 들지 않고 침묵했다. 눈짓으로 이만 됐다고 말하고 서류를 들었다.

노무라는 자기 자리로 돌아와 거리낌 없이 크게 하품하고 눈을 감았다.

─미유키의 죽음과 다카야스의 중독과 가메이의 실종이 정말 관련 없는지 판단이 서질 않는다. 관련이 있다면 각 사건이 다 다카야스와 직접, 간접적으로 관계가 있다는 것뿐이다. 그러나 간접적이라고는 해도 한 인간에게 세 가지 사고가 차례로 발생하면 그 인간이 어떤 열쇠를 쥐고 있다고 생각하는 게 수사의 상식 아닐까.

노무라는 혼자 고개를 끄덕였다. 그 모습을 본 오쓰카는 선배가 잠꼬대한다고 생각해 쓴웃음을 지었다. 그 웃음을 무시하고 노무라는 계속 생각했다.

─미유키가 임신한 날, 다카야스는 스마에 있었다고 했으나 확인되지 않았다. 미유키에게 물어보려 해도 죽어 버렸다. 두 번째 사고는 다카야스 본인이 피해자인데 그토록 성격이 강한 남자가 가해자를 찾아내려 하지 않는 게 이상하다. 자신이 죽을 뻔했다면 보통은 혈안이 되어 범인을 찾을 텐데 그러지 않는 이유

가 뭘까.

그리고 세 번째 사건이다. 가메이는 단순 증발일까. 다카야스가 가메이에 호의를 품지 않았다는 것은 그저께 태도로 분명하다. 누나의 불륜 상대다. 당연히 밉겠지. 그렇다면 다카야스가 증발에 관여했다고 생각해도 부자연스럽지 않으리라. 첫 번째는 죽고, 두 번째는 중독. 세 번째 가메이는……

"노무라 부장님, 노무라 부장님 안 계세요?"

접수대의 여성 경찰이 사무적인 목소리로 불렀다. 노무라는 눈을 깜빡이며 "어?"라고 얼빠진 소리를 냈다.

"면회예요. 가메이 구미코라는 분이……"

"가메이? 구미코?"

노무라는 오쓰카와 마주 봤다. 가메이의 아내일 게 분명한데 부른 기억이 없고 그럴 필요도 없었다.

"이상해요. 어떻게 해야 좋을지 모르겠어요. 하지만…… 정말 이상해요."

갑자기 달려들듯 절규하는 소리가 들렸다. 노무라는 서둘러 손을 내저었다. 남편이 증발한 아내의 상심을 모르는 바 아니나 그렇다 해도 구미코의 흥분은 대단했다. 한 손으로 노보루의 조그마한 손을 잡고 있었는데 겁먹은 노보루는 당장이라도 울음을 터뜨릴 듯한 얼굴로 엄마를 올려다보고 있었다.

노무라는 구미코의 어깨를 감싸 별실로 안내했다. 사람들이 많은 방에서 울음이라도 터뜨리는 날에는 손쓸 방법이 없다.

"저, 미행했어요. 오늘 아침부터 줄곧."

"아, 그러셨군요."

노무라는 거스르지 않고 수긍했다. 상대의 흥분을 가라앉히는 데는 이보다 좋은 방법은 없다.

"그랬더니, 그 여자……."

"잠깐만요. 누구를 미행했단 말입니까?"

"당연하잖아요! 야규요. 야규 이쿠요."

"하하하. 그랬군요. 물론 그러셨겠죠……." 노무라는 간신히 이해하고 말을 이었다. "일단 앉으세요. 이야기를 다 들을 테니까. 그래서? 부인은 왜 야규 이쿠요를 미행하셨나요?"

구미코는 무너질 듯 의자에 앉더니 간신히 진정하고 이야기를 시작했다.

입을 떼려 하지 않는 오이시를 추궁해 야규에 관해 알아낸 구미코는 가만히 있을 수 없어 아침 일찍 야규의 집으로 달려갔다.

달려가긴 했으나 그렇다고 바로 쳐들어갈 수는 없었다. 숨어서 상황을 살피는데 곧 남매가 나왔다. 출근과 등교겠거니 했다. 미사코를 붙잡고 한바탕 드잡이하고 싶은 마음도 있었으나 상대가 둘이라 덜컥 겁이 났다. 그러다가 집에 남은 사람은 이쿠요 혼자라는 생각에 용기가 솟았다. 부모도 책임이 있으니 대놓고 따질 생각에 문으로 다가가는데 이쿠요가 쇼핑 카트를 끌고 나왔다.

주위를 둘러보며 불안한 모습으로.

"문득 미행해야 할 것 같았어요." 여기서 구미코는 크게 숨을 내뱉었다. "그런데 그 여자, 이상한 것만 샀어요."

"이상한? 것이라뇨……."

"시멘트요. 그것도 작은 비닐봉지에 든 가정용으로 여러 개. 한 가게에 들어가 두 봉지를 사더니 다음은 슈퍼마켓에서 세 봉지. 이번에는 멀리 떨어진 잡화점까지 일부러 가서 두 봉지를 사서는 쇼핑 카트에 실었어요. 카트에 가득 채웠으니까 꽤 무거워 보였어요. 마지막에는 채소를 사서 시멘트 봉지를 숨기듯 덮었고요."

노무라는 번뜩이는 눈빛으로 오쓰카를 힐끔 봤다. 오쓰카는 이미 일어나고 있었다.

"부인. 이쿠요는, 지금 집에 있나요?" 노무라가 날카롭게 말했다.

"네. 집에 들어가는 것을 지켜보고 곧장 이리로 달려왔어요. 오이시 씨에게 노무라 씨의 이름을 들었던 터라……."

"알겠습니다. 혹시……."

너무나 끔찍한 상상을 입 밖에 내기 꺼려졌다. 그런데 그 마음이 민감하게 구미코에게 전해진 듯하다.

"저도 그런 것 같아서, 무서워서, 너무 무서워서……." 구미코는 노보루를 안고 오열했다.

차는 5분도 안 되어 야규 집 앞에 도착했다. 벨을 누르는 시간도 아까워 미닫이문을 밀었다. 문이 열려 있어서 그대로 뛰어든 노무라 일행 앞을 이쿠요가 가로막듯 버티고 섰다.

"또? 무슨 일이죠?"

얼굴은 창백했으나 동요의 빛은 없었다.

"좀 여쭙고 싶은 게 있어서요. 이분은 가메이 마사카즈 씨의 부인이십니다."

노무라도 지지 않고 강하게 나갔다. 이쿠요는 구미코에게 차가운 눈길을 던지고는 들어오라고 했다.

노무라는 현관을 통과하며 재빨리 부엌으로 눈길을 던졌다. 잔뜩 부푼 쇼핑 카트가 보였다. 어제 카트도 무거웠다. 위에 무를 올려 숨겼으나 아래에는 시멘트 봉지가 있었을 것이다. 그래서 노무라가 친절을 베풀며 옮겨주겠다고 하자 황급히 거절한 것이다. 무게로 보건대 스무 봉지는 되었을 것이다. 그 시멘트를 어디에 어떻게 쓸 생각이었을까.

"어머님. 시멘트를 사셨더군요." 다락방 계단으로 이어지는 방에 앉자마자 노무라가 바로 입을 뗐다.

"네. 그런데요. 왜요?"

이쿠요는 거리낌이 없었다. 밝혀질 테면 밝혀져라, 그런 표정이었다. 세게 나오시겠다?

"그것도 아주 많이."

"얼마를 사든 제 맘이죠."

"건재상에서 큰 봉지를 사면 훨씬 쌀 텐데요."

"가정용은 모래를 따로 섞지 않아도 되어서 좋아요. 편하고 쉽게 사용할 수 있죠."

"이유가 그게 다일까요? 배달을 시키면 사람들 눈에 띄니까요. 그래서 여기저기서 조금씩 사 모은…… 게 아닌가요?"

"상상은 자유겠죠."

세게 나오는 것을 넘어 이제는 완전히 시비조였다. 노무라는 서두르지 않고 천천히 공격에 나섰다.

"그래서, 도대체 어디다 쓰셨습니까?"

"부엌과 욕실 수리에요."

"그만한 양을?"

"어제와 오늘 샀을 뿐이에요. 그렇게 많은 양은 아니라고요."

"그래요?"

노무라는 더 따지지 않았다. 문제 삼을 만한 증거가 없기도 했고 또 핵심은 양이 아니라 그 용도였기 때문이다.

"그러면 수리한 곳을 좀 보여주시겠어요?"

"그러세요."

이쿠요는 망설이는 기색도 없었다. 노무라도 굳이 확인할 마음은 없었다. 얼버무리려고 1, 2회 분량을 부엌이나 목욕탕에 칠했을 것임을 상상하기 어렵지 않았다.

현관의 미닫이문이 열리고 "엄마?"라는 목소리가 들렸다. 의아해하는 목소리였다.

"아, 다카야스." 이쿠요의 태도가 살짝 무너졌다.

"오호! 벌써 학교가 끝났나? 아직 점심때인데." 노무라는 우두커니 선 다카야스를 올려다보며 미소를 지었다. "그저께도 그러더니 오늘도 일찍 왔네. 무슨 급한 일이라도 있나?"

"쓸데없는 참견이시네요."

다카야스는 휙 고개를 돌렸다. 뺨 근육이 흠칫 떨리는 것을 노무라는 놓치지 않았다. 이쪽부터 공격해 제압할까 하고 입을 열려 할 때였다.

"노보루 만지면 안 돼. 더러워!"

구미코가 노보루의 오른손을 잡았다. 노보루가 다다미를 만지고 그 손가락을 핥고 있었다.

"이것 좀 봐라. 이렇게 먼지가……."

구미코는 수건으로 노보루의 손가락을 닦다가 깜짝 놀라며 다시 아이의 손가락을 응시했다.

"형사님. 시멘트가! 보세요. 다다미 위에, 저기에도……."

'앗!' 소리를 낸 것이 노무라인지 이쿠요인지, 아니면 동시였는지.

노무라의 지시에 따라 재빨리 오쓰카가 다다미 테두리를 잡았다. 이제 조심할 필요는 없었다. 다다미를 열자 못 빠진 마루가 아무렇게 놓여 있었다. 최근에 뺀 게 분명했다.

노무라는 재빨리 돌아 나와 이쿠요와 다카야스의 퇴로를 막아섰다. 하지만 그럴 필요도 없었다. 이쿠요는 꼿꼿이 앉아 있었고 다카야스도 태연히 선 채 오쓰카의 행동을 남 일처럼 바라보고 있었다.

마루를 걷어내자 이상한 냄새가 코를 찔렀다. 오쓰카는 코를 쥐고 안을 들여다본 다음 노무라에게 고개를 돌리고 크게 고개를 끄덕였다.

"전원, 옆방으로 이동!"

노무라가 갈라진 목소리로 명령했다. 현장을 훼손하지 않으려는 당연한 조치였으나 그게 큰 실수였음을 깨달은 것은 1분 뒤였다.

"이런!"

짐승 같은 절규와 함께 구미코가 이쿠요를 덮쳤다.

"이런 짓을……, 잘도……."

목이 졸린 이쿠요는 놀란 기색도 없이 강하게 구미코를 떠밀었다. 구미코는 옷이 흐트러진 채 벌러덩 나자빠졌다.

"새삼 왜 이렇게 난리야? 이렇게 되기 전에 그 멍청한 머리로 왜 남편 마음 하나 못 잡았는데! 그랬으면 우리 딸도 그렇게 힘들지 않았을 텐데. 바보야! 당신도, 미사코도."

말리려고 다가간 노무라의 등줄기가 서늘해질 정도의 차가운 목소리였다. 구미코도 멀거니 눈을 부릅뜬 채 침묵했다.

"하하하. 칠칠치 못하다는 게 바로 이런 거구나."

다카야스가 귀청이 떨어질 정도로 크게 웃으며 흐트러진 구미코의 옷자락을 보란 듯 들여다봤다. 노보루가 조그만 주먹을 뻗어 다카야스의 배를 때렸다. 어린애라도 어머니가 모욕당하고 있음을 안 모양이다. 다카야스는 콧방귀를 뀌고 노보루를 뿌리쳤다. 가차 없는 힘이었다. 노보루는 벽까지 날아가 우는 것도 잊고 얼굴을 일그러뜨린 채 두려움에 떨었다.

"정말 한심해. 다 정말 한심해!"

다카야스는 내뱉듯 말하고 방을 나가려고 했다. 노무라가 급히 막아섰다.

"도망치려고?!"

"도망쳐? 내가?"

다카야스는 말도 안 된다는 눈빛으로 노무라를 바라봤다.

"왜 도망쳐야 하는데? 당신들, 죽인 사람은 엄마라고 생각하잖아? 그렇다면 엄마를 감싼 나는 효자야. 도망쳐 숨을 이유가 하나도 없지."

"다카야스, 입 다물어!" 이쿠요가 막고 나섰다.

"나 혼자 했어. 시멘트도 다른 것도. 다카야스는 상관없어!"

"엄마. 소용없어. 그런 인정 넘치는 얘기가 통할 경찰이 아니야. 비웃음만 살 뿐이지. 그보다 거기 형사님. 경찰차는 아직 도착 안 했나? 빨리 이 여자와 꼬마를 좀 치워져. 영 눈에 거슬려 죽겠어."

2

가메이의 시신을 옮기는 것은 큰일이었다. 바닥 아래의 흙이 세로 2미터, 가로 50센티미터, 깊이 40센티미터 정도, 딱 관 크기로 파여 있었고, 시신은 옷을 입은 채 엎드려 누워있었다. 시신을 구덩이에 던져놓고 그 위로 시멘트를 부은 듯 등은 몇 군데 나와 있는 것 외에는 완전히 묻혀 있었으나 얼굴과 복부는 구덩이 바닥에 밀착되는 바람에 시멘트가 들어가지 않아 부패해 냄새는 거기서 나오고 있었다.

시신은 바로 부검되었다.

도요나카히가시경찰서에 구류된 이쿠요는 온순하기 그지없었다. 노무라가 질문하기도 전에 술술 범행을 자백했다.

"아리타의원에서 돌아와 집에 들어왔을 때 가메이와 딱 마주쳤습니다. 마침 미사코 일로 가메이에게 확답을 들으려던 참이라 마침 잘 됐다 싶어 거실에서 이야기를 나눴습니다.

가능하다면 가메이도, 미사코도 포기해주길 바랐습니다. 과거는 다 잊고 가메이는 처자에게 돌아가고, 미사코는 좋은 사람을 만나 제대로 결혼하는 게 제일 좋다고 부탁했죠.

그런데 가메이는 무례하다고 해야 하나, 뻔뻔하다고 해야 하나,

비실비실 웃으며 자기는 그러고 싶은데 미사코가 놔주지 않는다며 무시하더군요. 저는 부끄러움도 잊고 가메이에게 매달렸습니다. 정말 울며 부탁했습니다.

가메이는 그런 저를 성가시다며 뿌리치고 나가려 했습니다. 그 모습이 귀신처럼 보였고 그 뒤로 제가 무슨 짓을 어떻게 했는지 분명하게 기억이 나질 않습니다.

정신을 차려보니 가메이가 쓰러져 있었습니다. 목에 빨래를 널 때 쓰는 세탁용 비닐 끈이 감겨 있었고 그 끈을 제가 쥐고 있었습니다.

당황했습니다. 당장이라도 미사코가 돌아올 것 같아 제정신이 아니었습니다. 하지만 급할 때는 여자도 지혜와 힘을 짜낼 수 있더군요. 다다미를 열고 마루를 떼어내 가메이를 굴려 떨어뜨렸습니다. 아뇨. 흙을 파낸 것은 며칠 뒤입니다. 그럴 시간이 없었어요.

마루를 다시 덮고 다다미를 원래대로 돌려놓았으나 다다미가 잘 맞지 않았습니다. 억지로 맞추고 그 위에 미사코의 이불을 깔아 감추는 게 최선이었습니다.

미사코는 가메이가 보이지 않고 내가 태연한 것을 보고 안심했겠죠. 깔아놓은 이불에서 곧 잠든 것 같았습니다. 자신이 자는 바로 아래에 가메이의 시신이 누워있는 것을 모른 채. 생각하면 불쌍한 애예요. 미사코는……

가메이를 죽인 것을, 그때도, 지금도 전혀 후회하지 않습니다. 당연한 대가라고 생각합니다. 하지만 다음 날, 미사코가 출근하고 나서가 큰일이었습니다. 시체를 처리해야 했으니까요. 상당히 쌀쌀해지기는 했으나 이틀이나 사흘만 지나면 썩기 시작해 냄새가 나겠죠. 미사코가 알아차릴 게 분명했습니다.

게다가 사흘 뒤에는 다카야스도 수학여행에서 돌아옵니다. 다카야스에게 알리고 싶지 않았습니다. 다카야스는 아직 어린애예요. 제 마음을 이해하지 못할 것이고 엄마가 살인자라는 사실을 알면 얼마나 놀라고 슬퍼할까. 이런 생각이 드니 우물쭈물 있을 수 없었습니다.

제 일은 보험 설계사라 의외로 출퇴근이 자유롭습니다. 지점에 전화해 사흘간 휴가를 받았습니다. 문을 단단히 잠그고 마루 밑으로 내려갔죠. 시체의 눈이 원망스럽게 노려봤으나 아무렇지 않았습니다. 아니, 적반하장이잖아요? 원망해야 할 사람은 바로 저니까요.

구덩이를 파는 것은 정말 힘들었습니다. 좁아서 손발을 자유롭게 움직일 수 없었습니다. 하지만 흙이 그리 단단하지 않아 그날 중으로 다 파내고 시신을 넣었습니다. 넣어 봤는데 구덩이가 너무 얕아 흙으로만 덮으면 냄새가 올라올 것 같았습니다. 그렇다고 다시 시체를 꺼내 더 파는 것도 무리였죠. 시체가 너무 무거워 도무지 제힘으로 들 수 없었거든요.

그때 콘크리트에 담근 살인사건 기사가 생각났습니다. 시멘트로 굳히면 냄새는 올라오지 않을 테고 내가 집을 팔지 않는 한 일단 발견될 일은 없으니까요.

다음날부터 시멘트를 사러 돌아다녔습니다. 작은 봉지만 산 것은 형사님 말씀대로입니다. 매일 조금씩 사 모은 시멘트를 양동이에 풀어 구덩이에 부었습니다.

형사님은 무슨 귀신이라도 보는 눈빛으로 저를 보시네요. 저는 매일 가메이의 모습이 시멘트에 묻혀 사라지는 게 너무 좋아 견딜 수 없었습니다. 이 녀석만 사라지면 미사코에게도 드디어 평화로운 날들이 돌아오리라는 생각에 매일 손꼽아 기다렸습니다.

다시 말씀드리지만, 미사코도 다카야스도 이번 일과는 전혀 관계가 없습니다. 모든 것은 제가 혼자 한 일입니다. 보세요. 그렇지 않겠어요? 만약 다카야스가 도와줬다면 남자의 힘이 있으니까 더 깊이 구덩이를 파겠죠. 아니면 오토바이로 멀리 옮겨 묻었을 겁니다.

이게 답니다. 모두 말하고 나니 후련하네요. 이제 사형당하든 아니든 번거로움을 끼치게 되겠네요."

노무라는 길고 긴 진술을 다 받아내고 후 한숨을 쉬었다. 뭔가 개운치 않은 사건이나 이것으로 종지부를 찍었으니 담배에 불을 붙여 이쿠요에게 한 대 건넸다. 이쿠요는 생긋 웃으며 받아들고 맛있게 피우고 풍성한 연기를 토해냈다.

노무라는 물론, 이쿠요의 진술을 그대로 받아들인 것은 아니었다. 몇몇, 증거가 뒷받침되지 않으면 믿을 수 없는 부분이 있었다. 이쿠요처럼 자발적으로 자백할 때는 오히려 진실성을 의심해야 하는 게 조사의 기본이다. 그건 일단 제쳐놓고 날이 밝기 전에 다카야스의 진술도 받아야 했다.

다카야스에게 임의동행을 요구해 경찰서의 다른 방에서 기다리게 했다. 이쿠요가 단독 범행을 주장하고 있고, 다카야스가 미성년 고등학생이라 체포까지는 꺼려졌기 때문이다.

다카야스는 노무라와 오쓰카가 자리에 앉는 것을 보고도 무시하고 딴전을 피웠다.

"저녁은 먹었니? 맛있게 먹었어?"

노무라가 다정하게 질문을 던졌으나 어리석은 질문이었다. 경찰서로 끌려와 먹는 밥이 맛있을 리 없다. 다카야스는 불편한 심기를 드러내듯 입술을 일그러뜨렸을 뿐 대답은 없었다.

"중독된 속은 괜찮니? 혹시 불편하면 바로 얘기해. 특별식을 줄 수 있으니까."

다카야스는 이번에는 입을 벌리고 소리 없이 웃었다.

"중독 사건을 조사하려고 저를 부른 건가요? 그렇다면 번지수가 틀렸네요. 나는 피해자예요."

도전받은 듯한 느낌이 든 노무라의 표정이 굳어졌다. 조사할 때 감정을 드러내면 손해라는 것은 노무라도 잘 아는 사실이었으나 아들뻘 되는 젊은 놈의 야유를 받자 평온을 유지할 수 없었다.

"그렇게 못된 소리를 할 정도면 속은 편한가 보네. 그럼 질문하지. 가메이 마사카즈라는 남자를 알지?"

"한심하기 이를 데 없는 바람둥이 새끼죠."

"그런 표현은 네게 불리할 것 같은데."

"쓸데없는 걱정이시네요."

"바람둥이의 시신이라 시멘트를 부었다는 건가?"

"글쎄요. 그건 엄마에게 물어보세요. 내 알 바 아니니까."

"너도 돕지 않았어?"

"내가? 이상한 말은 그만둬 주세요."

전면 부인으로 나오겠다? 노무라는 예상했던 터라 전혀 신경 쓰지 않았다.

"그럼 질문할게. 그저께 토요일에 결석했지?"

"네. 배가 아파서요. 어쨌든 독을 먹었으니까요. 후유증이죠."

"그리고 시멘트도 붓고."

"본 것처럼 말씀하시네요. 무슨 만담가 같아요."

화가 치민 듯 오쓰카가 고개를 불쑥 들었으나 노무라는 개의치 않고 이야기를 진행했다.

"그래서 내가 벨을 눌렀을 때 집에 있으면서도 대답하지 않았어. 문도 잠그고."

"낮잠 자느라 못 들었다고 했을 텐데요."

"우리가 아무도 없다고 생각해 돌아간 뒤 너는 서둘러 작업을 중단하고 다다미를 덮고 이불을 깔았어. 그 무렵 우리가 다시 왔지. 이쿠요는 일부러 큰 소리로 손님이 왔다고 소리쳤어. 마치 너에게 들어가도 괜찮냐고 묻듯. 대답이 없으면 아직 뒤처리가 안 끝났다는 것을 알고 깊이 잠든 것 같은데 열쇠가 없다는 핑계를 대고 시간을 벌 속셈이었겠지."

"아주 훌륭한 망상이네요. 형사보다 추리소설 작가가 낫겠어요."

"그때, 네 옷차림은 반바지에 셔츠 한 장이었어. 누가 봐도 시멘트 작업을 하는 옷이지."

"누가 봐도, 라는 말은 누가 들어도 독단이라고 생각할 것 같은데요? 증거 능력은 제로고."

"적어도 배가 아파 누워있던 옷차림은 아닌 게 확실해."

노무라는 끈질기게 이어 나갔다. 다카야스의 대답 속에서 부자연스러운 점이나 모호한 점, 모순이 나오기를 참고 기다린 것이다. 변명거리를 충분히 준비한 피의자를 상대할 때 쓰는 방법이다.

아주 사소한 모순이라도 발견하면 가차 없이 공격에 들어간다. 피의자의 진술은 혼란하다. 그 혼란이 진술에 또 다른 모순을 낳아 허점을 만든다. 그때 가서 울상이나 짓지 마라. 노무라는 속으로 독설을 퍼부었다.

"그런데 네가 가메이의 시체를 발견한 건, 언제지?"

"참 멍청한 질문이네요. 바로 조금 전이잖아요. 저 형사님이 다다미를 뒤집었을 때요."

"거짓말하면 안 된다. 네가 수학여행에서 돌아온 날은?"

"10월 28일…… 밤 8시쯤인가?"

"오늘은 11월 6일이야. 열흘 가까이 몰랐다고? 시체는, 너희 집 마루 밑에 있었다고. 게다가 네 어머니가 시멘트를 사다가 부었어. 그걸 전혀 몰랐다는 말을 믿을 수 있겠어?"

"믿을지 안 믿을지는 그쪽 맘대로 해요. 사실이라 달리 대답할 게 없어요."

"어제 네가 입은 반바지에는 시멘트가 많이 묻어 있었어."

노무라는 넌지시 덫을 놓았으나 걸릴 상대가 아니었다.

"목욕탕과 부엌을 고치라고 엄마가 말해서요. 어쨌든……"

다카야스는 도전하듯 단호한 어조로 말했다.

"어쨌든 집에 보내주세요. 당신들의 한심한 질문에 얌전히, 대답할 의무는 없으니까요. 혹시 보내주지 않을 건가요?"

노무라와 오쓰카는 서로의 얼굴을 보고 어깨를 움츠렸다. 애라고 얕봤다가 결정타를 한 방 먹은 기분이었다.

"그래. 오늘은 됐다."

이렇게 대답할 수밖에 없었다. 시계는 오후 9시 반을 가리키고 있었다. 심야 조사인데다 상대가 소년이고, 피의자라고도 할 수 없을 때는 조심하는 게 좋다.

3

노무라는 수사과로 돌아와서야 미사코를 기다리게 했음을 기억했다. 가메이의 시체를 발견했을 때 미사코는 아직 회사에서 퇴근하지 않았다. 그게 오히려 미사코에게는 다행이었을 것이다. 변해버린 연인의 모습, 그것도 살해당한 뒤 시멘트로 매장된 모습을 보지 않아도 됐으니까. 게다가 그 범인이 친어머니라면 미사코가 받을 충격은 여러모로 가중되었을 것이다. 그런 배려로 노무라는 굳이 미사코에게 알리지 않았다. 그녀가 저녁이 되어 집에 올 때까지는 시신 반출이 끝날 테니까 시신을 보지 않아도 된다. 그래서 귀가를 기다려 경찰서로 오게 현장 경관에게 지시해 놓았다.

"이봐. 야규 미사코가 기다리고 있나?" 노무라가 젊은 형사에게 말을 걸었다.

"아뇨. 그게……." 젊은 형사가 얼버무리며 대답했다.

귀가한 미사코는 단숨에 사태를 파악한 듯 경관의 제지를 뿌리치고 실내로 뛰어 들어갔다. 방 다다미는 이미 다시 깔려 있었으나 어질러진 흔적이 뚜렷했고 바닥에 모래와 흙이 가득했다.

미사코는 방 한가운데에 갑자기 멈춰서더니 초가 녹아내리듯 소리도 없이 무너졌다.

"충격으로 실신했습니다. 집을 지키던 경관이 급히 도요나카 시립병원으로 옮겼습니다. 진단은 빈혈인데 지금은 충격이 심해 망연자실한 상태랍니다. 의사도 도저히 조사에 응할 수 없는 상태라고 했다고, 현장에서 어떻게 해야 하냐고 연락해 왔습니다. 그래서 일단 회복할 때까지 병원에 두도록 조치했습니다."

무리도 아니지. 노무라는 침통한 얼굴로 끄덕였다.

"그래. 피의자도 아니니 서둘러 사정 청취할 필요는 없겠지. 미사코는 내일 볼까?"

마치 자신을 이해시키듯 오쓰카에게 물었다. 오쓰카도 그러자며 눈짓으로 대답하고 크게 기지개를 켰다.

시멘트 매립 살인이라는 충격적인 사건치고는 피의자의 자백이 너무 빨리 이루어져 앞으로는 일이 잘 풀릴 것 같은 기분이 없지 않았다.

노무라는 뜨거운 물을 가져와 책상 서랍에 둔 교쿠로(고급 녹차 제품) 녹차를 꺼내 천천히 시간을 들여 우려냈다. 강한 쓴맛 속에서 단맛이 확 피어오를 때의 맛은 술꾼이면서 차까지 좋아한다는 놀림을 당해도 끊을 수가 없었다.

"자네도 한 잔해."

차를 권하자 오쓰카는 영 내키지 않는 얼굴로 씁쓸하게 웃으며 말했다.

"그런데 괜찮을까요? 다카야스를 저렇게 그냥 돌려보내도?"

"괜찮냐니? 도망치면 어쩌냐는 뜻이야? 그럴 리는 없지. 도망치면 공범임을 자백하는 것이나 마찬가지라는 것쯤은 알 테니까. 저렇게 배짱 좋게 나와도 애야. 혼자 있어 보면 외롭다는 생각이 들 테고 엄마에게 죄를 뒤집어씌우고 자기만 입 닦는 게 견딜 수 없겠지. 상황을 보다가 공격하면 다 자백하지 않을까?"

"그럼 좋겠는데요."

오쓰카는 사뭇 불안한 표정으로 따라준 고급 녹차를 고삼차라도 마시듯 조금씩 마시며 말했다.

"아무래도 걸려요. 역 앞 파출소에 얘기해 상황을 살피라고 할까요?"

"그래야 속이 풀리면 그렇게 해."

노무라는 두 번째 우려내는 녹차 상태가 영 마음에 쓰여 건성으로 대답했다.

오쓰카가 파출소에 전화로 지시를 내리고 수화기를 내려놓자마자 기다렸다는 듯 전화가 울렸다. 반사적으로 전화기를 든 오쓰카는 응응, 하며 고개를 끄덕이다가 갑자기 날카로운 소리를 냈다.

"뭐, 없어? 무슨 일이지? 집에 보낸 거야? ……응, 그래서 병실에는? ……오케이, 알았어. 집은 우리가 알아서 하지……. 그래."

거칠게 수화기를 놓고 다구(茶具)를 정리하는 노무라에게 급히 말했다.

"미사코가 병원을 빠져나갔답니다."

"뭐? 어디로 갔는데?"

"모르겠습니다. 병실은 한 시간마다 상태를 보러 갔는데 9시 순찰 때는 잘 자고 있었답니다. 그런데 조금 전, 10분쯤 전이라니까 9시 50분쯤에 간호사가 살펴보니 침대가 비어 있었다고요. 환자복을 얌전히 개어 놓고 옷을 갈아입고, 신발도 보이지 않는다고 하니 본인의 의사로 나간 것 같습니다."

"집에 갔나?"

"그렇다면 좋겠는데. 하지만 그렇다면 병원에 얘기는 하고 갔겠죠⋯⋯."

"흠." 노무라는 한 곳을 응시한 채 침묵했다. 미사코가 받은 충격의 깊이로 보아 혹시 자살하러 간 건가 싶기도 했다. 그렇다면 옷을 갈아입고 신발까지 신을 필요는 없다. 가장 빠른 방법은 창문에서 뛰어내리는 것이다. 병실은 4층이다. 충동적인 자살은 그 방법이 가장 많다.

"집으로 갔다면 다카야스를 살피러 간 파출소 경관이 곧 보고할 테니 그때까지 기다릴까?"

노무라는 곧 연락이 올 거라고 말하듯 의자에서 자세를 고쳤다.

기다릴 필요도 없이 전화가 울렸다. 노무라가 바로 손을 뻗었다.

"아, 자넨가? 상황은 어때?"

"그게…… 없습니다."

"없어? 다카야스가? 그리고 누나 미사코는? 안 돌아왔나?"

"네. 아무도 없습니다. 불은 켜진 상태고요. 벨을 눌러도 대답이 없어 현관문을 밀어봤더니 잠겨 있지도 않았습니다. 혹시나 해서 안을 살폈는데 인기척이 전혀 없습니다."

"흠. 그럼 자네는 어디서 전화하고 있나?"

"네? 야규의 집인데요……."

"집에 들어갔나?"

"네. 불러도 대답이 없어서…… 보호할 필요가 있을까 싶어서……."

"그건……, 뭐, 됐고……."

노무라는 곁에서 귀를 기울이고 있는 오쓰카와 눈길이 마주치자 '갈까?'라고 눈으로 물었다.

"알았네. 그럼 자네는 거기 있게. 바로 갈 테니."

남매가 사라진 것은 우연일 수 있으나 그래도 타이밍이 너무 절묘했다. 다카야스는 누나가 입원한 줄 몰랐을 테지만, 집에 돌아와 이웃의 이야기를 들었다면 알 수 있다. 앞으로의 일을 의논하려고 누나를 찾아갔을 가능성은 충분하다. 밤의 병원에 몰래 들어가는 일도 쉽다. 병원에서는 응급 환자가 갑자기 생길지 몰라 늘 출입구를 개방하고 있다. 복도에는 사람이 없고 입원 환자나 보호자는 다른 방문객까지 신경 쓸 여유가 없다. 입원 환자의 병문안 시간은 정해져 있으나 상태에 따라 한밤중에 달려올 때도 있다. 따라서 병원 직원이 가령 급히 병실로 향하는 다카야스를 봤더라도 굳이 캐묻지는 않았을 것이다.

노무라는 자동차가 출발하자 말했다.

"자네는 병원으로 가주겠나? 다카야스가 미사코를 찾아가 데리고 나갔을 가능성도 없지 않으니."

오쓰카는 애매하게 고개를 끄덕였다. 미사코에게는 자살할 우려가 있다면 다카야스는 오히려 도주의 우려가 컸다. 게다가 둘은 남매라는 인연으로 묶여 있다고 해도 보는 관점에 따라 미사코는 피해자고 다카야스는 가해자일 가능성이 크다. 그런 둘이 누군가의 의사에 따라 함께 자살이나 도망을 택할 가능성은 적다. 그렇다고 절대 안 일어날 일이라고 장담할 수도 없었다.

병원 앞에서 오쓰카를 내려주고 노무라는 야규의 집으로 향했다. 파출소 경관이 마치 자신이 실수라도 한 듯 안절부절못하며 기다리고 있었다.

이웃들이 낮의 소동에 질려 불을 끄고 숨을 죽인 가운데 야규의 집만 집안 불을 다 밝히고 있었다. 과장해 표현하자면 이곳만 휘황찬란하게 빛나고 있었다.

"그 뒤로 아무도 안 왔습니다."

경관의 말을 흘려들으며 노무라는 이웃집 벨을 눌렀다. 마흔 살 정도의 주부가 상황을 살피듯 고개를 내밀었다. 미사코나 다카야스가 집에 돌아온 기척이 없었냐고 묻자 주부는 "아, 그게" 라며 바로 고개를 끄덕였다.

"한 시간쯤 전에 다카야스가 돌아온 것 같았어요. 본 건 아닌데 그때까지 캄캄했던 집이 갑자기 밝아져서 의아해서 살펴봤더니 집안에 사람 그림자가 돌아다녔거든요. 아, 네. 미사코가 병원에 실려 간 건 알아요. 그래서 다카야스가 온 줄 알았죠. 하지만 그 소동이 일어난 뒤로 말을 걸면 안 될 것 같아서……."

여자는 얼굴 가득 호기심을 드러내며 캐묻는 듯한 눈빛으로 노무라를 바라봤다.

"미사코 씨는 못 보셨나요?"

"아직 병원에 있지 않나요? 그림자는 하나였어요."

"그리고 다카야스가 나간 건 언제쯤이었나요?"

"어머! 없어요?"

의아해하며 되물었다.

"저는 그 뒤로 TV를 봤어요. 연속극이라 놓치면 안 되거든요. 나도 모르게 TV에 열중해 옆집은 잊었죠. 다카야스에게 위로의 말이라도 건네러 가야겠다고 생각했는데 그만……."

노무라는 속으로 거짓말이라고 생각했다. 구경꾼의 호기심에 다카야스의 말을 듣고 싶어 몸이 근질근질했지만, 공포와 혐오감에 찾아갈 용기를 내지 못한 게 진심일 것이다. 그렇게 속으로 중얼거린 뒤 물었다.

"그 드라마는 몇 시부터 시작했나요?"

"10시요."

"그렇다면 다카야스로 보인 인물이 돌아온 것은 10시 조금 전이겠군요."

경찰서를 나간 게 9시 반이니까 다카야스는 곧장 집에 왔다는 소리다. 혹시나 해서 건너편 옆집에 확인했는데 역시 야규의 집에 불이 켜진 것은 10시 조금 전이었다는 답이 돌아왔다.

다카야스로 보이는 인물이 돌아와 불을 켰으니까 미사코가 먼저 돌아왔다고 생각할 수는 없었다. 어두운 집에 돌아오면 일단 불을 켜는 게 상식이니까.

미사코의 행방이 걱정되나 그것은 병원에 간 오쓰카의 연락을 기다리는 수밖에 없다. 노무라는 경관을 데리고 실내로 들어갔다. 아무도 없는 집에 불만 켜져 있으니 오히려 더 싸늘하게 느껴졌다. 특히 마루 밑에 시체를 놓아둔 방에는 밤공기라는 것만으로는 표현할 길 없는 서늘한 공기가 감돌고 있었다.

사정을 모른 미사코는 그렇다 치고 이쿠요는 사체를 묻은 위에서 참 용케도 잠들었구나 싶어, 노무라는 새삼 배짱 두둑한 여자의 튼튼한 신경에 전율 가까운 놀라움을 느꼈다.

다카야스의 공부방 같은 한 평 반 크기의 방을 들여다봤는데 눈에 띄는 이상은 없었다. 책장에 교과서와 참고서들보다 교양서 같은 책들이 많은 것을 보고 의외로 제대로 공부하는 녀석인가 생각했을 정도였다.

"자. 어디 보자."

노무라는 거실 전화기 앞에 조용히 앉았다. 다카야스가 도망쳤다고는 생각할 수 없었다. 훌쩍 돌아올 것 같은 느낌이 들어 걱정도 되지 않았다.

오쓰카의 연락을 기다리고 결정하기로 마음먹고 담배를 꺼냈다. 다카야스가 모습을 감춘 게 자기 책임이라고 느꼈는지 안절부절못하고 불안해하는 경관에게도 담배를 내밀었다.

그때 전화가 울렸다. "나야"라며 바로 전화를 받은 노무라에게 오쓰카는 빠르게 보고했다.

"옆방 환자가 정각 9시를 넘긴 시각에 미사코의 병실 문이 열렸다 닫히는 소리를 들었다고 합니다. 다른 목격자는 찾지 못했는데 아무래도 그때 미사코가 탈출한 것 같습니다. 단순 빈혈로 다른 이상은 없으므로 격렬한 운동이 아닌 이상 걷는 데는 지장이 없답니다. 그리고 충동적인 자살을 할 정도의 정신 상태도 아니랍니다."

"흠. 그래서? 어디 갔는지…… 짚이는 데는?"

"일단 병원에 실려 온 후 전혀 입을 열지 않아서 짚이는 곳은 없답니다. 하지만 아침 출근할 때 입은 옷 그대로라 어딜 가려 해도 일단 집으로 갔을 것 같은데요."

"그런데 집에 없어. 아니 정확하게 말하면 돌아온 흔적도 없고 현재는 미사코도 다카야스도 없어."

"그래요? 여기 병원에서 여자 걸음으로는 집까지 30분이면 도착합니다. 미사코가 아무리 약해져 있었다고 해도 9시 40분에서 50분쯤에는 집에 도착했을 겁니다."

"9시 40분에서 50분……이라."

노무라는 살짝 고개를 기울였다. 집에 왔다면 다카야스와 거의 같은 시각이다. 혹시 돌아오는 길에 만나 그대로 딴 곳으로 갔나 싶었으나 그렇다면 집안의 불을 켠 건과 다카야스 같은 남자 그림자는 해명할 방법이 없다…….

"여보세요……? 여보세요……?"

노무라가 입을 다물어버리자 초조해진 오쓰카의 목소리가 높아졌다.

"응. 알았어. 이제부터 다시 집안을 조사해볼게. 자네, 올 텐가?"

전화를 끊고 시계를 보니 11시를 가리키고 있었다. 노무라는 공손하게 곁을 지키는 경관에게 말했다.

"미안하지만, 옛말에 옆집과 건너편 세 집과 친하기 마련이라는 말도 있으니까 근처 대여섯 집을 돌아다니며 물어봐 주지 않겠나? 9시 반부터 10시 20분 사이에 이 집에서 나는 소리를 듣지 못했는지. 아무리 사소해도 좋으니 아는 게 있으면 알려달라고 정중하게 부탁하게."

"네!" 젊은 경관은 온몸에 힘을 주어 대답하고 달려갔다.

노무라는 부엌으로 갔다. 여자가 꼼꼼하게 관리한 집답게 좁았으나 꽤 잘 정리되어 있었다. 한쪽 구석의 한 단 낮은 곳이 목욕물 데우는 아궁이였는데 그 봉당에는 새 시멘트가 발라져 있었다. 바른 자국을 보니 아마추어의 솜씨였다. 시체를 묻은 이쿠요가 그것을 얼버무리려고 한 공사였을 것이다.

노무라는 흥! 콧방귀를 끼고 혹시나 해서 칼집을 확인했다. 스테인리스 식칼이 세 자루, 깨끗하게 갈려 꽂혀 있다. 요즘 여성이 옛날처럼 식칼로 목을 찔러 자살을 시도하지는 않을 테고 가령 시도하더라도 이 스테인리스 식칼로는 어려울 것이다. 노무라는 그런 생각을 하며 쓴웃음을 지었다.

다른 조리도구도 많았다. 평범한 가정의 풍경이 그려졌다. 굳이 눈에 띄는 점을 찾자면 바비큐용 가스 테이블이 싱크대 밑에 끼어 있다는 것 정도였다. 그 위에는 두꺼운 쇠꼬챙이와 대형 포크가 있었는데 노무라는 그 호칭도 사용 방법도 몰랐다. 다만 조리도구가 의외로 풍부한 것으로 보아 미사코도 평범한 결혼 생활을 했다면 꽤 좋은 아내가 되었으리라 생각했을 뿐이다.

문득 생각이 나서 밥솥 뚜껑을 열어보니 맑은 물에 3인분 정도의 쌀이 담겨 있었다. 불만 붙이면 밥이 되게 해놓았다. 노무라는 안심했다. 취사 준비하다가 자살하는 사람은 없으니까. 하지만 이쿠요가 미리 준비한 것일 수도 있다는 생각에 다시 점검을 시작했다.

세 평 크기의 방으로 돌아와 다락도 조사해야겠다고 생각했다. 계단으로 이어지는 장지문을 열려 했는데 열리지 않았다. 너무 빡빡했다. 팔에 힘을 주자 장지문이 기울며 위는 조금 열렸으나 아래는 꿈쩍도 하지 않았다. 생각할 것도 없이 바로 이유를 알았다. 막대기로 문을 막아 놓은 것이다. 장지문은 벽 뒤를 미끄러지며 열린다. 그러니 저 막대기는 안에서 걸어놓은 것이다. 사람이, 안에 있다.

"이봐!"

노무라가 상대를 불렀다.

"열어. 뭐 하고 있어?"

대답은 없었다.

"나와. 거기 숨어 봤자 의미가 없어."

그의 말대로다. 막대기를 걸어놓은 것 자체가 안에 사람이 있다고 폭로하는 것이나 다름없고, 막아봤자 종이로 바른 장지문 하나다. 몸으로 돌파하면 그만이다. 너무나 얕은 생각에 노무라는 웃음도 나오지 않았다. 설마 다카야스가, 이런 한심한 생각을 할 리 없으니 안에 숨은 사람은 미사코일 것 같았다.

그러나 자칫 소란을 피워 그것 때문에 자살이라도 하면 큰일이다. 다락이 너무 조용한 것도 불온했다.

"혹시 벌써 자살했나?"

노무라는 힘껏 장지문을 밀었다. 2차대전 전에 지어진 집이라 문지방이 깊고 장지문도 단단했다. 삐걱대기는 했어도 넘어가지는 않았다. 힘껏 몸을 날려 문을 쓰러뜨리고 계단을 뛰어 올라갔다. 재빨리 손전등을 비춘다. 동그란 빛 속에 미사코의 모습이 떠올랐다. 바닥에 완전히 엎드려 꿈쩍도 하지 않았다.

4

"죽었어!"

노무라는 달려가 안아서 일으키려다 문득 손을 멈췄다. 옅은 연지색 투피스 재킷이 젖혀져 있고 하얀 블라우스가 눈에 들어왔는데 노무라의 눈길은 그 블라우스의 오른쪽 허리 위 옆구리에 못 박혔다. 지름 8밀리미터에 가까운 쇠꼬챙이가 블라우스 위로 꽂혀 있었다. 혈흔이 쇠꼬챙이를 감싸고 검붉은 원을 그리며 반쯤 응고되기 시작했다.

노무라는 미처 소리가 되지 못한 비명을 지르며 우두커니 서 있었다. 시체를 보고 겁먹을 만큼 약한 신경은 아니었다. 목을 맺든 음독이든 혹은 칼로 피범벅이 되어 있든, 미사코의 시신이 명백한 자살 사체였다면 예감하고 있던 만큼 노무라는 냉정하게 대처했을 것이다. 그러나 오른쪽 옆구리에 쇠꼬챙이가 찔려 있는 사체를 자살 사체로 생각할 수 있을까.

새내기 형사인 양, 노무라는 주춤주춤 손을 뻗어 맥이 이미 없다는 것을 확인하고 계단을 구르듯 내려와 전화기를 들었다. 머리를 세게 얻어맞은 것 같은 충격을 받은 채 수사과 직통 번호를 돌렸다.

"장지문은 안에서 막대를 걸어놨어!"

다락에 사람이 드나들 수 있는 창이 없다는 사실은 이미 확인한 바다. 그렇다면 달랑 장지문 하나라고 해도 다락은 밀실인 셈이다. 미사코를 찌른 범인은 어떻게 다락에서 탈출했을까.

전화를 끊을 때쯤 떨떠름한 표정으로 오쓰카가 나타났다. 노무라가 정신없이 상황을 설명하자 오쓰카는 넋을 놓고 말도 안 된다며 경악했다.

"저……."

탐문에 나갔던 젊은 경관이 조심스레 입을 열었다.

"건너편 2층에 중학교 3학년 여학생이 마침 시험공부 중이었습니다. 그 중학생이 10시 정각에 이 집 현관문이 덜컹 소리를 내며 닫히는 소리를 들었다고……."

"10시 정각이라니, 참 정확하네."

"그 소리를 듣고 고개를 들어 시계를 봤다니까……."

노무라는 가볍게 고개를 끄덕였다. 범인이나 다카야스—아마도 동일 인물일 테지만—가 집을 나갈 때였으리라.

"감식 차량이 오려면 10분은 걸릴 겁니다. 그때까지 다락을 조사할까요?" 오쓰카가 당장이라도 달려들 것처럼 말했다.

"아니야." 노무라는 신중하게 대처하기로 했다. 자살인지 타살인지 확정할 수 없는 상황인 만큼 전문 감식원이 도착할 때까지 현장을 훼손해서는 안 된다. 감식과 함께 철저하게 검증하지 않으면 아주 사소한 것을 놓치거나 섣부른 속단으로 수사를 망칠 우려가 있었다.

그것은 적절한 판단이었다.

"부검하지 않으면 정확히 말할 수 없지만."

감식원은 이렇게 전제하고 말했다.

자상은 오른쪽 옆구리 아래, 살짝 등 쪽에 있었다. 이 창상 주위에 찰과상과 표피 박리는 전혀 보이지 않았다. 블라우스 위로 찔렸는데 블라우스가 뚫린 주변에도 상처가 없었으므로 단숨에 쑥 찔러 넣은 것으로 보인다.

"그렇다면 타살?"

노무라가 묻자 감식원은 확답을 피했다.

자살인지 타살인지를 판정하는 데 중요한 소견 가운데 하나로 주저흔이 있다. 자살한 사람은 처음부터 과감하게 실행하지 못해 조금 실행하다 주저하고 다시 실행한다. 그때마다 치명상 부근에 작은 상처가 생기는데 이를 주저흔이라 부른다. 미사코에게 그 주저흔이 전혀 없었다. 노무라가 타살이냐고 물은 데는 다 이유가 있었다.

그러나 타인에게 찔려도 순간적으로 저항하거나 도망치려 한 흔적이 남기 마련이다. 즉사하지 않는 한 거의 본능적으로 흉기를 뽑아 조금이라도 고통을 줄이려고 애쓰는 게 상식이다. 따라서 흉기를 뽑지 못했더라도 흉기를 빼려 한 흔적이 창상에 남는 게 일반적이다. 흉기가 가늘고 예리하다면 인간은 심장을 찔려도 함부로 흉기를 건드리지만 않으면 꽤 걸을 수 있고 경동맥이 잘린 채 50미터를 걸은 예증도 있다.

미사코를 해친 흉기는 바비큐용 쇠꼬챙이다. 부엌에 있던 것과 같은 종류인 것으로 보아, 길이 50센티미터, 지금 8밀리미터로 끝은 예리하게 갈려 있다. 그 쇠꼬챙이가 삼 분의 일 정도 꽂혀 있었으므로 내장을 손상해 죽음에 이르게 했을 것임은 부검까지 가지 않더라도 명백했다. 또 이런 자상은 즉사에 가깝더라도 5분 정도는, 이른바 마지막 힘이라는 게 남아 있었을 것이다. 타살이라도, 미사코는 왜 그 마지막 힘을 다해 고통을 줄이려 하지 않았을까.

또 다른 문제는 자상의 부위였다. 오른쪽 옆구리 아랫부분에서 살짝 등 쪽이라는 위치는 오른손잡이인 사람이 스스로 찌르자고 하면 못 찌를 곳은 아니었다. 그러나 자살자가 자연스럽게 선택할 부위 역시 아니었다.

"찌를 수 없는 것도 아니지만, 단번에 찌를 수 있을까?"

감식원이 고개를 갸웃한 것도 당연했다. 반대로 타살이라면 가해자에게 딱 좋은 위치였다.

또 쇠꼬챙이에서 또렷한 지문을 채취할 수 없었다.

"천 같은 것으로 닦아낸 흔적이 있네."

감식원이 중얼거렸다. 그것은 타살설을 입증하는 한 요인이 될 것이다.

자상을 통해 자살인지 타살인지를 판명하는 것은 부검 결과를 기다리기로 하고, 노무라와 오쓰카는 다락의 실내를 꼼꼼하게 점검했다. 창고용으로 만들어진 만큼 마루는 튼튼한 바닥재가 깔려 있어서 일반적인 다락방처럼 널빤지를 떼어내고 아래층으로 뛰어내릴 수 없다. 계단만이 유일한 통로다. 그 끝이 장지문이고, 문을 잠그는 데 사용된 막대기는 길이 1미터 남짓한 낡은 옷걸이 장대로, 문지방에 걸쳐 놓았다(그림 1). 장지문은 부서졌으나 그것은 노무라가 몸을 던졌기 때문으로 그전에는 어떤 손상도 없었음은 노무라 자신이 누구보다 잘 알았다.

"만약 장대를 방 쪽에서 설치하는 방법이 있으면 타살설이 짙어질 텐데 도무지 떠오르질 않네."

감식원은 그렇게 말하며 옷걸이 장대와 반기둥을 꼼꼼히 검사했다.

"문을 건 장대는 위에서 상당히 힘을 주고 눌러 설치하지 않으

그림1

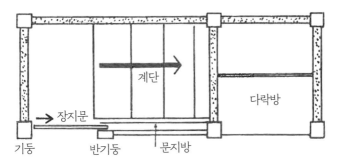

면 장지문을 세게 흔들기만 해도 쉽게 벗겨져. 노무라 형사가 상당히 힘을 주어 흔들었는데도 벗겨지지 않았다는 것으로 보아, 이 경우는 단단히 걸어놨던 것으로 보여. 기계적인 방법, 일테면 반기둥과 장지문 사이로 철사 같은 것을 통과시켜 장대를 감아 놓는 것 정도로는 그렇게 단단하게 걸쳐 놓을 수 없어. 가령 가능하다 하더라도 장대에 흔적이 남았을 거야. 장대는 꽤 오래된 것이라 칠도 벗겨지고 지문도 채취할 수 없었으나 새로 생긴 흠집은 없었어. 계단 쪽에서 걸어놓은 것으로 보는 게 합당해."

그렇다면 자살이다.

사망 시각은 시신의 체온과 경직 상태로 사후 한 시간 반이나 두 시간으로 추정되었다. 역산하면 오후 9시 반부터 10시 사이에 사망했다는 것이다. 그것은 노무라의 추측과 일치했다. 만일을 대비해 메모하며 확인했다.

다카야스의 행동 시각표

① 9시 30분　　　도요나카히가시경찰서를 출발

② 9시 50분?　　옆집 주부, 다카야스로 보이는 그림자 목격

③ 10시 00분　　건너편 여자 중학생이 미닫이문 소리를 들음

④ 10시 20분　　파출소 경관이 방문했으나 다카야스는 부재

미사코의 행동 시각표

① 9시 00분　　　간호사가 병실에 있는 것을 확인

② 9시 10분?　　옆방 환자가 미사코의 병실 문 여닫는 소리를 들음

③ 9시 40~50분? 귀가

④ 10시 전후　　사망

시각과 행동을 정리한 이 시각표를 통해 얻은 결론은 명백했다. 노무라는 메모를 오쓰카에게 보여주며 말했다.

"자살이라면 미사코는 집에 오자마자 다락으로 올라갔어. 하지만 옆집 주부 말로는 집에 불이 켜진 것은 9시 50분이니까 불을 켜고 다락으로 올라갔는지, 미사코가 올라간 뒤에 다카야스가 집에 와서 켰는지는 지금으로서는 알 수 없어. 다카야스에게 물어보는 수밖에 없겠지.

그러나 부엌은 정리가 잘 되어 있고 미사코에게 익숙한 곳이니까 어두워도 흉기인 쇠꼬챙이를 찾는 데는 무리가 없었겠지. 마

찬가지로 옷걸이 장대도 옷걸이나 윗미닫이틀처럼 늘 있던 곳에 있었을 테니까 새삼 찾을 필요도 없었을 거야. 물론 불을 켜는 게 편했겠지. 그러나 자살자의 심리로 보아 다른 이의 눈길을 꺼렸다면 이해가 가기도 해."

이 설명에 질문이 있냐고 눈으로 오쓰카에게 물었다. 오쓰카는 가타부타 알 수 없는 얼굴로 계속하라고 했다.

"문을 잠그는 막대기로 옷걸이 장대를 쓴 부분은 이렇게 생각하면 어떨까? 자살을 시도해도 정말 죽을지 어떨지 불안했어. 고통에 몸부림치다 구조되거나 고통을 견디지 못해 기어 나와 추한 모습을 보이게 될 수도 있다. 그러니까 사람이 쉽게 들어오지 못하게, 또 정신을 놓은 자신이 기어 나오지 못하게 장대를 걸었다. 그렇게 생각할 수 없을까?"

오쓰카는 여전히 긍정도 부정도 하지 않는 표정이었다. 자살자의 심리라면 가능할 수도 있겠으나, 반대로 어차피 죽기로 생각한 사람이 그렇게까지 신경을 쓸 여유가 있겠냐는 반론도 가능했다.

"하나 더 생각할 수 있는 것은……."

노무라는 입가에 수줍음에 가까운 미소를 짓고 말을 흐렸다. 오쓰카는 어리둥절했다. 노무라의 성품으로 보아 수사 중에 부끄러움을 느끼거나 주저하는 일은 그와 어울리지 않았기 때문이다.

"다락은 미사코에게 추억의 장소야. 연인인 가메이가 숨었던 곳이지. 아마 전에도 갑자기 가족이 오거나 손님이 왔을 때 그랬으리라 생각할 수 있어. 그리고 마지막으로 그를 숨긴 밤에 그는 살해당했어. 미사코는 같은 다락에서 가메이를 생각하며 죽고 싶었어. 아무도 그곳에 들이고 싶지 않았지. 그런 마음이, 문지방의 장대로 표현된 게 아닐까. 형사답지 않은 문학적인 생각이라고 비웃을지 모르겠지만……."

"그렇지는 않아요." 오쓰카가 손을 내저었다. "지금까지 이야기 가운데 가장 마음에 와닿는데요? 반론의 여지도 없어요. 하지만 부장님이 주장하는 자살설의 약점은 자상의 위치겠죠?"

"그 부분은 부검 결과를 기다려야지. 만약 타살이라는 결론이 나오면 가해자로 여겨지는 것은 다카야스와……."

"가메이의 아내 구미코."

오쓰카가 바로 말을 이었다.

"오호. 이거 흥미롭군. 얘기 좀 해줄래? 구미코 설을?"

노무라가 재촉했다. 오쓰카는 번뜩 든 생각일 뿐이라고 전제하고 이야기를 시작했다.

구미코는 남편의 원수를 갚겠다고 야규의 집을 찾았다. 아무도 없어 실내에 숨어 있는데 미사코가 돌아왔다. 직접적인 원수는 아니더라도 남편을 빼앗은 여자이자 사건의 원흉인 여자이니 원한을 품은 것도 당연했다. 구미코는 쇠꼬챙이를 들이댔고 미사코는 도망칠 곳이 없어져 다락으로 도망쳤다. 쫓아가 찌르고 쇠꼬챙이의 지문을 닦고 도망쳤다……라고 이야기하다가 오쓰카는 모순을 깨닫고 입을 다물고 말았다.

원수를 갚으러 갈 정도면 흉기는 미리 준비했을 것이고 마음대로 남의 집에 들어가, 그것도 어둠 속에서 그 집에 사는 사람을 추격할 수 있을까. 그런 소란을 옆집 사람이 듣지 못할 수 있을까. 그렇다면 막대기는 누가, 왜, 어떻게 걸었나.

"자네 얘기에서 받아들일 수 있는 건, 동기와 지문 건뿐이야."

노무라는 깨끗하게 오쓰카의 설을 기각했다.

"그 점은 다카야스 쪽이 더 부합해. 남매니까 누나를 다락으로 데려가도 의심하지 않았을 것이고 갑자기 찌를 수도 있어. 소란을 걱정할 필요도 없고. 장대도 미리 부드러운 천으로 감아두고 철사를 사용하면 장대나 반기둥에 흔적을 남기지 않고 설치할 수 없는 것도 아니야. 다만 결정적인 약점은 다카야스에게 동기가 없다는 점이지."

"맞아요. 오히려 미사코가 다카야스를 찔렀다면 모르겠지만……."

"그렇지."

노무라는 의미도 없이 고개를 여러 번 끄덕였다.

집을 나가는 시신을 노무라는 명복을 빌며 배웅했다. 감식원 말로는 부검 결과는 내일 오후에 나온다고 한다. 시계를 보니 이미 날이 바뀌려 하고 있었다.

"오늘 밤은 경찰서에서 자야겠네."

노무라는 크게 기지개를 켜고 오쓰카에게 말했다. 하루에 두 구의 사체를 발견하다니, 직업이라고 해도 너무한 거 아니냐는 불평을 내뱉고 싶은 심정이었다.

"다카야스는 어떻게 하나요? 수배할까요?"

"그래야지. 내 감으로는 그 녀석이 도망친 것 같진 않아. 뭐, 파출소의 젊은 경관에게 감시하라고 해두면 될 거야."

그래도 괜찮겠냐고 물을 틈도 없이 노무라는 다시 크게 기지개를 켜고 자동차로 향했다.

5

싸늘한 숙직실 탓에 가뜩이나 잠이 얕은 노무라는 여러 번 뒤척였다. 옆 침대의 오쓰카는 눕자마자 가볍게 코를 골기 시작했다. 그게 신경에 거슬려 노무라는 더 잠들지 못했다. 반 시간쯤 담요를 발에 칭칭 감아 체온을 올려 간신히 잠에 빠지려 하는데 누가 어깨를 흔들어댔다.

"부장님, 야규 다카야스를 출두시켰습니다."

예상한 일이었으나 막 잠들었는데 일어나야 하니 짜증이 났다. 오쓰카의 코골이가 갑자기 얄미워져 "어이!"라며 어깨를 쿡쿡 찔렀다.

"좋은 꿈을 꾸는 중인 듯한데 네가 손꼽아 기다린 손님이 왔어. 일어나야겠어."

옷매무새를 다듬으면서 다카야스를 데려온 젊은 경관에게 물었다.

"얌전히 따라오던가?"

"네. 부장님이 돌아가시고 반 시간도 안 지나 훌쩍 나타났습니다. 제가 다가가자 태연한 얼굴로 무슨 일이냐고 말해서 노무라 부장님이 보자고 하시니 서까지 가자고 했습니다. 그런데……."

다카야스는 그럴 필요 없다고 차갑게 말하고 집으로 들어갔다. 하지만 이상한 분위기를 느꼈는지 바로 돌아 나와 누나를 어떻게 했냐며 경관에게 대들었다.

"누나를 어떻게 했냐고 물었다고?" 노무라가 확인하듯 되물었다.

"네. 그렇게 말했습니다. 그래서 그 건으로 할 얘기가 있어서 부장님이 기다리신다고 설득했습니다. 그러자 잠시 생각하더니 가자며 저를 앞세워 걷기 시작해서……."

"그 밖에 다른 말은 안 했나?"

"아뇨. 내내 입을 닫고 있었습니다. 경찰서에 도착해 일단 조사실에 넣었는데 여전히 입을 다물고 있습니다."

노무라는 됐다고 고개를 끄덕이고 오쓰카와 조사실로 갔다.

조사실은 숙직실보다 더 싸늘해 자리에서 막 일어난 오쓰카는 저도 모르게 몸을 부르르 떨었다. 노무라는 뜨거운 차를 석 잔 가져오라고 호통쳤다. 조금 전의 경관이 쟁반을 들고 오자 노무라는 제일 먼저 다카야스 앞에 엽차를 놓았다.

"교쿠로를 대접하고 싶은데 네 입에 맞을지 몰라서." 부드러운 표정으로 최대한 가볍게, 그리고 자연스럽게 내뱉었다.

"누나는 죽었단다."

"……"

다카야스는 가만히 노무라를 바라봤다. 노무라도 말없이 응시했다. 길기만 한 1분이 지난 후 다카야스는 휘청대며 일어났다.

"돌아가니?" 노무라는 나무라는 울림이 나지 않도록 말을 걸었다. "가도 돼. 하지만 이야기 좀 하고 가지 않을래? 왜 누나가 죽었는지를 같이 생각해 보지 않겠니?"

오쓰카는 그래도 돌아가겠다고 하면 잡을 작정이었다. 그러나 다카야스는 김샐 정도로 순순히 다시 자리에 앉았다. 노무라는 잘했다는 듯 가볍게 여러 번 고개를 끄덕이고 조용히 입을 열었다.

"네가 집에 왔을 때 누나가 있었니?"

"어두운 방에 앉아 있었어요. 아무도 없는 줄 알았는데 불을 켜고 나서야 알았어요. 넋이 나간 사람처럼 가만히 나를 노려봤어요……."

다카야스는, 노무라도 오쓰카도 의식하지 못하는 듯, 어두컴컴

한 조사실 구석을 바라보면서 혼잣말처럼 중얼거렸다.

"무서웠어⋯⋯."

두려운 빛이 뺨을 스치자 순간 아이 같은 표정이 드러났다. 노무라는 동조하듯 고개를 끄덕이고 "그래서?"라고 재촉했다.

"가메이를 죽였지? 누나는 나를 보며 말했어요. 그리고⋯⋯."

너도 죽어야지, 그리고 나도 죽을 거야⋯⋯. 억양 없는 목소리로 말하고 미사코는 일어났다. 손에는 쇠꼬챙이가 쥐어져 있었다. 부탁이니까 도망치지 마. 방법이 이거밖에 없어. 이것밖에, 그 사람에게 사죄할 방법이 없어⋯⋯. 미사코는 누나를 피하는 다카야스를 설득하듯 중얼거리면서 매달렸다. 몽유병자처럼 두서없는 소리를 늘어놓았으나 찌르는 쇠꼬챙이의 기세만은 예리했다.

"방구석까지 쫓겨갔어요. 쇠꼬챙이가 목을 스쳐 벽에 푹 꽂혔다니까요. 정신없이 꼬챙이를 잡고 누나 손을 쳐서 내던졌어요. 누나는 맨손으로 오열을 삼키며 밀고 들어왔어요. 엄청난 힘이었어요. 필사적으로 뿌리치고 힘껏 밀었죠. 누나는 벽 근처까지 날아가 대자로 뻗더니 신음했어요. 저는 그 틈에 도망쳤고요."

다카야스는 다시 침묵으로 돌아왔다.

"그것뿐이야?"

노무라는 한참 있다가 물었다. 다카야스는 고개를 까딱 끄덕였다.

"도망쳐서, 어디로 갔니?"

"그냥 아무 데나. 정처 없이 걷기도 하고 쉬기도 했어요. 동네를 빙빙 돌아다녔나 봐요. 어디를 걸었는지 기억도 안 나요. 그러다가 누나의 흥분도 가라앉았을 것 같아 돌아왔고요."

거기서 다카야스의 목소리가 갑자기 높아졌다.

"누나…… 역시…… 자살했나요?"

노무라는 잠자코 다카야스를 응시했다. 그리고 천천히 끄덕였다. 순간 다카야스는 휙 몸을 돌려 어깨를 늘어뜨리고 문으로 향했다. 오쓰카는 슬쩍 노무라에게 눈길을 던졌을 뿐 이번에는 제지하려 하지 않았다.

다카야스의 무겁고 둔한 발걸음 소리가 멀어져갔다.

오쓰카가 후 긴 한숨을 내쉬고 말했다.

"괜찮을까요? 내버려 둬도……."

"아마……도. 내가 미사코의 상처에 관해 묻지 않았으니까."

노무라는 쓸쓸하게 대답했다.

"지금 다카야스의 이야기는 다 앞뒤가 맞아. 일단 내가 좀 얘기해 볼까?"

노무라는 식은 엽차를 맛있게 마시고 잠긴 목소리로 말하기 시작했다. 평소의 자문자답보다는 말하기 힘든 듯 조심스러운 말투였다.

"다카야스는 자신에게 떠밀린 누나가 쓰러지며 대자로 뻗으며 신음했다고 했지. 그랬겠지. 그녀는 쇠꼬챙이 위로 넘어진 거야. 운 나쁘게도 꼬챙이 끝이 위로 향한 채 벽에 기대어 있었겠지. 그리로 날아간 힘과 자신의 체중이 더해졌으니 다음 상황은 불 보듯 빤해. 쇠꼬챙이가 쑥 그녀의 뒤 옆구리를 들어왔겠지.

미사코는 있는 힘을 다해 일어났어. 가메이의 원수라고 원망한 다카야스였지만, 이미 자신은 살 수 없음을 깨닫고 적어도 자기 죽음이 동생 탓이 되지 않도록 하고 싶었어. 남매의 정이라고 해야 할까, 아니면 죽음을 앞둔 자의 결의라고 해야 할까. 어쨌든 동생을 감싸고 싶었겠지.

그러기 위해서는 누가 보더라도 명백한 자살로 보이게 해야 했어. 문제는 상처가 등 쪽에 가깝다는 점이야. 이대로 두면 다카야스는 자신이 밀쳐서 생긴 상처임을 알게 될 거야.

다음 그녀의 행동은 믿을 수 없을 정도로 훌륭했어. 문자 그대로 마지막 힘과 지혜를 짜내 다락을 밀실로 만들었지. 쇠꼬챙이에 묻어 있을지 모를 다카야스의 지문까지 지우다니, 정말 무서운 집념이 아닌가.

어쨌든 미사코는 해냈어. 그리고 안심하고 숨을 거뒀지. 아마도 이제 가메이와 함께 있을 수 있다고 생각하면서 어머니와 동생, 모든 사람을 용서하며 죽었을지 모르지."

노무라는 질문이 있냐고 묻지 않았다. 이번만은 다소 반문이 있더라도, 그것을 무시하고 자신의 상상을 믿고 싶었다. 그러지 않으면 미사코도 다카야스도, 너무 가여웠기 때문이다.

"조금 전 다카야스는 어린애처럼 귀엽더라. 어쩌면 의외로 그게 그 녀석의 진짜 얼굴일지도 모르겠어."

전혀 형사답지 않은 감개를 훌쩍 흘리고 말았다.

노파가 감사를 표했다.

1

다음 날, 노무라는 가메이의 부검 결과 사체 검안 조서를 읽고 아연실색해 낯빛을 잃었다. 자신이 저지른 실수를 깨달은 것은 그 직후였다.

─사체 검안 조사에 따르면 '사인은 질식사. 흉기는 가늘고 긴 형태의 물건'

"목을 조른 비닐 끈은 어떻게 했지?" 노무라는 잡담하듯 물었다.

"버렸어요." 이쿠요는 새삼 그런 걸 왜 묻냐는 듯 가볍게 대답했다.

"흠. 어디에?"

"어디라뇨? 밖에 있는 쓰레기통이죠."

"언제?"

"다음 날 아침이요."

가장 평범하게 버리는 게 제일 찾기 힘들다. 문화도시를 표방하는 만큼 도요나카시의 청소 업무는 잘 정비되어 있다. 주 2회, 시의 분쇄 청소차가 호별로 회수해 그날 밤 안으로 소각한다. 흉기 회수는 이제 불가능한 셈이다.

─사체 검안 조서에 따르면 '창상은 경부의 압박흔과 경부 앞쪽

압박흔 상부에 표피 박리 및 피부밑 출혈. 압박흔은 폭 8밀리미터, 수평으로 경부를 한 바퀴'

"뒤에서 목을 졸랐어?" 노무라는 진술서를 뒤적이며 말했다.

"나가려는 가메이의 뒷모습이 귀신처럼 보였다고 했지? 뒤에서 어떻게 졸랐는지, 생각나는 대로 자세히 말해줄 수 있나?"

"어떻게, 라고 물으셔도……" 이쿠요는 손짓하며 말했다. "그냥 끈을 이렇게 양손에 쥐고 뒤에서 목에 걸고…… 팔을 좌우로 교차해서…… 그리고 힘껏 당겼죠."

"끈을 몇 번 감았지? 한 번인가 두 번인가. 아니면 세 번?"

"……한 번이었던 것 같아요."

"확실해? 끈이 상당히 길었던 것 같은데."

"어쩌면 두 번이었을지도…… 기억이 잘 안 나요."

"거짓말하면 안 돼."

노무라는 사체 검안 조서를 손가락으로 톡톡 치면서 상담하듯 온화하게 말을 이었다.

"목 앞쪽에 찰과상이 있어. 그것은 곧 끈을 앞에서 교차했다는 것을 뜻해. 뒤에서 걸었다는 말과 일치하지 않아."

"그럼…… 어쩌면 앞이었을지도…….'

"뒷모습을 보고 화가 치밀었다며?"

"그렇지만……, 그래서 앞으로 돌아가…….'

"농담 좀 그만하지? 가메이가 자, 조르세요, 라고 목이라도 내

났단 말인가? 당신이 끈을 내미는 순간 저 멀리 날려 버렸겠지."

"……."

—사체 검안 조사에 따르면 '신장 175센티미터, 몸무게 68킬로그램'

"앞이든 뒤든, 목에 끈이 감기는데 가메이가 얌전히 있었을까?"

"그러니까 갑자기 꽉……."

"경찰을 너무 얕보네. 목을 졸라도 의학적으로 30초 정도는 아무런 증상이 나타나지 않아. 괴로워한다는 것은 의식이 있다는 뜻이야. 거구의 남자가 고통을 못 이기고 몸부림을 친다고 생각해 봐. 당신 정도는 쉽게 날려 버릴 거야. 이봐, 어때?"

"하지만 몸부림치지 않으니 어쩔 수 없죠. 틀림없이 너무 놀라 정신을 잃었을 수도……."

—사체 검안 조서에 따르면 '위 속에서 섭취 후 2, 3시간 지난 것으로 보이는 소고기, 파, 두부, 곤약과 쌀밥. 한편 독극물, 수면제 등을 삼킨 흔적은 없음'

"나중에 수면제를 먹여 잠들게 하고 목을 졸랐다는 둥 거짓말을 덧붙이면 안 돼."

노무라는 검안 조서를 덮고 고개를 떨군 이쿠요의 얼굴을 들여다보며 말했다.

"자, 이제 그만하고 진짜 상황을 들어볼까? 목을 조른 사람은 누구야? 아니면 누가 도왔나?"

주먹으로 쾅 책상을 내리쳤다. 이쿠요는 겁을 먹은 듯 고개를 돌렸으나 다시 똑 부러지게 말했다.

"저 혼자 했어요."

"그래? 그렇다면 혼자 조른 것으로 하지."

노무라가 대놓고 거기서 추궁을 멈췄다.

"그런데 가메이와는 몇 분쯤 이야기했지?"

"글쎄요……. 5분쯤……."

"그리고 돌아가려는데 목을 졸랐다. 그랬지?"

"네."

"목을 몇 분이나 졸랐지?"

"역시…… 3분쯤이었어요."

"그렇군. 3분이나 목이 졸리면 가메이는 살 수 없겠지. 그리고 다다미를 들치고 마룻바닥을 떼어내는데…… 몇 분이나 걸렸지?"

"서둘러서 적어도 5분은 넘기지 않았을 것 같은데……."

"마룻바닥을 떼어내면서 못 뽑개도 썼겠지?"

"다락 창고에 있어서……."

"그것을 가지러 가는 데 몇 분이나 걸렸지?"

"……"

"사체를 던져 넣고 마룻바닥을 제자리에 놓고 다다미를 다시 제자리에 깔고 이불을 깔고……. 입을 다문 것을 보니 드디어 자기 얘기의 모순을 알았나 보네."

노무라는 수첩을 펼치고 읽기 시작했다.

"잘 들어. 이건 얼마 전, 당신과 미사코가 한 말이야. 잘 들으라고.

⑦ 10시경, 이쿠요, 아리타의원에서 돌아옴

⑧ 10시 25분경, 미사코, 10시 5분에 출발하는 버스를 배웅하고 집에 옴

어때? 불과 20여 분 만에 지금 말한 일을 전부 혼자 했다고? 그야말로 귀신이 곡을 하겠어."

이쿠요는 입술을 깨물고 눈을 감았다.

"불리해지니 이번에는 묵비권인가? 자, 체념해야 할 때가 있는 법이지. 도운 사람은, 미사코?"

"……"

"아니지. 그녀라면 오히려 가메이를 도왔을 테니까. 역시 남자겠지. 남자가 아니라면 20분 만에 할 수 없을 테니까. 그렇다면…… 다카야스?"

"다카야스는 수학여행에 갔어요."

"오호. 묵비권을 행사하지 않으려나 보네. 미사코가 아니고, 다카야스도 아니라면……?"

"……"

"다시 묵비권으로 돌아갔나? 그러면 미스터 X라고 해둘까? 뭐, 그다지 고민하지 않아도 X씨의 이름은 알게 되겠지. 조사하면 알게 될 테니까."

노무라와 오쓰카는 일단 조사를 끝내고 수사과로 돌아왔다. 이쿠요를 단독범으로는 도저히 기소할 수 없다. 살인범이 분명치 않은 시신 유기와 훼손은 말도 안 되는 일이다.

"누구라고 생각해?"

"물론……."

야규 다카야스라고 이름을 댈 것도 없이 둘은 자리에서 일어났다. 서둘러야 했다. 다카야스의 당일 밤 행적을 조사해야 했다.

도요노고교에 도착한 것은 아직 정오가 되려면 상당히 시간이 남았을 때였다. 수업 중인지 넓은 교내 전체가 조용했고 인적 없는 교정에는 가을 햇살이 한껏 쏟아지고 있었다. 살인사건 수사와는 전혀 어울리지 않는 조용하고 장엄한 분위기였다.

"얼마 전 수학여행에 관해 여쭙고 싶습니다."

마침 수업이 없는 후지타와 응접실에 마주 앉아 노무라는 바로 본론으로 들어갔다.

"야규 다카야스는 수학여행에 참가했나요?"

후지타는 까딱 고개를 끄덕였다. 당연하다는 표정이었다.

"제가 여쭙고 싶은 것은 25일 오후 8시 30분 출발 배에 야규가 확실히 탔냐는 것입니다."

"그렇게 콕 집어 말씀하시는 이유를 모르겠네요."

후지타는 당황한 듯 말을 끊었다가 이어 말했다.

"하지만 야규는 확실히 있었습니다. 대합실 앞에 줄을 서서 점호할 때도. 그래요, 기억났습니다. 줄 서서 이제 막 승선하려는데 다른 학교 학생과 다툼이 있었어요. 그래서 특별히 인상에 남았습니다."

"그래요? 다툼이요?"

"하지만 곧 멈추고 승선했습니다."

"혼자 남지 않고요?"

"물론이죠. 트랩에서 선박회사 직원이 검수기를 눌렀기 때문에 인원에는 착오가 없을 겁니다. 만약 직원이 숫자를 틀렸더라도 만약 사람이 하나 비었다면 배 안에서 다른 학생들이 모를 리 없죠."

"그렇군요."

노무라는 일단 납득하고 다시 물었다.

"다카마쓰에 도착했을 때는, 어땠나요?"

후지타는 참 끈질기게도 이상한 질문을 한다는 듯 대답했다.

"물론 야규도 함께 배에서 내렸습니다. 줄에는 조금 늦게 왔지만."

"늦었다고요?"

"아니, 늦었다기에는 조금 말이 지나쳤습니다. 화장실에 가느라 1, 2분 정도 늦게 줄을 섰을 뿐입니다. 아시겠지만, 교사는 인원 파악에 신경을 씁니다. 특히 교통수단을 오르내릴 때는 특히 신경을 쓰는 터라 야규가 1, 2분 늦은 것도 지금까지 기억하고 있습니다."

"다시 여쭙겠습니다만 야규는 여행이 끝날 때까지 별도 행동을 한 번도 하지 않았겠죠?"

"그런 일은 없었습니다. 28일 오후 7시 넘어 교정에서 해산할 때까지 계속 같이 행동했습니다."

"여행 중에 야규의 행동에 변화가 있진 않았나요?"

"변화라고 해도……."

"일테면 아주 흥분해 불안해하거나……."

"무엇보다 수학여행은 학생들에게 학교생활 최고의 행사랍니다. 흥분이라면 전원이 흥분한 상태였죠. 야규가 특별했다고는 할 수 없었습니다."

노무라는 고개를 끄덕이고 오쓰카를 봤다. 눈으로 질문 없는지 묻자 오쓰카도 없다고 눈으로 대답했다. 그러다 문득 생각난 듯 질문을 던졌다.

"수학여행 일정은 일찍 정해졌나요?"

"6월 중순에 교육위원회의 승인을 얻은 뒤 일찌감치 학생들에게 알렸습니다."

"대답해주셔서 감사합니다."

둘은 인사하고 일어났다.

후지타는 둘을 배웅하며 마침 교장이 자리에 없어서 다행이라고 내심 가슴을 쓸어내렸다. 중독 사건 이후 학교에 형사가 오는 것만으로도 교장은 심기가 불편해졌다. 그런데 사건과 관련도 없는 지나간 수학여행에 관한 것까지 꼬치꼬치 캐물었다면 불쾌 정도가 아니라 격노했을 것이다. 그리고 그 불똥이 후지타에게 떨어질 게 분명했다. 형사와 신문기자와는 관계하지 말자. 이것이 교장의 방침이었고 따라서 후지타의 방침이기도 했다. 이제는 좀, 저 끈질기게 물고 늘어지는 노무라와는 무관하게 살고 싶었다.

"배를 탔다면 다카야스는 무관한가?" 교문을 나오자마자 노무라가 다시 자문자답을 시작했다.

"배를 탔다면 그렇겠죠." 오쓰카가 웬일로 말 머리를 잘랐다. "하지만 배에 타지 않았다면 어떻게 될까요?"

당연한 반문이었다. 다카야스가 25일 오후 8시 30분경에 오사카항 벤텐 부두에 있었다는 것과 다음 날 26일 오전 4시 20분에 다카마쓰항 간사이기선 부두에 있었다는 것은 움직일 수 없는 사실이다. 따라서 문제는 그동안 도요나카시에서 범행을 저지를 수 있냐는 것이었다.

노무라는 서점을 발견하고 10월호 시각표를 사서 근처 카페로 들어갔다.

"가능한지 아닌지 일단 검토해보자고."

노무라는 주문한 커피가 나오자 한 모금 마시고 시각표를 펼쳤다.

일단 간사이기선 세토 내해 항로 시각표 확인부터 시작했다. 도요노고교생 일행이 탄 배는

오사카	20시 30분
고베	22시 10분
사카테	3시 00분
다카마쓰	4시 20분

라고 되어 있었다. 후지타의 기억은 틀리지 않았다.

"도요노고교 학생이 승선을 시작한 것은 늦어도 출항 20분 전인 8시 10분이라고 보면 될 거야. 8시 10분에 다카야스가 벤텐 부두를 떠났다고 가정하면……."

노무라가 오쓰카에게 시각표를 보여주며 말했다.

"내가 다카야스가 되어 행동할게. 만약 앞뒤가 맞지 않는 부분이 있으면 지적해줘."

노무라는 눈을 감고 상황을 상상하면서 천천히 말하기 시작했다.

"부두에서 국철 벤텐초역까지는 걸어가. 시각표에 '도보 15분'이라고 적혀 있으니까 다카야스가 서둘렀다면 10분이면 될 거야. 그러나 도로 혼잡 등을 계산에 넣어 벤텐초 역 도착은 20시 25분. 5분간 기다렸다고 치고 20시 30분 출발 국철 전차를 타.

국철 오사카 순환선 시각표로는 벤텐초역에서 오사카역까지는 딱 10분 걸려. 오사카역 도착이 20시 40분.

오사카역에서 한큐전차 우메다역까지 10분이니까 20시 50분 전후 전차를 타."

노무라는 재빠르게 시각표 페이지를 넘기면서 말을 이었다. 오쓰카는 "잠깐만요"라며 손바닥으로 제지하고 카페 벽에 붙은 한큐전차 시각표를 봤다.

"20시 48분 우메다 출발을 타면 도요나카역 도착은 21시 07분. 전차 하나를 놓치고 20시 56분 차를 타도 도요나카 도착은 21시 15분이에요."

"좋아. 그걸 탔어. 도요나카역에서 집까지는 다카야스의 걸음이라면 10분이야. 다카야스는 21시 17분, 늦어도 21시 25분에 범행 현장에 도착했어. 지금까지 질문은?"

오쓰카는 가볍게 고개를 저었다.

"다음으로 26일 오전 4시 20분에 다카마쓰 항구에 있으려면 도요나카 집을 몇 시에 나가면 좋을지 생각하자."

노무라는 다시 시각표를 넘겼다. 국철 우노선·우다카 항로 시각표였다(그림 2).

"마침 4시 10분 다카마쓰에 도착하는 하행선 3편이 있어. 게다가 신오사카에서 오는 와시바 2호와 연결돼. 와시바 2호 오사카역 출발 시각은……"

138 그림2

4= 지정좌석권을 8일전

킬로수	열차번호 첫차					660列車 신오사카 2301	新大阪 26日発	603列車 신오사카 2322	
0.0	오카야마 発	...	...	...	...	2301		2322	
2.4	오모토	...	...	...	...	147	•10	206	
4.5	비젠니시이치 〃	...	...	...	...	↓	12月	↓	
8.3	세노오 〃	...	...	...	...		2日		
10.2	빗추미시마 〃	...	...	...	...		↓		
11.9	하야시마 〃	...	...	...	...		3 11		와시바2호
13.2	구구하라 〃	...	...	...	...	210	月	234	
14.9	자야마치 〃	...	...	...	...	↓	9 12	↓	
18.1	히코사키 〃	...	...	...	...		••		
20.9	비젠카타오카 〃	...	...	...	...		1018		
22.8	하자카와 〃	...	...	...	...		と		
24.1	쓰네야마 〃	...	...	...	...		1619		
26.6	하치하마 〃	...	...	...	...				
30.3	비젠타이 〃	...	...	...	...	240	運1722	253	
32.9	우노 着	...	...	...	...		転日↓		
0.0	우노 発	...	...	...	...			3 310	
18.0	다카마쓰 着	...	...	...	...			410	
0.0	다카마쓰 着	...	...	...	2 015			4 525	
18.0	우노 発	...	...	...	115			425	

노무라가 시각표를 넘겼다.

"23시 29분이야. 이걸 탄다고 가정하고 역산하면 다카야스는 22시 30분에 집을 나서면 돼. 즉 범행 현장에 한 시간 정도 있을 수 있어. 한 시간이면 가메이를 죽이고 마루 밑에 넣을 수 있어."

"부장님, 잠깐만요……."

오쓰카가 수첩을 내밀었다.

"당일 밤, 이쿠요와 미사코의 행동 시간표가 있어요. 둘에게 확인받으면서 부장님과 만든 거죠. 이 표에 지금 부장님이 말한 다카야스의 행동 시간을 맞춰 봐야 하지 않을까요?"

작성된 행동 시간표를 보면서 오쓰카가 말했다.

노파가 감사를 표했다 **215**

"다카야스와 가메이 둘만 집에 있는 시간은 21시 40분부터, 이 쿠요가 집에 오는 22시까지의 20분에 불과합니다. 그러나 이쿠 요가 공범이라면 범행에 사용할 수 있는 시간은 미사코가 돌아온 22시 25분까지의 45분입니다. 시간적으로는, 충분히, 죽일 수 있습니다."

"그렇지."

"하지만…… 문제가 없는 것도 아닙니다."

"좋아. 그럼 의문점을 하나씩 말해 봐. 내가 다카야쓰의 입장에 서 풀어볼게." 노무라는 의기양양하게 도전했다.

"그럼 해보겠습니다." 오쓰카도 조금 도전적인 태도로 이야기 하기 시작했다.

"우선 다카야스가 집에 도착한 21시 50분경에는 실내에 미사 코와 가메이가 있었어요. 현관은 잠겨 있었다고 미사코도 이쿠 요도 말했어요. 그럼 다카야스는 어떻게 두 사람 몰래 들어왔을 까요?

두 번째는 실내에 들어왔다고 해도 다카야스는 어디에 숨어 있 죠? 넓지도 않은 집에서 그럴 수 있을까요?

세 번째는 다카야스는 어떻게 다락에 숨은 가메이에게 접근할 수 있었을까요? 가메이는 당일 밤은 이쿠요도 다카야스도 없다 고 듣고 방문했어요. 없어야 할 다카야스가 나타나면 당연히 수 상하게 여겨 경계했을 겁니다. 그런 가메이에게 어떻게 끈을 걸어 앞에서 조르죠?

네 번째는 이 행동 시간표를 보면 누군가의 귀가나 출발이 불과 10분만 달라져도 범행이 성립되지 않을 정도로 치밀해요. 다카야스와 이쿠요가 공범이고 사전에 모의했다고 해도 이렇게까지 운이 좋을 수 있을까요?

다섯 번째, 범행이 계획적인 데 비해 사체 처리는 너무 무계획적이고 조잡하지 않나요? 범인이 제일 지혜를 짜내야 하는 부분이 오히려 범행 후 은폐 방법일 텐데요.

그리고 마지막으로, 이게 가장 큰 의문점인데……."

오쓰카는 행동 시간표를 노무라에게 보여주면서 말했다.

"다카야스나 이쿠요나 이렇게까지 치밀하게 계획하면서까지 가메이를 죽일 필요가 있었을까요? 단순히 미사코의 불같은 연애 상대 아닙니까?"

"유감스럽게도 지금까지는 모든 질문에 만족할 만한 답을 낼 수 없겠어."

노무라는 잠시 침묵한 후 전표를 들고 일어났다.

"다카야스가 배에 타지 않은 것만은 확실해. 일단 그 알리바이부터 깨자고."

만에 하나의 요행을 바라며 오카사역에 전화했다. 10월 25일 하행 와시바 2호에 고등학교 교복을 입었을 거라 추측되는 소년이 타지 않았는지 확인할 방법 없을까, 하는 노무라의 질문에 전화를 받은 철도 공안관의 대답은 예상대로 노였다.

"적어도 얼굴 사진 정도는 보여줘셔야죠." 공안관은 말도 안 된다는 듯 말했다. "차장도 역무원도 확인은 어려울 겁니다. 부정 승차나 응급 환자처럼 특별히 눈에 띄는 행동이 있었다면 모를까……."

다카야스가 차 안에서 눈에 띄는 행동을 했을 리 없다고 생각해 노무라는 포기했다.

"다시 후지타 선생을 만나보지. 배 안에서의 상황을 확인하자. 누군가 배 안에서 다카야스를 본 사람이 있다면 우리 가설은 완전 파탄이야. 만약 본 사람이 아무도 없다면……아니, 있을 리 없지."

노무라는 자신을 설득하듯 목소리를 높였다.

2

노무라와 오쓰카가 카페에서 다카야스의 알리바이를 검증하고 있을 무렵, 후지타는 또 원하지 않는 손님 때문에 골머리를 앓고 있었다.

시바모토 겐지로였다.

나이토와 야규 다카야스를 내놓으라고 온 것이다.

"미유키의 원수는 이 둘 중 하나요. 공모했을지도 모르죠. 내게는 확실한 증거가 있습니다."

겐지로는 그렇게 말하고 후지타를 응시했다.

"야규는, 오늘 결석했는데……." 후지타는 흥분한 겐지로에 진저리를 치며 말을 흐렸다.

"결석? 흠. 그럼 나이토는?"

등교는 했으나 수업 중이라며 떨떠름하게 말하는 후지타에게 겐지로는 위압적으로 말했다.

"기다리죠. 수업이 끝나면 바로 불러주세요. 아, 절대 난폭하게 굴지는 않겠습니다. 선생님도 입회해주세요. 사정이야 어떻든 미유키가 일단 받아들였던 사람입니다. 미유키를 위해서라도 몰아붙이기만 해선 안 되겠죠. 자신의 행위가 일으킨 결과에 반성하고 솔직히 딸의 영혼에 사과한다면 미유키도 잘 떠날 테고 내 마음도 편해질 겁니다. 그러나 끝까지 시치미를 떼면 내게도 생각이 있다는 것을 알려주려는 겁니다."

후지타는 잠시 생각했다. 여기서 거절하면 겐지로는 나이토의 하교를 기다릴 것이다. 나이토의 태도에 따라 폭력 사태로 번질 가능성도 있다. 그럴 바에는 자신이 입회한 상태에서 만나게 하는 것이 평화롭게 일을 끝낼 수 있을지 모른다.

"알겠습니다. 다만, 그 증거라는 것을 알려주시겠어요?"

시바모토가 크게 고개를 끄덕이고 이야기를 시작했다.

시바모토와 요시노는 도요나카역에서 만나 택시를 잡았다.

요시노는 쇼나이초의 술집에서 시바모토에게 비와코를 조사해 보라는 지시를 받고 그러려고 했다. 그런데 다음 날 아침 일찍, 급히 시바모토에게 연락이 와 동행하겠다는 말을 들었을 때는 약속이 다르다는 생각에 내심 불만이었다. 그가 동행하면 조사비를 부풀릴 수도 없고, 애써 호숫가까지 가서 하룻밤 머무는데 미리 계획한 은밀한 즐거움을 맛보지도 못할 것 아닌가.

나를 못 믿냐고 부루퉁하게 나갔는데 처음부터 너 같은 자식은 안 믿었다며 가볍게 공격을 피하더니 사람만이 아니라 조사 능력은 더 못 믿는다고 독설까지 퍼부으니 할 말이 없었다.

시바모토는 총알택시 가운데 과속 정도는 위반으로도 생각하지도 않을 젊고 험상궂은 얼굴의 운전사를 골랐다.

"미터기 요금에 웃돈을 주지. 메이신고속도로를 타고 비와코 호숫가의 릿토 인터체인지까지 달리게."

신호가 노란불로 바뀌었을 뿐인데 택시는 문이 닫히기 무섭게 엄청난 엔진 소리와 함께 달리기 시작했다. 시바모토는 이대로 가라며 만족스럽게 웃었다.

"아무개, 시간을 재."

"네?"

"뭘 그리 멀뚱하게 있나? 여기서부터 비와코까지 몇 분 걸리는지 계산하라고. 지난번 조사에서 나이토는 8월 2일 오전 10시에 오토바이로 나갔다고 했지? 그러니까 몇 시에 비와코에 도착했을지 확인해 보자고."

"하지만 녀석은 오토바이로 날았다고요. 번개처럼."

"그래서 오토바이만큼 속도를 내는 운전사를 고른 거야. 아니 내가 왜 하릴없이 너랑 드라이브하겠나?"

요시노는 나도 사양한다고 속으로 투덜대고 시계를 봤다. 정각 10시였다. 요시노는 그제야 시바모토가 그날 야규 일행이 움직인 시간대에 맞춰 똑같이 움직일 생각임을 이해했다.

택시는 도요나카역 앞에서 국도 176호선을 일단 남하했다. 3킬로미터쯤 달려 도요나카 인터체인지에서 메이신고속도로를 탔다. 그리 차가 많지 않은 시간대라 차는 빠르게 달렸다.

운전사는 신나서 액셀을 밟아댔다. 속도기의 바늘이 흠칫흠칫 떨리면서 팔십에서 백으로 올라갔다. 시바모토가 가늠한 대로 운전사는 앞에 차가 있으면 꼭 추월해야 하는 성격 같았다. 바닥이 뚫어지도록 액셀을 밟아 속속 다른 차를 추월했다. 가끔 외제 스포츠카에 추월당하면 이를 악물고 분해했다.

대형 오토바이 두 대와 경쟁이 붙었을 때는 볼 만했다. 새빨간 점퍼에 하얀 머플러, 노란 헬멧까지 전형적으로 속도에 미친 젊은 마하 라이더였다. 바늘이 백삼십을 넘기고 더 올라가려 할 때

진동이 시작되었다. 오토바이가 앞선 차를 추월하려 하자 그 오토바이에 달려들 듯 이중 추월에 도전했다. 셋이 나란히 커브를 돌 때는 시바모토조차도 놀라 제지했다.

"저런 미친놈은 상대하지 말게."

운전사도 고객의 명령에 따르는 형태라면 체면이 선다고 생각했는지 개가를 올리듯 요란한 배기음을 내며 멀어지는 오토바이를 보면서 독설을 퍼부었다.

"작은 돌 하나만 밟아봐라. 그대로 날아가 저세상이야. 저런 것들을 단속하지 않다니 경찰들은 뭐 하는 거야!"

똥 묻는 개가 겨 묻은 개 나무란다는 소리는 이럴 때를 두고 하는 말이었다.

"저런 녀석들이 많나?" 시바모토가 동조하는 말투로 물었다.

"이제 슬슬 추워지니까 줄어들겠죠. 여름에는 정말 많아요."

"그렇겠지. 그럼 도요나카에서 릿토까지는 얼마나 걸릴까?"

"글쎄요. 대략 60킬로미터니까 이 차로 40분이면 끊겠죠. 저놈들도 비슷하지 않을까요?"

시바모토는 요시노에게 메모하라고 눈으로 명령했다.

릿토 인터체인지의 시계는 10시 50분을 가리키고 있었다. 메이신고속도로를 빠져나와 마이애미까지의 길은 쾌적하다고 할 수 없었다. 거리는 15킬로미터 정도였는데 40분 가까이 걸렸다.

"11시 반이라."

시바모토는 요시노에게 재차 확인하고 미유키 일행이 묵은 민박 앞에서 내렸다. 2층 건물에 정원이 넓을 뿐 볼 게 없는 민박이었다.

어두운 현관에서 안내를 불렀으나 대답이 없었다. 조금 있다가 일흔이 다 된 노파가 무슨 일이냐는 듯 무뚝뚝한 얼굴로 나타났다.

"올여름, 이 집에 신세를 진 오사카의 시바모토라는 사람인데……."

노파는 곤란하다는 듯 손을 내저었다. 그리고 민박은 여름에만 운영해 오늘은 묵을 수 없다, 내년 예약은 조합의 협정 가격이 아직 정해지지 않아 받을 수 없다는 얘기를 무뚝뚝하게 툭툭 내뱉었다. 그러나 시바모토가 천 엔짜리를 꺼내자 재빨리 품에 쑤셔넣고 몰래 예약해도 된다며 누런 이를 드러냈다.

"아니, 저……." 시바모토는 노파와 나란히 해가 들어오는 툇마루에 앉았다. 미유키 일행 얘기를 듣고 싶다고 이야기를 꺼냈다. 그렇게 오래된 일을 기억할 수 있겠냐며 노파는 우물거렸다.

"2일 오후, 컨디션이 안 좋다며 수영하러 안 간 여자애인데요."

이야기를 듣고는 "아! 넷이 같이 온 여학생!"이라며 손뼉을 쳤다.

"활기찬 아가씨들이었지. 매일 밤낮으로 수다를 떨고. 그렇고 보니 점심을 먹고 한 명만 방에 남아 있었네." 그렇게 말하며 노파는 몸을 내밀었다.

"그때 말인데요, 누가 찾아오지 않았나요?"

"글쎄. 그런 일은 없었는데."

"할머님은 계속 아래층에 계셨죠? 친구가 환자를 돌봐달라고 부탁했는데……."

"아, 그거야 뭐."

노파는 안절부절못했다.

"아니면 외출하셨나요?"

"밖에 나간 적은 없어. 한참 더운데 나갈 일도 없고. TV를 보거나 꾸벅꾸벅 졸거나……."

이 한심한 노파가 꾸벅꾸벅 졸고 있었다면 집에 없는 것이나 마찬가지였네. 시바모토는 마뜩잖은 마음으로 다시 물었다.

"그동안 2층에 뭔가 이상한 점은 없었습니까? 뭐든 좋습니다. 생각나는 게 없나요?"

열심인 시바모토와 천 엔짜리 팁 앞에서 노파는 얼굴을 찡그리고 생각해내려고 노력했다.

"아! 생각났다. 맞아. 2층이 너무 조용하고, 부탁받기도 해서 좀 살펴볼까 싶어 올라갔지. 그랬더니 여학생이 이불을 깔고 푹 자고 있더라고. 머리맡에 빈 콜라병이 세 개나 있어서 아이고, 많이도 마셨네, 하고 놀란 게 기억나네."

"콜라병이요? 누가 가져왔지?"

"아니야. 2층 복도에 냉장고가 있는데 거기에 콜라와 맥주가 있다오. 자유롭게 마시고 마신 만큼 계산하면 되지."

"분명히 세 병이었습니까?"

"그럼. 장부에 적어 놓았다가 다 계산했으니까 틀림없어."

"다른 애들이 마신 거 아닌가요?"

"그건 아닐 거요. 다른 애들이 나가고 식사 그릇을 정리했는데 그때는 그런 병이 없었으니까."

"빈 병을 발견한 건 몇 시쯤이었죠?"

"그게 말이야. 내가 잠깐 잔 다음이니까…… 2시 넘어서였을까."

"여학생 셋이 나간 건?"

"글쎄……그게."

노파는 대답을 제대로 하지 못했다. 쏟아지는 질문에 천 엔의 효력이 떨어지려 하고 있었다.

"기억해보세요. 모터보트를 탔을 텐데……."

"그래요? 모터보트를 탔다고 빨리 얘기하지. 그건 영감에게 물어보는 게 빠를 거요."

"영감님?"

"내 남편. 호숫가에서 보트 가게를 지키거든."

시바모토는 고맙다는 말을 내뱉고 자리에서 일어났다.

가을도 깊어졌는데 호숫가에는 꽤 많은 가족 나들이객이 놀고 있었다. 푸른 물과 맑은 하늘만 있으면 그것만으로 사람을 불러들이는 시대였다. 레저 붐은 평일과 일요일의 차이를 없애려 하고 있었다. 오히려 혼잡을 피해 평일에 나와야 레저를 제대로 즐기는 사람이라고 했다. 모두들 그렇게 생각하다 보니 오히려 평일이 일요일보다 붐비는 진풍경이 벌어지는 요즘이다.

보트 가게는 민박에서 백 미터 정도 떨어진 호숫가에 있었다. 노인이 우두커니 담배를 피우고 있었다. 보트 대여와 반납 시간을 계산해 요금을 받는 일이니까 시간은 남아돌 것이다. 이따금 조종사가 딸린 보트를 원하는 손님이 오면 찻집에서 빈둥대며 수다나 떠는 젊은이를 불러오는 일도 한다.

노인의 기억은 또렷했다. 자기 집에 온 손님이었기 때문이다.

"넷 다 아주 미인이라 모터보트를 운전해주고 싶어 하는 젊은이들이 경쟁했으니까. 그런데 막상 출발하려 하는데 **제일** 인기가 많은 귀여운 아가씨가 안 타는 것을 보고는 복권에 당첨된 놈이 한탄했지."

미유키가 제일 인기가 많았다는 말에 시바모토의 표정이 풀어졌다. 노인에게 천 엔짜리를 쥐여주는 것도 아까워하지 않았다.

"그 아가씨가 모터보트를 예약했죠?"

"응. 그랬지. 그래 놓고 안 타서 이상했지. 모터보트는 대여라 셋이 타도 요금은 그대로니까. 뭐, 나야 상관없었지만."

"그 아가씨에게 젊은 남자 손님 둘이 찾아왔을 텐데 모르시나요?"

"젊은 남자? 글쎄, 민박은 마누라에게 다 맡겨서……. 잠깐. 그러고 보니 이상한 녀석이 있었어."

노인은 살짝 고개를 기울였고, 시바모토는 몸을 내밀었다.

"잘 기억나지는 않는데……. 그 아가씨가 혼자 호수로 나왔을 때 찻집 뒤에서 젊은 남자가 손을 흔들었어. 또 바람둥이 녀석이 치근덕대는가 싶었는데 아가씨가 그쪽으로 달려가기에 아는 사람인가 싶어 신경을 안 썼지……."

"남자가 뭐라고 했나요?"

"그야 못 들었지. 아가씨가 바로 *내게* 와서 모터보트를 예약해서 나는 그 남자랑 타나 했는데 결국은 남자도 그 아가씨도 안 탔어."

"흠……. 그런데 남자는 혼자였나요?"

"그랬던 것 같아. 그리고 점심을 먹은 다음 1시쯤이었나. 아가씨 셋이 와서 모터보트를 타고 대교 쪽으로 나간 다음 그 남자가 다시 와서 보트를 지켜봤어. 물론 보트가 멀리 나간 다음이라 아가씨들은 몰랐겠지만."

시바모토가 주머니에서 사진을 꺼냈다. 미유키의 삼우제에 회사 직원에게 지시해 찍어둔 도요노고교 학생들 사진이었다.

"그 남자가 이 안에 있나요?"

노인은 해를 가리고 열심히 사진을 봤다.

"우리 손님은, 여기 세 아가씨지?"

"남자는?"

시바모토는 안달이 난 듯 재촉했다.

"이 남자 같은데……."

손가락으로 누른 곳에는 얌전한 얼굴의 나이토가 있었다.

"……이렇게 된 겁니다."

시바모토가 긴 이야기를 끝내고 후지타를 날카롭게 쳐다봤다.

"오토바이가 있는 사람은 야규죠. 둘은 그날, 스마로 수영하러 간다고 일부러 크게 말하고 비와코로 갔습니다. 10시에 집을 나섰으니 마이애미에는 11시 반에 도착했을 겁니다. 미유키를 불러내 여학생 셋을 대교 구경에 보내고 노인이 낮잠 자는 동안 숙소에 몰래 들어갔습니다. 그리고……."

시바모토도 더는 말하지 못하고 입을 다물었다가 테이블을 내리치며 소리쳤다.

"나이토를 불러주세요. 이제 끝을 봐야죠!"

그 소리가 신호라도 된 듯 오후 수업이 끝났음을 알리는 종이 울렸다.

시바모토의 요구를 거부할 이유가 사라졌다. 할 수 없이 후지타는 자리에서 일어나 2학년 2반 교실로 천천히 걸음을 옮겼다. 시바모토는 정면의 문을 노려본 채 꼼짝도 하지 않고 나이토를 기다렸다.

문이 열리자, 시바모토는 경계했다.

"어? 후지타 선생님? 여기 계실 텐데……."

중얼거리는 교직원 뒤로 노무라와 오쓰카가 고개를 내밀었다. 시바모토는 굳은 얼굴을 풀고 가볍게 눈인사했다. 아는 사이였다.

"마침 잘 오셨습니다. 실은 딸의 원수를 밝혀냈습니다. 앞으로 추궁할 생각입니다. 정말 요즘 젊은 녀석들은 도리를 몰라요. 경찰분들이 입회해주시면 나이토도, 야규도 배우는 게 있겠죠."

야규라는 소리에 노무라가 물었다.

"야규가 관련되어 있는 게 확실합니까?"

"이렇게 끝장을 보려고 온 것은, 증거가 확실하기 때문입니다. 놈들은 한통속이에요."

그렇게 대답한 시바모토는 더 말하면 딸의 수치를 스스로 떠드는 셈이 된다는 것을 깨닫고 입을 다물었다.

"대충 사정은 알겠는데 아무래도 저희가 끼어들 자리는 아닌 것 같습니다."

노무라는 민감하게 시바모토의 당혹감을 알아차리고 오쓰카를 재촉해 문을 닫았다. 때마침 후지타가 복도 끝에서 나타났다.

"또…… 무슨 일이신지……."

불쾌함을 고스란히 드러낸 후지타의 표정을 무시하고 노무라는 수학여행 배 안에서 어떻게 인원을 파악했는지 최대한 자세히 알려달라고 했다.

"그건 학생들의 자치에 맡겼습니다. 아시는지 모르겠지만, 2등 선실은 커다란 공간을 크고 작은 구획으로 나눠 놓았습니다. 한 구역은 열 명에서 서른 명 정도가 누울 수 있는 넓이죠. 그 구역별로 학생들이 서로 배려하고 도우며 단체로 행동하도록 했습니다."

"그렇군요. 그럼 야규의 배 안 행동은 그 그룹 학생에게 물어보면 제일 잘 알겠군요. 야규와 같은 그룹 학생이 누군가요?"

"그룹 나누기도 학생들에게 자유롭게 맡겼습니다. 각자 마음 맞는 친구끼리 모여서 저도 정확하게는 모릅니다. 하지만 아마 평소 자주 어울리는 나이토, 아라키, 미네와 같이 있지 않았을까요?"

노무라는 아라키와 미네를 불러달라고 했으나 쌀쌀맞은 대답이 돌아왔다.

"둘 다 오후에 야규의 집에 가보겠다며 조퇴했습니다."

그리고 노무라의 질문이 끊어진 틈을 놓치지 않고 바쁘다며 도망치듯 사라졌다. 그 등이 경찰과의 접촉은 정말 끔찍하다고 말하고 있었다.

3

정오가 지났는데도 야규의 집 대문은 굳게 닫혀 있었다. 벨을 눌러도 대답이 없었다. 노무라는 그냥 미닫이문을 거칠게 두드렸다.

"시끄러워 죽겠네. 사람 없다고!" 야규가 소리쳤다.

"사람이 없는데 대답은 하냐!" 노무라도 지지 않고 고함으로 응했다. "나야. 노무라야. 열어!"

거실에 넷이 앉아 있었다. 야규 다카야스, 미네 다카시, 아라키 유키오, 그리고 엔메이 미유키. 중독 사건 때 본 얼굴들이었다.

노무라는 쭉 둘러보고 오쓰카와 함께 앉았다. 회식 자리처럼 상 가운데 피우다 만 담배꽁초가 연기를 내는 재떨이가 있었다. 미성년자가 해선 안 될 행위였지만 아무도 신경 쓰지 않았고 노무라도 나무랄 마음은 없었다.

야규는 고개를 돌린 채 화를 내고 있었다. 어젯밤, 누나의 죽음을 들었을 때의 초췌한 모습은 **조금도** 찾아볼 수 없었다. 젊음이 상심을 벌써 치유했나, 아니면 허세인가.

다른 셋은 불쾌함을 감추지 못하고 입을 꾹 다물고 있었다.

"야규. 배 여행 어땠어?" 이윽고 노무라가 가벼운 어조로 입을 뗐다.

"네?" 다카야스가 반문하듯 동그란 눈을 부릅떴다. 사건이 일어났을 때—노무라는 기억을 소환했다. 사건이 일어났을 때, 눈을 보면 범인이 아님을 알 수 있다고 한 작가가 있었는데 그 작가는 지금 다카야스의 눈을 보면 역시 이 잘생긴 소년은 범인이 아니라고 말할 것이다. 그만큼 그늘 없는 맑은 눈이었다. 하지만 나는 믿지 않아. 노무라는 질문을 계속했다.

"수학여행 말이야. 탔지? 오사카에서 다카마쓰까지."

"아, 그때요?" 다카야스가 긴장을 풀며 대답했다. "밤이라 경치도 안 보이고, 아무것도 없었어요."

"선실에서는 푹 잤니?"

"내내 갑판에 나가 있어서 거의 못 잤어요."

"갑판에? 밤새도록?"

"네. 선실은 너무 소란하다고 해서."

"그렇구나. 갑판에는 너 혼자 있었니? 아니면 친구들과 같이?"

"아니……." 다카야스가 말을 흐렸다.

"그럼 누구? 분명하게 대답해줬으면 해. 네가 계속 갑판에 있었다고 증언해 줄 사람이 있으면 말해줄래?"

순간, 무거운 침묵이 그 자리를 감쌌다. 공기마저 완전히 멈춰 재떨이의 담배꽁초 연기도 똑바로 올라갔다. 다카야스는 그 연기의 행방을 확인하려는 듯 허공을 응시한 채 대답하지 않았다. 그런 다카야스를 노무라는 잠자코 노려봤다.

"왜 그런 질문을 하는지 모르겠네요." 미유키가 당당하게 말했다. "제가, 야규와 같이 있었어요."

"네가?"

공기가 소리 없이 출렁이자 담배 연기도 흔들흔들 크게 선을 그리며 무너졌다.

"네. 그랬어요. 혹시 제 증언이 불만이세요?"

노무라의 의심스러워하는 눈빛을 받으면서 미유키가 도전적으로 말했다.

"불만은 아니야……. 다른 사람은 없나? 너희 둘이 갑판에 있는 모습을 본 사람?"

"글쎄요. 우리는 다른 사람들 눈에 띄고 싶지 않았었거든요. 그리고 둘만의 분위기를 즐기는데 몰래 보러 오는, 형사 같은 근성의 애들은 우리 반에 없거든요."

정면 도전이었다.

"왜 그렇게 집착해요? 탈 때도 내릴 때도 야규는 다 점호에 참석했는데. 그러면 당연히 탄 거 아닌가요?"

그 질문에 대답하지 않고 노무라가 다른 질문을 던졌다.

"야규. 배에 타기 전에 다툼이 있었다던데."

"네. 잠깐."

"상대는?"

"글쎄요. 이름은 몰라요……. 아, 맞다. 도요나카상고 구리하라였어요. 나이토가 그렇게 말했는데."

이번에는 나이토야? 노무라는 진저리를 쳤다. 조금 전 시바모토는 녀석들은 한통속이라고 했는데 정말 맞는 말이라고 편들고 싶은 심정이었다. 노무라는 순진무구하게 보일 정도로 차분한 다카야스를 두들겨 패서 자백하게 만들 수 없는 현재의 경찰제도가 너무 한심했다.

"오늘 나이토를 만났니?"

"아뇨. 오늘은 학교에 안 갔어요."

"시바모토 씨가 호통치고 있더라. 아무래도 미유키에게 장난을 친 증거를 잡았다는 것 같던데. 너도 같이 있었다고."

노무라는 다카야스의 반응을 살폈다.

"정말 곤란한 사람이에요. 말도 안 되는 얘기를 퍼뜨리고. 정말 팔불출 부모라니까요."

다카야스가 씩 웃었다. 쏙 팬 보조개가 더 노무라의 신경을 거슬렀다.

"그래. 실례했다." 노무라가 일어섰다. "구리하라를 만나봐야겠다. 너희들과 다른 얘기를 할지도 모르니까."

말하지 않아도 되는 말이었으나 굳이 내뱉은 말이었다.

너무 화가 나 절로 걸음이 빨라지는 통에 1시 조금 넘었을 때 도요나카상고에 도착했다.

"구리하라……지?"

점심시간에 느닷없이 이름이 불린 구리하라는 경계하며 뒷걸음질했다. 하지만 노무라의 질문에는 흥분하며 대답했다.

"상대는 그리 강해 보이지 않았어요. 일 대 일이라면 지지 않을 것 같았고요. 내 팔을 잡고 배에 태운 녀석도 키만 훌쩍 컸지, 힘은 없었어요. 하지만 상대가 너무 많아서……."

"잠깐만! 지금 그게 무슨 소리야? 네가 도요노고교 학생들과 같이 배를 탔다고?"

"네. 붙잡고 놔주질 않았다니까요."

"네가 배를 탈 때 직원이 인원을 셌을 텐데? 그러면 너는 그 학교 인원에 포함됐다는 거니?"

"그게…… 분명하지 않아요. 트랩을 오르자마자 바로 도망쳤으니까요. 수를 세기 직전이었는지 이후였는지, 그것까지 신경 쓸 처지가 아니었어요."

노무라와 오쓰카는 서로의 얼굴을 바라봤다. 전인지 후인지에 따라 다카야스의 승선 여부가 결정될 터이다.

"오쓰카. 아무래도 다카야스의 꼬리를 잡은 것 같네. 다카야스는 처음부터 배에 타지 않을 계획이었어. 배를 타기 직전에 말썽을 일으켜 자신의 존재를 또렷하게 각인시켰어. 이게 알리바이 공작 1단계지. 이어서 승선자의 숫자를 맞추려고 구리하라를 붙잡아 대신 태웠어.

배 안 알리바이는 미유키의 역할이지. 둘이 갑판에 있었다고 하면 연인 사이라고 여기고 반 친구들도 가까이 오지 않을 테고 의심하지도 않아. 그 또래 애들은 연애는 신성한 것이라고 진심으로 믿으니까 몰래 보려고도 하지 않겠지. 게다가 수학여행 첫날 밤이니 잔뜩 흥분해 떠들다가 곯아떨어져서 다카야스가 있었는지 없었는지 신경 쓰는 애들은 없었을 거야. 내 수학여행 때도 그랬으니까.

배에 타지 않은 다카야스의 행동은 우리 추측대로일 테지. 범행 후 국철로 다카마쓰까지 가서 아침 점호에 또 늦게 나타나 자신의 존재를 후지타에게 확인시켰을 것이고."

"하지만……" 오쓰카가 바로 반론했다. "구리하라가 도요노고교 점검에 포함되었다면 도요노고교의 인원은 맞겠죠. 하지만 구리하라가 빠진 도요나카상고는 어떻게 되죠? 만약 도요나카상고도 인원이 맞으면, 다카야스 그 녀석이라면 자신이 상고생으로 배에 올랐다고 주장할 겁니다."

"선박회사로 가자." 노무라는 더 말할 필요도 없다는 듯 오쓰카를 재촉했다.

간사이기선의 오사카 본사는 기타구의 요도가와 강변에 있었다. 여객 과장은 노무라가 온 이유를 듣고는 곤란해했다. 그래도 노무라의 강한 주장에 밀려 여기저기 전화한 끝에 중년 사원을 불러주었다.

"수학여행을 담당하는 나카지마라고 합니다."

놀란 표정으로 조용히 인사한 나카지마는 자기보다 훨씬 어린 과장 앞에서 경관에게 실책을 지적당하지는 않을까 안절부절못했다. 하지만 노무라에게는 그런 밑바닥 샐러리맨의 고충을 이해할 만한 마음의 여유가 없었다.

"승선할 때 인원 점검은 정확했습니까?"

처음부터 따지듯 말한 게 실수였다.

"그 말씀은 그 배의 승객과 관련해 저희 쪽에 무슨 실수가 있었다는 말씀입니까?"

그런 게 아니라 점검의 실상을 알고 싶다고 말투를 누그러뜨리고 물었으나 나카지마의 굳은 표정에는 변함이 없었다.

"단체 손님은 미리 승객 명부를 받습니다. 그리고 승선 전에 단체 책임자가 인원을 확인하고 변경 여부를 알려줍니다. 이후 승객 인원을 점검하는데 받은 명부와 인원이 다른 일은 거의 없습니다. 특히 수학여행은 선생님이 인원을 완벽하게 장악하고 있어서 만에 하나라도 틀리는 일은 없습니다."

만에 하나라. 노무라는 속으로 쓴웃음을 지었다. 그 만에 하나를 다카야스가 기가 막히게 활용한 것이다.

"하지만 단체가 아닌 사람이 섞여 승선하는 사례가 일어나지 않나요?"

"이전 일이기는 한데 만국박람회(1970년에 오사카에서 개최)가 열렸을 때는 관람객이 많으니 그런 일이 일어나지 않을까 싶어 우리도 걱정했습니다. 여행사와 인솔자도 그 점을 걱정해 저마다 눈에 띄는 리본을 달거나 모자를 통일했죠. 현재도 우리는 대합실에서, 단체별로 구별해 줄을 서게 하고 필요하면 리본으로 색을 나누기도 해서 한 번도 틀린 적 없습니다."

"그렇군요. 그럼 수학여행은?"

"수학여행은 더 그렇습니다. 옷차림도 교복이라 일반 단체가 헷갈릴 우려도 없습니다. 게다가 어쩌다 모인 일반 단체와 달리 학생끼리는 서로 다 얼굴을 알아요. 섞여들어도 금방 탄로 날 겁니다."

"그렇겠네요. 그런데 말입니다……"

노무라는 여기부터가 핵심이라고 생각해 목소리에 힘을 줬다.

"만약 비슷한 교복을 입었다면, 물론 배지와 단추 모양은 다르더라도 교복을 입은 다른 학교 학생 하나가 섞여들었다면 어떨까요? 검수원이 알 수 있을까요?"

나카지마는 어리둥절한 얼굴로 노무라를 바라봤다.

"말씀하시는 의미를 잘 모르겠습니다. 그렇지만 그런 일이 있다면 검수원보다 그 학교 학생들이 먼저 알아차리고 주의 줄 텐데……."

"아니, 학생들이 일부러 숨기면 검수원이 알 수 있냐는 거죠."

나카지마는 힐끔 과장에게 도움을 요청하는 눈길을 보냈다. 모를 거라는 게 솔직한 답이나 그렇게 대답하면 검수원의 실수를 인정하는 꼴이 된다. 그게 자신의 실수로 이어지고 회사의 책임으로 이어질 테니 함부로 대답할 수 없었다.

과장은 떨떠름한 표정으로 말을 보탰다.

"죄송합니다. 그런 가정에는 대답할 수 없습니다. 그런 상황을 직접 겪지 않으면 뭐라 말씀드리기가. 그러나 제 생각으로는, 검수원은 경험이 풍부한 사람이 담당하니 아마도 발견할 겁니다. 국철이나 사철 개찰원이 슬쩍 보기만 해도 정기권의 타인 사용과 기한 이후 사용을 알아차리듯 검수원도 직업적인 육감이 있지 않을까요."

교묘한 대답이었다. 하지만 노무라가 바라는 답과는 거리가 멀었다. 구리하라는 도요노고교 학생에 섞여 승선했고, 도요나카상고의 승선 인원 부족을 검수원이 놓쳤어야 한다. 선박회사 직원이 그 사실을 인정하고 증언하지 않으면 다카야스 범행설은 성립되지 않는다. 노무라는 질문 방법을 바꿨다.

"그런데 그 배에는 도요노고교와 도요나카상고 수학여행 학생이 승선했죠?"

나카지마가 기록을 넘기며 가볍게 고개를 끄덕였다. 기록을 근거로 대답하면 되니 안심이다.

기록은 여럿의 점검을 거쳐 확인하니 문제가 없다. 만약 있더라도 나카지마의 실수는 아니다. 책임은 점검한 몇 명에게 분산된다. 여기서 몇 명이라는 것은, 아무도 책임을 지지 않는다는 뜻이다. 그것이 조직이고, 조직이 책임의 소재를 모호하게 만드는 방식이다.

그래서 나카지마는 안심하고 대답했다.

"네. 말씀하신 대로 두 학교의 수학여행 단체와 이 밖에 농협까지 세 단체가 승선했습니다. 그게 왜······?"

"도요나카상고는 어떤가요? 승선 명부와 승선자 수가 한 명 부족하지 않았나요?"

나카지마의 눈은 기록의 숫자를 좇았다.

"승선자 수는 학생이 234명에 인솔 교사가 6명 합쳐서 240명. 신청 인원과 일치합니다."

"그건 승선할 때의 점검 인원과 일치한다는 말입니까?"

"물론이죠. 검수원이 배 사무실에 보고된 숫자와 승선 신청 명부의 숫자를 조회하니까요."

그때 나카지마는 "아!"라며 고개를 끄덕였다.

"알겠습니다. 형사님. 질문이 그거죠? 그거라면 바로 알아보고 해결할 수 있습니다."

"네? 그거요?"

노무라는 의자에서 엉덩이를 떼고 기록을 들여다보려 했다. 그곳에 다카야스 범행설을 입증할 증거가 기록되어 있나 싶어 마음이 급했다.

"아뇨. 절대 기록이 틀렸다는 말은 아닙니다. 실은 도요나카상고는 처음에는 검수원의 보고와 승선 명부의 수가 맞지 않았다고 합니다. 한 사람이 부족했죠. 사무실 직원이 아직 타지 않은 학생이 있으면 큰일이라고 교사에게 바로 연락했죠. 교사도 놀라 다시 점호했습니다. 결국은 234명 전원이 승선한 것을 확인하고 안심했는데 큰 소동이었다고 들었습니다.

검수원의 실수로 하필 수학여행 시작부터 문제가 생길 뻔했다고 교사들이 비난하며 질책했다고 사무원이 투덜대는 걸 들었습니다.

그러나 인원에 이상은 없어서 따로 보고하지는 않았고 그래서 기록에는 없습니다."

"하지만 점검할 때 분명 한 명이 부족했다?"

"분명이라고 말씀하시면 곤란합니다. 그때는 결국, 검수기 버튼을 잘못 눌러 숫자가 넘어가지 않았다는 것으로 정리했습니다. 검수원은 확실히 눌렀다고, 기계 고장이라고 주장해 교환을 요구했는데 아무래도 겸연쩍어서 그랬겠죠. 여하튼 도요나카상고 학생 전원, 승선해서 그냥 넘어갔다고 들었습니다."

"도요노고교는 어땠나요? 승선 후에 인원 점검이 있었습니까?"

나카지마는 지긋지긋하다는 표정을 숨기지 않고 대답했다.

"선박회사 쪽에서는 따로 요구하지 않았습니다. 무엇보다 도요노고교 쪽은 승선 인원과 명부 인원이 맞았으니까요."

"그게 바로 문제입니다."

노무라는 일방적으로 그렇게 말했다.

"잘 들으세요. 도요노고교 학생 하나가 승선하지 않았습니다."

"왜요?"

"이유는 당신들과 상관없습니다. 어쨌든 타지 않았습니다. 하지만 그러면 숫자가 맞지 않죠. 그래서 도요나카상고 학생 하나를 대신 태웠어요. 검수원은 그 학생을 도요노고교 학생으로 오인해 셌으니까 숫자는 일치했죠."

"그러나 그건 앞서도 말씀드렸듯이 다른 학생들이 알아보고……."

"그건 됐습니다. 그런데 도요나카상고는 인원이 하나 부족했습니다. 서둘러 다시 점호하니 전원이 있었고요. 그랬을 겁니다. 도요노고교에 섞여 탄 학생이 합류했으니까요. 그러니까 사실은 도요노고교 학생이 한 명 부족했는데 점호하지 않으니 몰랐죠."

"그렇게 도요노고교에서 말하던가요?"

"그렇지 않습니다. 전원 탔다고 했습니다."

노무라는 앞뒤가 안 맞는 대답을 할 수밖에 없었다.

"도무지 무슨 말씀을 하는지 모르겠습니다. 그러니까 일이 어떻게 됐다는 겁니까?"

과장이 노골적으로 불쾌한 목소리를 내며 끼어들었다.

"그러니까 제 말 대로 학생 하나가 바뀔 수 있지 않을까요?"

과장은 두 번, 세 번, 고개를 흔들었다.

"그렇게 생각할 수는 없습니다. 그랬다면 도요노고교가 확인해야 했죠. 학생이 한 명 타지 않았다면 학교가 몰랐을 리 없지 않나요? 저희는 그런 말도 안 되는 생각을 도저히 받아들일 수 없습니다."

노무라는 성난 눈빛으로 과장을 노려봤다.

"부장님……." 오쓰카가 노무라의 재킷 소매를 잡아당겨 밖으로 나왔다.

"부장님 말대로 학생 바꿔치기가 벌어졌고, 그 사실을 선박회사가 몰랐다고 해도, 어쩔 수 없어요. 하물며 그렇게 증언하라고 하는 건 아무래도 무리 아닐까요?"

"하지만 구리하라의 증언이 있어."

"구리하라의 증언만으로는 약해요. 유능한 변호사라면 엔메이 미유키의 증언으로 이길 겁니다. 무엇보다 결정적인 증거가 우리에게는 없으니까요."

4

"나이토를 추궁하면 인원 점검 전에 구리하라를 놓아줬다고 주장할 게 분명해요."

오쓰카는 도요나카로 돌아오는 한큐 전차에서 말했다.

"아니, 녀석들은 훨씬 영악해. 분명하지는 않지만, 그 전이었던 것 같아요. 이 정도로 말하고 우리가 어떻게 나오는지 볼 거야. 우리가 어느 정도의 증거를 쥐고 있는지를 지켜보고 앞의 말을 뒤집거나 강조할 여지를 남기겠지. 선박회사 사람들과 마찬가지로 자신의 단정적인 말이 결정적인 단서가 되는 것만은 피하고 싶은 게 상식이지. 그런 태도가 얼마나 수사에 방해가 되는지 도무지 이해하려 하지 않아."

노무라는 분한 표정으로 대답했다.

"하지만 잠깐만. 선박 알리바이 공작과 비교해 비와코 쪽은 왜 그렇게 드러나게 행동했을까? 스마 해안에 가공의 목격자를 세우는 것조차 하지 않았어. 선박과 달리 완전히 허점투성이잖아. 아마추어인 시바모토가 알아낼 정도로."

"그야 그때는 범죄를 저지른 게 아니고 그냥 일탈 정도니까요. 알리바이 공작을 하는 게 더 부자연스럽죠."

"그렇다면 스마에 간다는 거짓말도 할 필요 없지. 처음부터 비와코에 간다고 해도 지장이 없어. 게다가 내가 처음에 말했지? 비와코, 중독, 그리고 가메이 살해는 일련의 사건이야. 그 첫 번째에 해당하는 비와코 사건에서 나이토와 다카야스의 공모가 밝혀지면 다른 사건도 공모 의심을 받으리라는 것 정도는 그들도 잘 알 텐데. 그런데 그들은 비와코에서는 너무하다 싶을 정도로 무방비하게 행동했어. 배와 비교하면 같은 인물이라고 생각할 수 없을 정도로 단순해. 너무 이상하지 않아?"

"중독 사건은 어떤데요? 둘 다 피해자잖아요."

"그것도 나름 짐작하는 바는 있어. 비와코 사건에서 둘이 한 **단순**한 행동의 수수께끼가 풀리면 중독 사건의 진실도 알게 되겠지."

노무라는 시계를 봤다. 오사카까지 왕복한 데다 선박회사에서 시간이 걸리는 바람에 벌써 5시가 넘었으나 시바모토와 만나볼까, 하고 자문하듯 중얼거렸다.

시바모토는 집에 있었다. 노무라가 나이토 일로 왔다고 하자 기다렸다는 듯 응접실로 안내했다. 그리고 차를 가져온 아내 쇼코에게도 말했다.

"당신도 앉아. 그리고 이런 말도 안 되는 일이 있을 수 있는지 형사님도 들어보세요."

이마에 퍼런 핏대를 세우며 말했다. 나이토와의 대화가 좋지 않게 끝났음을 알아차리고 노무라가 먼저 입을 열었다.

"경찰이라는 처지를 떠나 열심히 듣겠습니다……."

분한 게 있으면 실컷 털어놓아라. 때에 따라서는 힘이 되어주겠다. 암암리에 이런 뜻을 넌지시 비추는 말투였다. 시바모토는 살았다는 듯 요시노와 조사한 내용을 다시 얘기했다.

"그래서? 나이토와는 어떤 얘기를 나누셨나요?" 이야기를 다 들은 노무라가 말했다.

"어떻게 이런 일이 있을 수 있습니까? 녀석들은 정말 조폭 같았습니다. 인간다운 감정이 전혀 없어요."

시바모토는 점점 더 성을 냈다.

나이토는 시바모토의 추궁에 그래서 어쩌란 거냐며 콧방귀를 뀌었고 놀라거나 당황하는 기색도 없었다. 네놈이 미유키가 가진 애의 아버지냐는 비통한 표정으로 던진 질문에 그럴지도 모르겠다며 말간 얼굴로 답했다.

"네놈은, 자기…… 연인과 자식을 죽였어. 그러고도 아무렇지 않나?"

"연인 같은 거 아니었어요. 게다가 죽이지도 않았어요. 병으로 죽었잖아요. 저랑은 관계없어요."

"연인이 아니야? 그렇다면 네놈은 강제로 미유키를……?"

"말도 안 돼요. 합의했고 그녀 꽤 좋아했어요. 내가 질릴 정도로요. 어쩌면 내게 반했었나 봐요. 나는 그 정도는 아니었는데."

비정하고 통렬한 굴욕이었다. 미유키와의 이별의 아쉬움이나 추모의 마음은 조금도 찾아볼 수 없었다. 조금이라도 그런 마음을 보였더라면 나이토도 용서하고 미유키도 구원받으리라 생각한 시바모토는 그 기대가 산산이 부서지자 경악했고, 끝내는 온몸에 분노가 내달렸다.

"네놈은 그러고도 인간이야? 미유키에게 원한이라도 있었나?"

나이토는 얼굴에 핏대를 잔뜩 세운 시바모토를 냉소하듯 바라보며 대답했다.

"없어요. 원한도 관심도……."

"그럼 왜? 왜 미유키에게 그런 짓을……."

"그쪽이 그렇게 해달라니까요."

"미유키가? 말도 안 되는 소리! 미유키는 그런 애가 아냐!"

"맞아요. 미유키는 평범한 여학생이었죠. 그런데 아버지가 잘못했죠."

"아버지? 나 말인가? 내가 뭘 잘못했는데?"

"몇 번이나 말해야 하죠? 내 집에서 태양을 빼앗고 할머니를 죽였다고."

"그 앙갚음인가? 그래서 미유키를 더럽혔나?"

"그게 아니라고요. 미유키가 그 일로 내게 사과한 거예요. 아버지의 잘못을 용서해달라고. 그래서 내가 대답했어요. 아니야, 네 아버지와 너는 다른 인격을 지닌 사람이야. 나쁜 아버지를 뒀다고 네 책임은 아니라고……."

"내가 잘못했다고?!"

"당신이 어떻게 생각하든 자유예요. 그러나 미유키는 내 대답을 듣고 정말 기뻐했어요. 그리고 화해의 증표로 안아달라고 했고요."

"거짓말이야. 미유키가 그럴 리 없어! 네놈 말은 믿을 수 없어!"

시바모토는 화가 욱 치밀어 고함쳤으나 끝으로 갈수록 힘이 빠지고 있음을 자신도 알았다.

"믿을 수 없으면 나한테 안 물어보면 되겠네요. 그럼 갈게요."

나이토는 냉정하게 일어났다.

"기다려. 네놈은, 그래서 내게 복수했다고 생각하나? 잘 들어! 나는 합법적으로 맨션을 지었어. 그리고 노인의 생사는 나랑 상관없는 일이야. 그걸 네놈은……."

"그럼 미유키와 섹스한 게 불법이라는 건가요? 서로의 점막을 자극해 즐겼을 뿐 아닌가요? 그것과 미유키의 생사와는 관계없어요. 일부러 자궁외임신을 시키는 일은 불가능하니까요. 그러니까 피차 원한을 품지는 말자고요. 하지만 우리 할머니가 고통받은 만큼, 그리고 할머니의 죽음으로 우리 부모님이 고통받은 만큼은 당신도 고통받아야죠. 그래야 셈이 맞잖아요."

"녀석은 말짱한 얼굴로 가버렸습니다. 이런 지독한 일이 있을 수 있습니까?"

시바모토는 그렇게 말하고 쇼코의 등을 조용히 쓰다듬었다. 이야기 중간부터 쇼코는 계속 눈물을 흘렸다. 시바모토의 눈에도 분노의 눈물이 맺혀 있었다. 달랠 길 없는 슬픔이자 분노였다. 노무라와 오쓰카는 위로하거나 달래지 않고 팔짱을 낀 채 침묵을 지켰다.

"요즘 젊은애들 생각은 도통 따라가질 못하겠습니다."

이런 평범한 감개를 흘리는 것만이 최대한의 동정 표시였다.

"그런 미친놈들이 모여 연합 적군을 만들어 동료를 고문하거나 죽이는 거죠."

시바모토는 엉뚱한 분노를 터뜨렸다. 노무라와 오쓰카는 애매하게 고개를 끄덕이고 자리에서 일어섰다. 흥분으로 정신을 못 차리는 시바모토에게 더 얘기를 들어봤자 수사에 참고가 될 것 같지 않았다.

밖으로 나오자 이미 길은 캄캄해져 있었다. 벌써 이런 시간인가 생각하자 배가 고파졌다. 역까지 걸어가 메밀국수 가게에 들어갔다. 뜨뜻한 메밀국수가 그리워지는 계절이다. 노무라는 머리를 굴리면서 이따금 젓가락을 들었다.

"부장님."

오쓰카는 마지막 국물 한 방울까지 다 마시고 나서야 배고픔이 가라앉았는지 조심스럽게 말을 걸었다.

"부장님은 중독 사건에 나름의 생각이 있으시다고 했는데 들려주시면 안 되나요?"

"응?"

노무라는 생각이 중단되자 성가시다는 듯 고개를 들었다. 그러나 곧 마음을 고쳐먹고 말했다.

"그렇지. 내 생각을 들려줄까? 평소처럼 앞뒤가 안 맞는 부분이 있으면 지적해줘.

일단 나이토와 다카야스가 왜 비와코에서는 어린애 장난 같은 알리바이 공작에 그쳤느냐는 점인데……. 둘은 처음부터 시바모토가 바로 알 수 있게 해놓은 거야. 나이토로서는 자기 짓이라는 사실을 시바모토가 모르면 복수의 의미가 없으니까. 딸의 원수가 활개를 치고 다니는 것을 보여줘 시바모토를 더 분노하고 고통스럽게 하는 게 목적인 거야. 유치하고 단순한 속임수처럼 보이지만, 실은 무섭도록 잔인한 수법이라고 생각하지 않아?"

오쓰카는 말없이 끄덕였다. 노무라의 추리가 옳다는 사실은 조금 전 시바모토에게 들은 나이토의 태도로 알 수 있었다.

"다음은 중독 사건인데. 자네도 기억하겠지? 중독 사건이 일어난 날 오후, 나이토에게 질문했을 때 말이야. 이야기가 미유키의 삼우제 소동으로 넘어가자 그 이야기 도중에 시바모토는 이렇게 말했어. 나이토는 얌전해 보였다고. 어느 정도는 내숭이었겠으나 그것만은 아니라고 생각해. 나도 나중에야 깨달은 점인데 중독 사건을 경계로 나이토의 말과 행동이 마치 다른 사람처럼 변했어. 아주 강인하게.

미유키가 죽은 날부터 확 변했다면 이해하겠어. 하지만 계기는 중독 사건이야. 그의 도시락에 농약이 들어 있었던 사실이 그를 바꾼 거야.

왜 그럴까? 나는 생각했지. 생각 끝에 내린 내 결론은 이거야. 그는 경고받은 거야."

"경고? 누구에게?"

"그 녀석의 이름을 말하기 전에 평소대로 내 얘기를 들어줘. 그리고 논리에 억지가 있으면 거침없이 지적해.

할머니를 떠나보낸 나이토는 시바모토를 원망했어. 같은 그룹의 수장으로서 다카야스는 나이토의 복수를 도와줄 의무가 있었지. 시바모토는 녀석들을 조폭 같다고 했는데 어떤 의미에서는 옳은 말이야. 인간의 도리를 어기는 일이라도 조직원을 위해 행동하지 않으면 두목이나 리더는 자리를 지킬 수 없어. 그래서 다카야스는 나이토와 비와코에 가서 미유키를 범했어. 미유키가 나서서 받아들였다는 나이토의 주장은 납득할 수 없는 점이 있으니 언젠가는 실토하게 해야지.

어쨌든 나이토는 미유키의 임신을 알고 고뇌하는 시바모토를 보며 복수에 성공했다고 내심 쾌재를 불렀을 거야. 중절이 끝나면 그런대로 일단 시바모토와의 빚은 청산했다고 만족했겠지.

그런데 뜻밖에 미유키가 죽었어.

　나이토 입장에서는 미유키 본인을 증오한 게 아니니까 동요했어. 자기 행동이 새삼 두려워졌어. 한편 다카야스는 나이토의 그런 모습이 마음에 들지 않았지. 그대로 두면 나이토가 시바모토에게 모든 사실을 털어놓지 않을까 걱정되었어. 그래서 그의 도시락에 농약을 넣었어. 나를 배신하면……이라는 경고였어. 그러니까 그게 그들의 비판이었던 셈이지."

"하지만 그 도시락을 먹은 사람이 바로 다카야스였어요. 자기가 농약을 넣고 본인이 먹었다고요?"

　오쓰카가 너무나 당연한 질문을 던졌다. 노무라는 크게 고개를 끄덕였다.

"바로 그거야. 기억 못 해? 전에 아리타의원에서 만났을 때 내가 한 말. 다카야스가 그 도시락을 먹어야 했던 **필연적**인 이유가 해명되면 사건은 풀린다고.

　그 생각을 하다가 문득 깨달았어. 그 사건이 왜 일어났는지를 생각하니까 어려워진 거야. 왜 일어났어야 하는지를 생각하면 의외로 풀 수 있지 않을까? 다카야스가 왜 중독되었지가 아니라 반대로 왜 중독되어야만 했는지를 생각하는 거지.

　그래서 나는, 도시락을 경매에 부친 다나카라는 학생의 진술을 세심하게 검토했어. 마음에 걸리는 부분이 몇 개 있더군.

　우선 다카야스가 육십 엔에서 갑자기 백 엔으로 올렸다는 거야. 다나카도 너무 높은 가격이라 놀랐다고 했어. 그리고 예쁜 여학생의 도시락이나, 가난한 친구의 도시락은 특별한 의도로 높은 가격에 낙찰할 때가 있다고 했어. 이 두 가지 말을 이어보면 어떤 생각이 들어?"

노무라의 질문에 오쓰카는 허둥대다가 바로 노무라가 원하는 대답을 찾았다.

"다카야스는 특별한 의도를 가지고 그 도시락을 낙찰받았다는 겁니까?"

"맞아. 다카야스는 낙찰받아야만 했어. 왜냐면 그 도시락에 독이 들었다는 사실을 알고 있었으니까. 다른 사람이 먹게 해서는 안 되니까. 즉 농약을 넣은 장본인은 그야."

"나이토에게 보내는 경고……?"

"그렇게 생각하면 논리가 딱 들어맞지?"

오쓰카는 한참 침묵을 지켰다. 그리고 이윽고 반문했다. 대충 짐작은 갔으나 반문하고 확인해가는 것이 그의 역할이었다.

"나이토에게 보내는 경고였다면 다카야스는 도시락을 먹고 중독까지 일으킬 필요는 없잖아요? 낙찰받고 먹지 않으면 수상하게 여길까 봐 걱정했다면 먹는 척만 하고 버리면 그만이잖아요."

"그러면 나이토에게 경고가 되질 않잖아."

노무라가 바로 그 자리에서 반박했다.

"나이토가 도시락을 먹어야 경고의 의미가 있지. 그런데 뜻하지 않게 나이토는 미유키의 삼우제에 가버렸어. 그렇다면 자기가 먹고 가벼운 중독이라도 일으키는 것 외에는 독이 들어 있다는 것을 증명할 방법이 없잖아?"

노무라의 이야기가 끝나기를 기다리지 못하고 오쓰카가 말했다.

"다 알고 있으면서 왜 다카야스를 연행하지 않죠? 독살 미수는 충분히 성립하지 않나요?"

"어이, 이봐! 잊으면 곤란해. 감식 소견을 내게 알려준 사람이 자네잖아? 학교에서 다나카 다음에 나이토에게 질문했을 때였어. 그 도시락은 혀를 자극해서 도무지 먹을 수 없다고.

그야 당연하겠지. 다카야스는 처음부터 나이토를 죽일 마음은 커녕 중독 사건을 일으킬 마음도 없었어. 그저 때에 따라서는 처벌도 불사한다는 경고만 하면 되는 일이었어. 말로만 하면 효과가 떨어진다고 생각해서 행동으로 위협한 거야.

그렇게 딱 보면 알 방법을 독살 미수라고 할 수 있을까? 불능범이라고 할 것까지도 없고 악질적인 장난 정도로 넘어가겠지. 도시락에 똥을 뿌린 것이나 별다른 차이가 없으니까. 다카야스도 그 정도 계산은 있었겠지."

"마지막 질문인데요……."

오쓰카는 이번에는 진심으로 궁금한 것을 물었다.

"도대체 부장님이 말하는 그룹이 뭡니까? 그야 조폭이라면 자신들의 이익을 위해 결속해 동료를 감싸겠죠. 기업이나 단체는 공해 보상 때처럼 자신들의 이윤과 이권을 지키려고 일치단결해 법에 대항할 수도 있어요. 그러나 다카야스와 나이토, 엔메이 그룹은 어떤 이유로 범죄자까지 감쌀까요?

비와코 일과 중독은 범죄라고 부를 수 없을지 몰라요. 하지만 마지막 가메이는 명백한 살인범입니다. 단순히 친한 그룹의 일원이라는 이유만으로 그렇게까지 결속해 숨겨줄 수 있을까요?"

"그럴 수 없지. 지금은 쉽게 말하고 있지만, 현실적으로 배 안에서의 알리바이 공작에는 다 참여했잖아. 그렇다면 그럴 만한 이유가 있겠지."

"그러니까 그 이유가 뭐냐고, 묻고 있는 겁니다."

"그걸 알면 동시에 알리바이도 무너질 거야."

지금, 노무라가 대답할 수 있는 것은 그것뿐이었다. 둘은 무거운 마음으로 경찰서로 향했다.

5

수사과장은 매우 언짢은 상태였다.

이쿠요는 이미 다 말씀드렸다며 전에 한 말을 되풀이했을 뿐이었다. 가메이를 교살한 것도, 시체에 시멘트를 부은 것도, 전부 혼자 한 일이라고, 다카야스는 물론 누구의 힘도 빌리지 않았고, 누구에게도 알리지 않았다는 주장을 바꾸지 않았다. 모순을 들이대면 입을 다물었다.

"아들을 감싸는 마음은 알겠는데 언제까지 감출 수는 없지 않나?"

그러나 다카야스의 알리바이를 깰 단서가 부족했던 만큼 수사관의 추궁에도 박력이 없었다. 이쿠요는 그 점을 민감하게 알아차리고 겁먹은 기색도 없이 단독범이라는 주장을 굽히지 않았다.

"밤 8시부터 11시 반까지라고 하면 인적이 전혀 없는 시간도 아니야. 그동안 다카야스를 본 사람이 하나도 없진 않을 거야. 그 사람을 찾아내!"

수사과장의 호통에 노무라는 그래봤자 소용없으리라 생각하며 힘없이 고개를 끄덕였다. 이미 2주 전 일이다. 게다가 국철과 한큐 전차의 개찰구는 사람들이 정신없이 드나드는 것으로 유명하다. 역무원의 기억에 남아 있을 리 없었다. 한편 도요나카역에서 다카야스의 집까지는 주택가이고, 다카야스가 지나갔을 시간대는 주민들이 거실에 모여 있거나 이른 잠자리에 든 사람도 있을 것이다. 사람들의 눈을 피해 걸은 다카야스를 봤을 사람은 없으리라. 그리 많지도 않은 행인이 다카야스를 지목할 가능성은 거의 제로에 가까울 것이다.

게다가 도요나카에서 태어나고 자란 다카야스는 사람이 잘 안

다니는 골목과 가로등이 없는 오래된 길도 잘 알 것이다. 그런 길을 골라갔다면 한 사람도 만나지 않고 역과 집을 오가는 것도 불가능하지는 않다.

"야규의 집에 가볼까? 도시락 중독이라는 허점을 찌르고 들어가도 되고 대화하다가 꼬리를 잡을 수도 있고."

노무라는 내키지 않는 듯한 목소리로 말했다. 이대로 집에 갈 마음도 안 생기고 과장의 찌푸린 얼굴을 봐야 하는 상황은 더 재미없었다. 오쓰카도 같은 마음인 듯 바로 자리에서 일어났다.

야규의 집에는 나이토가 와 있었다. 오히려 재미있는 이야기를 들을 듯해 노무라가 포문을 열었다.

"지장이 없다면 자네 공부방에서 이야기 좀 들어도 될까?"

고교생 방다운 살풍경한 한 평 반 크기의 방이었다. 네 명이 들어가자 코가 맞닿는 게 아닐까 싶을 정도로 갑갑했다. 의자가 부족해 나이토는 침대에 엎드렸다. 노무라 일행에게 허세를 부리는 듯도, 무관심한 듯도 보였다. 노무라는 그런 태도에 개의치 않고 실내를 둘러보며 말했다.

"오호! 내 아들은 벽에 주간지에서 잘라낸 나체 사진만 붙여 놨는데……."

별일이라는 듯 벽의 그림을 열심히 들여다봤다.

"아르키메데스네." 오쓰카가 태평하게 말했다.

한 장은 아르키메데스가 작은 욕조에서 뛰쳐나오는 그림. 다른 하나는 검을 휘두르는 병사와 도형을 앞에 놓고 생각에 잠긴 아르키메데스의 모자이크화.

"프랑크푸르트 암 마인에 있는 모자이크화 복사본이구나."

오쓰카가 자연스럽게 말했다. 노무라가 "오호!" 하며 입을 내밀면서 오쓰카를 뚫어지게 바라봤다.

"형사가 그림에 관심이 있으면, 이상한가요?"

"아냐, 감탄한 거야. 자네, 의외로 박식해. 하는 김에 그림 밑에 있는 이상한 글자들도 해석해줄래?"

"이건…… 몰라요." 오쓰카가 씁쓸하게 웃고는 계속 말했다. "읽을 수는 없지만, 대충 짐작은 가요. '발견했다'와 '내 원을 지우지 말게'라는 그리스어겠죠. 유명한 일화니까요."

"다카야스, 정답인가?"

노무라가 말을 걸었으나 다카야스는 알 게 뭐냐는 듯 딴전을 부렸다.

"아르키메데스라고 하니, 너도 그런 별명이 있잖아."

"……"

"축제 때 아르키메데스를 연기하다 알몸을 보여줬다며."

"그건 보고…… 싶지 않지만, 여학생들은 난리가 났다던데." 오쓰카도 분위기를 맞춰 다카야스를 웃기려고 애썼다. "이번에는 살로메라고 연기해 보지? 얇은 옷을 펄럭이며 피부를 드러내 봐. 비어즐리의 그림처럼."

"미술론 다음은 연극론인가요? 형사라는 직업, 아주 한가한가 봐요."

부루퉁하기 짝이 없는 대답이 날아왔다. 잘못 나갔다가는 끝이라는 생각에 노무라가 표정을 굳히고 있을 때 현관문이 거칠게 열리는 소리가 났다.

"실례합니다!" 두꺼운 목소리가 들렸다. "이 목소리는?" 노무라가 오쓰카를 봤다. 오쓰카는 고개를 끄덕이고 일어났다. 다카야스와 나이토는 슬쩍 눈빛을 교환했으나 움직이지는 않았다.

"아이고, 역시 당신이었군요? 목소리가 귀에 익었는데."

"아! 형사님도 계셨어요? 마침 잘됐네요. 그런데 야규는 있나요? 녀석에게 물을 게 있어서요. 변명하지 못하게 이번에는 산 증인을 데리고 왔어요. 마침 잘됐네. 형사님들이 입회해주세요."

"무슨 얘기인지는 모르겠으나 일단 들어오세요. 좁지만……."

오쓰카가 자기 집에 손님을 초대하듯 응대하는 소리가 훤히 들렸다. 나이토가 겁을 집어먹은 듯 몸을 일으켜 자세를 바로잡았으나 다카야스가 눈짓으로 겁먹지 말라고 제지했다. 이거 아주 재미있어지겠어. 노무라는 내심 반겼다.

얼굴을 내민 사람은 예상대로 시바모토였다. 노무라에게 가볍게 인사하고 다카야스와 나이토를 번갈아 노려봤다.

"어이, 너도 들어와!"

뒤에 있는 남자에게 말을 걸었다. 곧 남자의 머리가 나타났다.

순간 나이토가 "앗" 소리를 내고 말았다.

"이 녀석이야! 이 녀석이 가짜 형사야!"

요시노는 황급히 몸을 돌리려 했으나 오쓰카가 가로막아 섰다. 분위기로 보아 요시노의 출현은 다카야스와 나이토에게 유리하고 자신들에게는 불리한 재료라는 느낌이 왔으나 가짜 형사라는데 형사인 자신이 그냥 놓칠 수는 없었다.

노무라는 어안이 벙벙했고, 다카야스는 잔뜩 들떴고 시바모토는 큰일 났다는 듯 얼굴을 찌푸렸다.

그 소동을 보며 다카야스가 빙긋 웃었다.

"부하로 무뢰배를 부리는 것은 에도시대 하급 관리나 하는 짓이라 생각했는데 요즘도 그래요? 가짜 형사를 설득해 가짜 증인으로 내세우다니, 바닥이 훤히 보이는 한심한 생각이네요. 무슨 증인인지는 모르겠지만, 거짓말도 적당히 하세요."

노무라는 짜증스러운 얼굴로 시바모토를 봤다. 시바모토도 처음의 기세를 잃고 입을 다물고 있다.

다카야스는 더 몰아붙였다.

"자, 형사님. 여기 가짜 형사를 넘길 테니까 얼른 잡아가세요. 혹시나 해서 말해두겠는데 괜히 대충 넘길 생각은 마세요. 피해 신고가 필요하면 나이토, 빨리 써."

그리고 문득 생각난 듯 말했다.

"맞다. 형사님. 진짜 형사님이요. 하는 김에 저 남자가 지난달

25일 밤 8시 반쯤에 어디 있었는지 조사해보세요. 여죄가 줄줄 나올지도 몰라요. 그렇지 않아, 가짜 형사님?"

"뭐, 뭐라고? 내가 무슨 짓을 했다는 거야?"

"얼버무리지 마. 벤텐 부두에서 한탕하고 있었잖아."

요시노는 순간 겁을 먹더니 순식간에 분통을 터뜨리며 반격했다.

"벤텐 부두? 그런 데 간 기억 없어."

"진짜 형사님. 이번에는 저랑 나이토가 증인이 될게요. 우리가 수학여행 배에 타기 직전에 이 가짜 형사는 틀림없이 벤텐 부두에 있었어요. 마침 짐이 없어지는 소동이 있었는데 그 현장에요. 보세요. 짐 도둑처럼 생겼잖아요."

"이 새끼, 거짓말하면 내가 가만 안 둬!"

달려들려는 요시노의 얼굴을 다카야스는 정면에서 응시했다. 그 순간, 다카야스의 얼굴이 순간 흐려졌다. 노무라는 그런 다카야스를 보고 말은 잘해도 의외로 폭력에는 약한가 보다 생각했다. 그리고 요시노에게 한두 대쯤은 얻어맞게 둘까 하는 심술 궂은 마음으로 말리지 않았다.

"이 멍청한 자식!" 시바모토가 요시노를 밀쳐서 날려버렸다. "한심하고 쓸모없는 자식. 너 때문에 다 망쳤어."

다카야스와 나이토의 과장된 폭소를 들으며 노무라 일행은 밖으로 나왔다.

"시바모토 씨. 이건 도대체 어떻게 된 겁니까?" 노무라는 너무 화가 나 따졌다. "저런 남자를 끌고 오다니. 설마 가짜 증인을 내세워……."

"말도 안 됩니다. 저는 그런 더러운 짓은 안 해요. 저놈이 먼저 제안했다고요. 실은……"

미유키의 사인과 관련해 협박받은 사실부터 설명하려고 할 때였다.

"저 새끼, 생각났어! 어디서 봤나 했는데 생각났어." 갑자기 요시노가 고함쳤다.

"저기요. 시바모토 사장님. 녀석은 그날 밤, 오사카역에 있었어요."

"네 말을 누가 믿겠냐!" 시바모토는 돌아보려고 하지도 않았다.

"잠깐만. 그게 25일 밤이지?" 노무라가 요시노의 팔을 꽉 움켜쥐었다. "야규가, 25일 밤에, 오사카역에 있었단 말이야!"

"아, 네." 요시노는 노무라의 격렬한 추궁에 목을 움츠리고 대답했다.

"몇 시에?"

"분명…… 11시 반쯤인데……."

"틀림없지? 확실히 야규였나?"

"네……. 하지만 확실하다고 얘기하기는 힘든데. 검은 레인코트 깃을 세우고 선글라스를 쓰고 있어서……."

"교복이었나? 모자는?"

"글쎄요……. 모자는 안 썼던 것 같은데……."

자신이 없는지 요시노의 목소리는 점점 약해졌다.

"왜 이제 와 기억난 거지?"

"아니, 그게 말이죠. 어쩔 수 없겠네. 말씀드리죠. 오사카역에서 말이죠. 10월 말이 다 되어 가는데 선글라스를 끼다니 참 이상한 놈이다 싶었어요. 시비나 걸어볼까 싶어 다가갔는데 어디서 본 듯해 그냥 놔뒀어요. 아니, 그때는 야규라고 생각하지 못했어요. 녀석은 배에 탔다고 생각했으니까요."

"배에 탔다? 역시 당신은 벤텐 부두에 갔었군."

요시노는 낭패해 입을 다물어버렸다. 노무라는 혀를 차고 다시 물었다.

"그래서? 그렇게 늦은 시간에 오사카역에는 왜 갔는데? 등치기, 아니면 또 짐 도둑질?"

"……."

"시바모토 씨. 당신이 데려온 자는 도대체 어떤 사람입니까?"

노무라는 입을 다문 요시노를 벌레 보듯 보면서 시바모토에게 물었다. 시바모토는 포기하고 그간 요시노와 있었던 일을 이야기했다. 이야기를 다 들은 노무라는 한숨을 내쉬고 고개를 저었다. 공갈과 가짜 형사, 짐 도둑 용의자의 증언으로 어떤 신빙성을 얻을 수 있을까.

"사장님……. 저는 이만 이쯤에서……" 요시노가 조심스럽게 시바모토의 팔을 잡아당겼다.

"나는 몰라. 저분들에게 물어봐."

시바모토는 그의 손을 뿌리쳤다. 요시노는 슬금슬금 노무라의 표정을 살폈다.

"내가, 가고 싶으면 가라고 할 것 같아?"

노무라는 가슴 속의 울분을 요시노에게 분풀이하듯 내뱉었다.

6

"요시노가 본 사람이 역시 다카야스였을까요?"

노무라는 오쓰카의 질문에 바로 답하지 않고 술잔을 들이켰다. 자포자기해 술을 퍼마시는 사람 같았다.

"틀리진 않은 것 같아……. 말을 걸어서 확인까지 했다면 더는 할 말이 없었을 텐데. 아니, 적어도 요시노가 이해관계가 없는 제 삼자였더라면 일단 다카야스를 끌고 올 수는 있었어."

어묵 냄새가 밴 카운터 너머에서 주인이 무뚝뚝하게 새 술잔을 건넸다. 노무라는 기다렸다는 듯 입에 댔다. 네 잔째인가. 오쓰카는 걱정스럽게 바라봤으나 그렇다고 말릴 마음은 없었다. 취하는 것밖에는 부글거리는 분노를 잠재울 방법이 없기는 오쓰카도 마찬가지였다.

"옷도 마음에 안 들어. 수학여행에는 교복에 학교 모자를 썼어. 레인코트는 안 입었다고."

노무라는 접시 위의 감자를 젓가락으로 잘게 쪼개며 말했다.

"코트 정도는 돌돌 말아서 우다카 연락선에서 바다로 던지면 그만이에요. 모자는 주머니에 넣었다가 다카마쓰에 도착해 쓰면 되고요."

노무라는 대답하지 않고 감자를 계속 짓이겼다. 반죽이 되다시피 한 감자는 이제는 풀처럼 끈적했는데 계속 짓이겨댔다. 끝내 왼손가락으로 훑어 혀로 날름 핥았다. 그리고는 의아한 표정으로 오쓰카를 바라봤다.

"지금 뭐라고 했지? 코트는 버리면 된다고 했나?"

"네. 그랬죠. 교복을 입고 다니면 학생이라는 사실이 바로 알려지니까 집에서는 코트와 선글라스로 변장하고 나왔더라도 여행 중에 입으면 안 되는 코트를 들고 다닐 수는 없잖아요. 일단 버렸겠죠."

"그거 재밌네. 그렇다면 현재, 그는 코트가 없겠네."

"그렇겠죠."

"아주 재밌어. 내가 다카야스에게 이렇게 물어. 너, 검은 코트는 어디 뒀니? 여행 전에는 가지고 있었던 걸 다 알아. 그런데 지금은 없네. 자, 어디 뒀니? 대답해 봐라."

노무라는 오쓰카를 게슴츠레 바라보며 "어서?"라며 재촉했다.

"대답하지 못하겠네요." 오쓰카가 눈을 번뜩이며 말했다. "부장님, 이거 의외로 괜찮은 공격 방법이 될 수 있겠는데요?"

"말도 안 돼!" 노무라는 내뱉듯 말하고 술잔을 기울였다.

"다카야스가 그렇게 만만한 놈이야? 잘 들어, 오쓰카. 다카야스는 계획을 짜고 또 짰어. 수학여행 일정이 나오고 그것이 이쿠요의 포상 여행과 일정이 겹친다는 것을 안 날부터 녀석은 냉정하게 계획을 세웠어. 그런 다카야스가 똑같은 모양과 색깔의 평범한 코트를 두 벌 준비하지 않았을 것 같아? 네가 그놈의 꼬리를 잡으려고 코트를 어디 뒀냐고 묻는 순간 그놈의 덫에 걸리는 거야. 네, 여기 있어요, 라며 남겨놓은 옷을 보여주겠지. 그럼 끝이야. 우리 체면은 엉망이 되고."

"평범한 고교생이 그렇게까지 머리를 썼을까요? 부장님의 생각이 지나친 거 아닐까요?" 오쓰카는 불만을 토로했다.

"너도 언젠가 고등학생 아들을 두면 알 거야. 녀석들이 무슨 생각을 하는지 우리는 짐작도 못 해. 매일 신문에 실리는 기사를 봐. 녀석들이 한 짓에 간담이 서늘해져. 그런데 녀석들은 우리 생각을 다 읽고 있어. 현대는 그런 시대야. 오쓰카, 정신 차려!"

노무라는 오쓰카의 등을 툭 쳤다.

"주인장. 잔이 비었어. 장사에 더 집중해야지. 여기 술을 더 따라."

"따르라고 하면 따르겠는데."

"참 애교라고는 찾아볼 수가 없다니까. 주인장도 아들 때문에 속 좀 타지?"

"아니, 그게, 뜻밖에도 효자랍니다."

"흥. 그거 잘됐네."

노무라는 맘에 들지 않았는지 고개를 돌렸다.

"젊은이에도 여러 사람이 있어요. 좋은 예로, 보세요, 이 신문 투서란이요. 시골 할머니가 젊은이의 친절로 도움을 받았다는 내용이에요. 자, 읽어보세요."

"아니. 됐어. 나는 미담이나 선거 연설을 들으면 신물이 올라와. 죄다 그럴듯하기만 하지 내용이 너무 없어." 노무라는 술잔을 들어 마셨다.

참 모질게도 말하네. 오쓰카는 더는 상대하지 않고 주인이 내놓은 신문을 심드렁하니 봤다. '중의원 선거의 저변을 읽는다'라는 커다란 글자가 눈에 들어왔는데 관심은 없었다. 주인이 말한 '감탄할 만한 젊은이'라는 제목의 투서를 별다른 생각 없이 바라봤다. 두세 줄 읽었을 때 자기 눈을 의심했다. 신문이 뚫어져라 하고 자세히 들여다봤다.

"부장님!"

오쓰카는 게슴츠레한 눈을 든 노무라에게 투서란을 가리키고 격렬하게 두드리며 말했다.

"이것 좀 보세요!"

투서　감탄할 만한 젊은이　도쿠야마시 다케다 사다코(60)

지난달 25일 밤, 여러 해 만에 딸이 결혼해 사는 오사카를 방문하고 돌아오는 길이었습니다. 나는 '쓰쿠시 2호'에 타려고 오사카역으로 갔습니다. 역에는 여행객이 상당히 많았는데 딸이 침대칸 표를 사줘서 대합실에 앉아 느긋하게 개찰이 시작되기를 기다렸습니다.

그런데 내 옆에 서른 살 정도의 남자가 끼어들어 앉았습니다. 구겨진 옷에 눈매가 사나운 남자였습니다. 남자는 가끔 주위를 두리번거렸습니다. 여행자라고 보기에는 짐이 하나도 없었고 누군가를 기다리는 것 같지도 않았습니다.

도시에는 사소한 일에 트집을 잡아 위협하는 사람도 많다고 들어 영 불안해져 자리에서 일어났습니다. 딸이 선물을 잔뜩 사준 게 오히려 원망이 될 정도로 무거운 짐을 양손에 들고 비틀비틀 걷기 시작했습니다.

그런데 그 남자가 내 뒤를 따라왔습니다. 나는 얼른 도움을 요청하려다가 그게 오히려 트집이 될 듯해 마음을 고쳐먹고 필사적으로 빨리 걷기 시작했습니다. 그러자 남자가 달려와,

"할머니, 무겁지? 들어줄게."

라며 내 가방에 손을 댔습니다. 떨리는 목소리로 됐다고 거절했

지만,

"애써 친절을 베풀려는데, 얼른 줘."

라며 억지로 가방을 잡아당겼습니다. 그 바람에 짐이 여기저기 떨어져 흩어지고 말았습니다. 나는 너무 무서워 제대로 소리를 내지도 못했습니다. 그때 젊은 남자가 나와 남자 사이에 끼어들어 가만히 남자를 노려봤습니다. 남자는 쳇, 혀를 차고 슬금슬금 인파 속으로 사라졌습니다.

겨우 안도하고 수없이 인사하는 내게 그 젊은이는 말없이 짐을 주워줬습니다. 그리고 내가 '쓰쿠시 2호'를 탄다고 하니까 제일 무거운 짐을 들고 플랫폼까지 가져다주었습니다.

플랫폼에서 이름이라도 알려달라 했지만, 젊은이는 손을 저으며 대답해주지 않았습니다. 그리고 반대편 플랫폼에 들어온 열차를 탔습니다.

요즘 젊은이는 안 된다고들 하죠. 그 젊은이도 검은 코트에 선글라스라는 그냥 보기에는 칭찬할 만한 모습은 아니었으나 속내는 따뜻한 마음의 소유자였습니다. 나는 앞으로, 요즘 젊은이는 안 된다는 말을 절대 하지 않기로 했습니다. 그리고 옷과 외모만으로 젊은이를 비난하는 일은 없어야겠다고 생각했습니다.

짐을 주워줬을 때 어디 사는 누군지는 듣지 못했지만, 투서란을 빌려 감사의 말을 하고 싶어서 펜을 들었습니다.

취기가 단숨에 날아갔다. 노무라는 경찰서로 돌아와 낮에 산 열차 시각표를 떨리는 손으로 넘겼다. 산요 본선 하행 열차 '쓰쿠시 2호'는 오사카 23시 32분 출발. 발차 플랫폼은 1번. 바로 앞에는 문제의 '와시바 2호' 23시 29분 출발로 플랫폼은 2번이었다. 확인차 오사카역 안내도를 봤다. 동서로 늘어선 플랫폼 최남단 남쪽이 1번이고, 북쪽이 2번이다.

"됐어!"

노무라는 오쓰카의 가슴을 팡 쳤다.

"신문사에 전화해. 투서한 도쿠야마시에 사는 다케다 사다코 씨의 자세한 주소와 전화번호를 알아내. 가능하면 투서 원문도 가져오고."

오쓰카가 전화기를 들었다. 곧 노무라에게 손가락을 오므려 OK 사인을 건넸다.

"투서에 등장하는 수상한 남자가 요시노이고, 친절한 젊은이가 다카야스임은 틀림없어. 다케다 사다코가 얼굴을 알아보면 이거야말로 움직일 수 없는 증거가 되겠지."

노무라는 후 긴 한숨을 내쉬었다. 이제야 기분 좋은 취기가 온몸에 퍼지는 듯했다.

"아까 다카야스의 집에서 말이야. 요시노가 다카야스에게 달려들려고 할 때 다카야스의 표정이 살짝 흐려졌어. 나는 그저 다카야스가 폭력에는 약하구나, 라고만 생각했는데 그런 게 아니었어. 다카야스는 그때, 요시노가 오사카역에서 만난 양아치라는 사실을 깨달은 거야. 그래서 얼른 우리를 내쫓은 거고."

"그건 그렇고……." 오쓰카는 투서란을 가볍게 두드리며 말했다.

"친절이 원수가 된다는 말이 바로 이런 거네요. 다카야스는 그저 의협심을 잠깐 부렸을 뿐인데 그게 자기 목을 조르게 되었으니……."

어머니가 감쌌다.

야규 다카야스의 첫 번째 진술

10월 13일, 중독 증상이 어느 정도 나아져 퇴원한 날부터 계획을 세우기 시작했습니다. 25일 밤에 가메이 마사카즈가 누나 미사코를 찾아오리라는 사실은 의심할 여지가 없었습니다. 저와 어머니가 집을 비운다는 사실을 안 순간, 직감했습니다. 바로 그 순간, 누나도 분명 그를 부르기로 결심했을 겁니다. 퇴원하고 저는 한동안 집에 누워있었는데 그동안 누나가 보인 태도와 가메이와의 전화 통화를 듣고 확신은 점점 굳어졌습니다. 그래서, 그날 밤이야말로 가메이에게 뼈저린 교훈을 주자고 생각하고 준비를 시작했습니다.

저는 가메이 같은 남자가 싫습니다. 증오한다고 할 수도 있겠죠. 처음 누나에게 소개받았을 때는 다정하고 친절한 사람이라고 생각해 오히려 호의를 가졌습니다. 누나와 결혼할 수 있는 사람이라면 아주 환영했을 텐데 안타깝다고 생각했을 정도였습니다. 그런데 그의 다정함은 우유부단함을 감추려는 수단에 불과했습니다. 친절하게 보이는 행동은 그저 그 자리를 모면하려는 방편이었습니다. 그런 남자가 누나를 행복하게 해줄 리 없었습니다.

누나가 진지하게 사랑을 키워간 데 반해 가메이는 꽁무니를 빼기 시작했습니다. 그런 주제에 섹스만은 한없이 탐하는 발정난 남자였습니다. 자기는 착한 사람인데, 누나에게 억지로 끌려다니다 여기까지 왔으니까 자신에게는 책임이 없다……그렇게 생각하는 남자였습니다.

어떻게든 하지 않으면, 앞으로 누나가 너무 비참해질 것 같았습니다.

그렇다고 가메이를 죽이자고 생각한 적은 한 번도 없습니다. 그저 뼈저리게 깨닫게 해주자는 생각만 했을 뿐입니다. 따끔하게 혼내 반성하게 해서 누나에게서 손을 떼면 그걸로 충분했고 진지하게 누나와의 미래를 생각하면 더 좋겠다고 생각했습니다.

혼을 내줄 정도라면 굳이 25일 밤을 목표로 그런 복잡한 계획을 세우지 않아도 됐지 않았느냐고 생각하실 겁니다. 그러나 가메이처럼 소심하면서 뻔뻔하고, 기가 약한 듯 보여도 낯짝이 두꺼운 남자에게는 어지간히 충격적인 타격이 아니면 뼈저리게 반성하지 않으리라 생각했습니다.

그런 점에서 25일 밤은 어머니와 내가 집을 비운다는 사실을 알고 우리 집에서 제집인 양 지낼 게 틀림없었습니다. 누나와 둘이 부부 행세하며 희희낙락할 게 불 보듯 빤했죠. 바로 그때, 불시에 들이닥쳐 놀라게 하면 효과가 두세 배로 커지리라 생각했습니다.

25일 밤 제 시간별 행동은 거의 노무라 형사님이 지적한 대로

입니다. 말씀하신 대로 배에는 타지 않았습니다. 배 안에서의 알리바이는 엔메이 미유키와 충분히 협의해두었습니다. 승선하기전의 다툼도, 적당한 상대를 골라 소란을 피워 내 존재를 인식시키기 위한 것이었습니다. 마침 도요나카상고의 구리하라가 지나간 덕에 이용했습니다.

승선 때 검수원이 있었던 점은 의외였습니다. 작년 수학여행을 다녀온 3학년 선배에게 미리 상황을 물어봤었는데 그 선배는 검수원을 기억하지 못해 알려주지 않았습니다. 하지만 구리하라를 붙잡아둔 것이 오히려 다행이어서 인원수를 잘 모면했습니다.

배 안에서의 알리바이를 부탁한 것은 엔메이 미유키뿐입니다. 나이토와는 관계없습니다. 이런 거짓 증인은 적을수록 안전하다고 생각했기 때문입니다. 엔메이와 나이토가 나란히 배 안에서 나를 봤다고 증언하면 둘을 따로따로 추궁하겠죠. 그러면 거짓 증언 어디선가 모순이 드러나기 마련입니다. 혼자 거짓말하면 어떻게 얘기하든 혼자서만 논리를 맞추면 좀처럼 반증하기 어렵습니다.

반의 다른 친구들은 전혀 관계가 없습니다. 수학여행 첫날 밤은 모두 흥분해서 아무도 저를 신경 쓰지 않았습니다. 그 점은 선배의 말을 듣고 충분히 안심한 부분이라 걱정하지 않았습니다.

엔메이가 알리바이 공작을 받아들인 이유요? 그걸 설명하려면, 5월의 개교 50주년 축제부터 이야기해야 하겠죠.

노무라 부장 형사의 첫 번째 견해

야규 다카야스는 시작부터 가메이에 대한 살의를 부인했으나 받아들이기는 어렵다. 그저 가메이에게 경고하려 했을 뿐이라면 가짜 증인을 준비하면서까지 알리바이를 만들 필요가 있었을까. 다만 범행 후 사체 처리에 아무런 준비가 없었음은 피의자 주장을 소극적으로 뒷받침한다고 할 수 있을 것이다. 따라서 살의 유무는 앞으로의 진술을 검토해 판단해야 할 것이다.

야규 다카야스의 두 번째 진술

축제에는 아르키메데스 영어 연극을 올리기로 했습니다. 제가 아르키메데스를 맡았습니다. 유도를 배운 적 있어서 말랐어도 근육이 붙어 있어 알몸이 되어도 볼 만하다는 게 주연으로 선택된 이유입니다. 히에론 왕에는 얼굴이 귀족적이라 아라키 유키오. 나이토는 아르키메데스를 찔러 죽이는 악역 로마 병사를 맡았습니다. 작품에 맞게 연출은 영어를 잘하는 엔메이가 담당했죠.

저와 나이토, 아라키, 엔메이까지 넷은 전부터도 사이가 좋은 그룹이었는데 넷의 우정이 더 굳어진 결정적 계기는 이 아르키메데스 연극이었습니다. 나중에 시바모토 미유키가 들어오고 싶다고 했는데 그 경위는 나중에 말씀드리겠습니다.

극 전반부의 볼거리는, 말할 것도 없이, 제가 아르키메데스 원리를 발견하고 욕조에서 뛰어나와 거리를 활보하는 장면입니다. 각본에는 전라, 라고 되어 있었는데 설마 정말 그대로 할 줄은 몰랐습니다. 그런데 엔메이가 그건 꼭 해야 한다고 했습니다.

"비트루비우스의 말에 따르자면"

그녀는 도서실에서 원서를 가져와 말했습니다.

"'어쩔 줄 몰라 너무 기쁜 나머지 전라로' 거리를 달린 것이야말로, 플루타르코스가 말한 '미와 고귀를 갖춘 것에만 자기의 포부를 둔다'라는 아르키메데스의 진정한 모습을 표현할 수 있다고."

엔메이는 이렇게 말하며 결단코 양보하지 않았습니다.

사실 저는, 그녀가 좀 이상한 게 아닌가 생각했습니다. 남성의 나체는, 남성에게는 물론 여성에게도 그다지 보여줄 만한 게 못 되잖아요.

어쨌든 전라 장면은 조명으로 잘 처리하기로 합의했습니다.

엔메이가 왜 그렇게 주장했는지 연출 의도를 깨달은 순간은 후반부 볼거리인 아르키메데스가 로마 병정에게 살해당하는 장면의 연출을 봤을 때였습니다. 엔메이는 아르키메데스가 칼에 찔렸을 때 놀라거나 소리를 쳐선 안 된다고 했습니다. 진리를 추구

한다는 쾌락에 몰두하면, 다른 것은, 그것이 생명일지라도 다 망각해야 한다고 했죠.

엔메이는 그 점을 제게 이해시키려고 또 플루타르코스를 인용했습니다.

"'수학이 지닌 매력에 끌려 식음을 전폐한……최고의 쾌감에 열중'하다가 칼에 찔린 거야. 그러니까 최고로 행복한 순간에 죽은 거지."

그리고 아주 진지한 얼굴로 제게 말했습니다.

"알몸이 되는 것을 부끄러워하는 게 오히려 수치야. 아르키메데스의 발톱의 때만큼이라도 좀 이해해 봐."

엔메이의 이 발언이 도화선이 되어 우리는 아르키메데스를 놓고 이야기를 나눴습니다. 그런데 이 천재의 인품이나 성격은 거의 전해져 있지 않았습니다. 학문상의 업적을 수없이 남겼는데 그 개인은 태어난 해조차 확실하지 않았습니다. 몇 가지 일화만 전해지고 있는데 그것들은 후대 사람이 그의 위대함을 강조하려고 만들어낸 이야기에 불과했습니다. 그런 단편적인 전설로 그려진 아르키메데스의 모습은 엔메이의 말을 빌리자면 이렇습니다.

"그는 '매우 높은 기상과 깊은 마음, 풍부한 이론적 지식을 갖추고 있어서' '일반적으로 실용에 관한 모든 기술을 비천한 것으로 경시하고, 필요가 섞이지 않은 미와 고귀를 갖춘 것에만 자기의 포부를 두었다'라는 플루타르코스의 평가는 옳았다고 생각해."

실용과 세속적인 명성을 경시한 것만은 확실합니다. 마르켈루스가 시라쿠사를 포위했을 때 아르키메데스가 발명한 투석기와 청동 거울이 로마군을 엄청나게 괴롭혔는데 그는 그 전과를 직접 보려고 하지 않았습니다. 또 시라쿠사가 패해 로마군이 상륙해 약탈전이 벌어져 자기 생명이 위험해졌을 때도 태연하게 연구를 계속했습니다. 그에게는 조국의 승리나 패배보다 진리 탐구가 더 중요했던 것입니다.

"그 순수함이 너무 좋아."

엔메이의 말에 우리는 몸이 떨릴 정도로 감동하고 찬성했습니다.

"우리도 그래야 한다고 생각하면서 그러지 못할 때가 많아. 부끄러운 일이야. 예를 들어, 연합 적군이 한 짓에는 전혀 동조할 수 없지만, 적어도 그들은 한 가지 목표를 위해 모든 걸 걸었다는 점만은 우리보다 순수하다고 인정해야 해."

엔메이는 이런 말도 했습니다. 저희는 적군은커녕 2, 3년 전에 일어난 학원 분쟁에도 참여할 나이가 아니었습니다. 그러나 선배들이 내건 주장은 옳았고 분쟁을 통해 보여준 선배들의 행동은 순수했다고 높이 평가합니다. 오늘날의 우리 고교생은 그런 행동력을 잃었습니다. 권력에 압살당하고 말았다는 말도 핑계에 불과합니다.

"우리 주위에 참을 수 없는 게 많지 않아? 그것을 방관만 하는 것은 너무 비겁해. 한둘쯤이라도 우리가 할 수 있는 범위에서 참지 말고 싸워 이겨야 해."

우리 넷은 그러자고 약속했습니다. 우선 우리 주변의 부정을 벌하자고. 그를 위해서는 파렴치한 범죄가 아닌 한 수단과 방법을 가리지 말자고. 그리고 결속해 비밀을 지키기로 맹세했습니다. 또 우리가 그렇게 결심한 계기를 만들어준 아르키메데스의 이름을 따서 그룹 이름을 아르키메데스 모임이라고 부르기로 했습니다. 아르키메데스가 들었다면 정말 민폐라고 인상을 찌푸렸겠죠.

그리고 제일 처음 선택한 규탄 대상이 나이토의 할머니를 시름시름 앓다가 돌아가시게 한 시바모토 겐지로였습니다.

노무라 부장 형사의 두 번째 견해

나는, 요즘 흔히 얘기하는 아들과의 세대 차이로 고민하는 아버지 중 하나다. 아들이 무슨 생각을 하는지 전혀 짐작이 가질 않는다. 따라서 같은 나이대 피의자의 사고방식에도, 도통 따라갈 수가 없었다.

피의자는 무슨 말을 하고 싶어 그토록 오래 진술했을까. 나는 여러 번 중간에 제지하려다가 마음을 바꾸고 실컷 떠들게 했다.

그리고 어떻게든 이해하려 애썼다. 조사에 필요해서라기보다 그의 사고방식을 들으면 내 아들과 대화하는 데 도움이 되리라는 기대에 인내심을 갖고 경청했다. 그것은 정말 괴롭고 힘든 일이었다. 하지만 뭐, 더 참고 계속 이야기를 들어볼까……

야규 다카야스의 세 번째 진술

　시바모토 미유키의 임신은 시바모토와 노무라 형사님이 조사한 그대로입니다. 다만 핵심을 오해하고 있는 듯하니 그 점에 대해서만 말하겠습니다. 다 합법적으로 이루진 것이라 처음부터 숨길 생각은 전혀 없었습니다. 샅샅이 다 시바모토에게 알릴 생각이었습니다. 다만 너무 일찍 우리 속내를 드러내면 상대가 제대로 깨우치지 못할 테니까 일단은 숨기기로 했습니다.

　시바모토가 자기 이윤만을 좇아 이웃 주민의 건강한 생활을 짓밟은 짓은 용서할 수 없었습니다. 시바모토에게 주민의 힘이 법보다 우선한다는 사실을 어떤 방법으로든 알리기로 했습니다. 그게 모임의 결정이었습니다.

　수없이 검토를 되풀이했으나 이렇다 할 수단을 발견하지 못했습니다. 이윤을 유일한 가치로 여기는 시바모토에게 결정적인 타격을 주려면 축적한 그 이윤을 빼앗아 손해를 보게 해야겠죠. 가장 효과적인 방법은 탈세의 폭로라고 생각했습니다.

시바모토공무점이 급속히 성장한 배경에는 탈세 행위가 있었을 게 분명하다고 생각했습니다. 그 증거의 끄트머리라도 잡을 수 있다면, 합법적으로 그를 몰락시킬 그보다 좋은 방법은 없었습니다. 국가권력이 우리 대신 원수를 갚아주는 거니까요. 그러나 탈세 적발은 우리 고교생이 아무리 노력해도 불가능한 일이었습니다. 게다가 우리 목표는 시바모토 겐지로 개인입니다. 공무점 종업원들에게 해가 가는 일은 피해야 했습니다.

"그렇게 안일한 생각은 안 돼. 가령 공무점이 망해 종업원이 직장을 잃어도 그 잘못은 시바모토에게 있어. 탈세해 사복을 채운 사람은 시바모토라고. 종업원이 비난할 상대는 시바모토여야 해."

엔메이는 화를 내며 반론했으나 우리에게 문제의 탈세 적발 능력이 없었으므로 모든 것은 탁상공론에 불과했습니다.

"돈 다음으로 시바모토가 제일 소중하게 생각하는 게 뭐지?"

제가 그렇게 중얼거리자 엔메이가 바로 대답했습니다.

"그야 미유키지. 외동딸이라 아주 끔찍이 사랑해. 밖에서 가렴주구를 일삼는 자들은 꼭 가족은 맹목적으로 사랑하더라. 도요토미 히데요시와 히데노리가 그렇잖아? 또 밑에서 올라간 사람의 자식들은 늘 방탕하기 마련이잖아?"

"미유키는 성실해."

"가끔 예외는 있지. 맞다. 아이디어가 하나 있어."

시바모토가 아끼는 진주인 미유키를 망가뜨려 타격을 주자는 거였습니다. 방법이 있냐고 묻는 제게 엔메이가 생긋 웃으며 대답했습니다.

"여자를 망가뜨리자면 섹스로 범하는 거 외에 뭐가 있겠어? 시치미 좀 떼지 마라."

"범해? 그러니까 강간?"

"바보냐? 그럼 효과가 전혀 없지. 잘 들어. 만약 아라키가 미유키를 강간하면……."

"나는 싫어. 강간은 내 취향 아니야."

"그러니까 가정이라고. 취향을 따질 얘기가 아니야. 아라키는 그럼 취미로 아르키메데스 모임에 가입했어? 한심하네."

남자들은 당황했습니다. 엔메이의 주장이 너무나 지당해 반박할 수 없었습니다.

"아라키가 강간하면 미유키는 아라키를 증오할 거야. 시바모토는 난리를 치며 아라키를 고소할 테고. 그보다 일찌감치 수하의 양아치를 보내 반쯤 죽여놓을지도 모르지."

그래서는 얘기가 안 된다고 엔메이가 말했습니다. 미유키를 평화롭게 범해야 한다고 했죠.

"그리고 미유키는 꼭 임신해야 해. 시바모토가 알아차리고 따져 묻겠지? 하지만 미유키는 상대 이름을 밝히지 않아. 좋은 분위기에서 관계한 상대니까 굳게 입을 다물고 밝히지 않는 거지. 나도 여자라 알아. 여자는 연인이 말하지 말라면 부모라고 해도 절대 밝히지 않아. 하물며 연인이 그것 때문에 다칠 수도 있다면 죽어도 말하지 않을 거야."

최근에는 고교생의 임신이 그리 충격적인 일은 아닙니다. 그러나 그런 일이 가장 사랑하는 내 딸에게 생긴다면 시바모토가 상당한 충격을 받으리라는 것은, 충분히 상상할 수 있었습니다. 상대를 모르는 만큼 시바모토는 풀 길 없는 분노에 어쩔 줄 모르겠죠.

"바로 그게 목적이야. 풀 상대가 없는 분노만큼 몸과 마음을 상하게 하는 게 없거든. 나이토가 좋은 예잖아."

엔메이의 말입니다. 나이토는 햇빛을 빼앗겨 간접적이라고는 해도 그 일로 할머니를 잃었습니다. 하지만 법에 호소해 분을 풀 상대가 없었습니다.

"그와 똑같은 고통을 시바모토에게 주지 않으면, 아르키메데스 모임의 취지가 무색하지."

엔메이는 이렇게 결론을 내렸습니다. 우리도 자연스럽게 찬성하는 형태가 되고 말았습니다.

"그래서, 누가 미유키를……?"

"당연히 야규지. 미유키는 야규를 좋아해."

저는 솔직히 너무 놀라 아연했습니다.

"미유키가 나를? 농담이지?"

"어머, 몰랐어? 둔하네. 너는 네 그걸 미유키에게 보여줬잖아?"

"보여줘? 그 연극 말이야? 보여준 게 아니지, 우연히 보이고 만 거지."

엔메이는 부정하듯 설핏 웃었습니다.

"어차피 마찬가지야. 어쨌든 보여준 건 사실이니까. 그래서 미유키가 야규를 좋아하게 됐고."

"그런 엉터리 논리가 어디 있나?"

"어째서 남자애들은 왜 이리 뭘 모를까? 잘 들어. 남성의 그것은 토악질이 나올 정도로 추악해. 내가 야규의 그것을 봤다면 그 뒤로는 야규의 얼굴을 보거나 목소리만 들어도 그 추악한 것이 떠올라 소름이 끼쳤을 거야. 바지를 입어 안 보이니까 그나마 어울리는 거지."

"참, 말 심하게 한다."

"소녀란 원래 그렇게 순수하고 순결해."

엔메이는 전혀 순수하지도 순결하지도 않은 말투로 이야기를 계속했습니다.

"그래야 하는데 말이야. 미유키가 그 후 야규에게 더 다정하게 말을 건다는 건, 그 추악함을 견딘다, 즉 그 추악함을 능가하는 감정을 품고 있다는 소리지. 그러니까 좋아한다고, 알았어?"

제가 완전히 넋이 나간 얼굴을 하고 있었나 봅니다. 엔메이는 알아들었는지 아닌지 도통 알 수 없는 표정을 짓고 있다며 깔깔 대고 웃었습니다.

"따라서 야규가 평화롭게 범해야 해."

엔메이는 선언하듯 말했습니다. 저는 반사적으로 고개를 끄덕였습니다.

"나는 반대야. 그 일은 내 역할이야!"

그때 나이토가 아주 중대한 발언을 하려는 듯 결의를 담은 목소리를 냈습니다.

나이토 기쿠오의 첫 번째 진술

시바모토 미유키를 임신시킨 사람은 말씀하신 대로 접니다. 그러나 강간하지 않았습니다.

엔메이가 미유키를 범하자고 제안했을 때 저는 반대였습니다. 저는 전부터 미유키를 좋아했습니다. 아닙니다. 그 마음을 미유키는 물론 누구에게도 말한 적 없습니다. 그래서 미유키가 저를 어떻게 생각하는지도 모릅니다. 아마도 아무 생각 없었겠죠.

짝사랑이라 해도 미유키는 제 연인입니다. 연인이 다른 사람에게 당한다는 데 찬성할 수 없죠. 그러나 완전히 엔메이가 주도권을 쥔 상황에서 반대할 수 없었습니다. 잘못 말했다가는 제 짝사랑이 밝혀져 그야말로 호되게 놀림을 당할 게 분명했습니다. 속으로 울분을 참으며 상황을 지켜봤습니다.

그러다 문득 생각해냈습니다. 고민할 필요 없다, 내가 미유키를 평화롭게 범하면 되는 일이다. 정말 멋진 아이디어다. 속으로 손뼉을 쳤습니다. 좋아한다는 것은, 다른 말로 하면 안고 싶다는 말이잖아요. 미유키를 안음으로써 나는 짝사랑을 이루고 시바모토는 괴롭힐 수 있다니, 일거양득 아닌가······.

그런데 엔메이는 야규를 지명하고 야규도 그러려고 했습니다. 저는 급히 선언했습니다. 그것은 내 역할이라고.

엔메이는 이상한 말이라도 들은 듯한 표정으로 저를 봤습니다.

"너는 안 돼."

쌀쌀맞은 대답이었습니다.

"안 될 것도 없어. 나도 할 수 있어."

"생리학적으로는 그렇겠지. 하지만 심리학적으로는, 그러니까 평화롭게 되질 않아."

"아니, 미유키는 할머니가 돌아가셨을 때 울어줬어. 그리고 내게 미안하다고 여러 번 사과했고."

"동정이겠지. 하지만 동정심만으로는 등을 쓸어주는 게 다야. 배까지 만져주진 않아."

엔메이는 좋은 사람이지만 언제나 말에 가시가 있습니다. 그녀에겐 낭만이라는 게 없어요.

그래도 결국은 야규 대신 제가 노력해 목표를 달성하기로 했습니다. 엔메이는 불만이었으나 야규가 내 마음을 알아차리고 포기했죠.

다음 날부터 저는 열심히 접근했습니다. 그러나 좋아한다는 말조차 제대로 못 하는 제가 섹스를 하자는 말은 도저히 할 수 없었죠. 구실을 대 미유키 근처를 어슬렁대며 공회전할 뿐 상황은 조금도 나아지지 않았습니다.

"나이토에게는 짐이 너무 무거워. 이대로 그냥 두고만 볼 수는 없어."

엔메이는 야규와의 교체를 주장했습니다. 저는 너무 절박한 나머지 미유키에게 모든 것을 털어놓았습니다.

미유키는 창백한 얼굴로 제 얘기를 다 들은 뒤 감사는커녕 비난하는 말투로 말했습니다.

"그럼 나이토는 아르키메데스 모임을 배신한 거네?"

"나는 상관없어. 네가 그런 일이 당하는 게……."

저는 그렇게 미유키에 대한 사랑을 고백할 작정이었는데 그녀는 제 말을 건성으로 흘리고 엉뚱한 곳을 보며 생각에 잠겼습니다. 화를 낼까 아니면 슬퍼할까. 저는 흠칫흠칫 몸을 떨며 기다렸습니다.

"좋아." 얼마 후 생긋 웃으며 이렇게 말했습니다.

"뭐가 좋아?" 순간 너무 놀라 저는 한심한 질문을 하고 말았습니다.

"그야 섹스해도 된다는 거지."

"……"

"나도 아르키메데스 모임의 취지에 찬성해. 첫 번째 규탄 대상이 아버지인 것도 인정해. 아버지는 그런 일을 당해도 싸. 경제적 동물인 아버지를 용서할 수 없어. 그 짐승 같은 짓을. 정상적인 경제 활동이자 미덕이라고 믿어 의심치 않는 정신 구조를 깨부술 필요가 있어. 그걸 위해서라면 나도 협력할게."

이상한 논리라는 생각이 들었으나 그냥 섹스하게 해준다니 저로서는 바라는 바였습니다. 저도 모르게 얼굴 긴장을 푸는 제게 미유키가 단호하게 말했습니다.

"하지만 조건이 있어. 나를 아르키메데스 모임에 넣어줄 것. 그리고 섹스 상대는 야규야. 나이토는 실격. 이유는 나이토는 배신자니까."

노무라 부장 형사의 세 번째 견해

과거 학원 분쟁이 한창일 때 학교를 점거 농성한 대학생과 고교생 사이에서 난교가 이루어지고 있다는 풍문이 있었다. 그 난교가 그들의 사기를 높이는 원천이라는 소문도 돌았다. 나는 설마 그럴 리 없다고 생각했다. 젊은 남녀가 긴박한 분위기 속에서 며칠씩 밤낮을 함께 하면 동지애가 섹스로 이어지는 일은 당연하다. 그러나 그것은 어디까지나 일 대 일의 관계라고 생각했다. 난교라는 퇴폐적인 행위와 혁신을 부르짖는 그들의 언동이 도무지 들어맞지 않았기 때문이다.

그러나 생각해 보면 난교를 퇴폐적으로 보는 관점은 섹스를 신성하고 특별한 행위로 생각하기에 성립한다. 섹스를 그저 본능에 충실한 일상적 행위로 본다면 난교로의 이행은 지극히 자연스러운 과정이다. 그것을 퇴폐니, 부도덕이라는 이름으로 비난하는 것은, 그들의 말을 빌리면 난센스가 아닐 수 없다.

세상은 젊은이들의 성도덕이 무너졌다고 한탄한다. 그러나 그것은 생각의 차이일 수도 있겠다. 성도덕이 문란해진 게 아니라 젊은이들은 성에 도덕의 옷을 입히는 것이 오히려 난센스라고 느끼는 게 아닐까. 그렇게 해석하지 않으면 미유키를 비롯한 아르키메데스 모임 사람들의, 이 기묘한 규탄 방법을 이해할 길이 없다.

내게는, 내 자식들이, 다른 생물처럼 여겨지기 시작했다.

야규 다카야스의 네 번째 진술

　저는 미유키와 섹스해야 하는 상황에 빠지고 말았습니다. 굳이 말하자면 저는 섹스에 관해서는 고루한 생각을 지닌 사람이라―형사님은 웃으실지 모르지만, 엔메이가 그렇게 말했습니다― 그렇게 좋아하지도 않는 미유키와 섹스해야 하는 게 영 내키지 않았습니다.

　"왜 우물쭈물하는데? 설마 아직 경험이 없는 건 아니지?"

　엔메이는 다그쳤습니다. 부끄럽게도 저는 아직 경험이 없었습니다. 그러나 여자의 지적을 받자 남자로서 솔직히 대답할 수 없었습니다. 그렇다고 애정 없는 섹스는 할 수 없다고 하면 골동품 같은 남자라고 놀릴 게 틀림없었습니다.

　미유키는 저를 좋아해서―미유키가 말한 게 아니라 엔메이가 그렇게 말했다는 것은 이미 말씀드렸지만― 저와의 섹스에 적극적이었습니다. 그렇다고 바로 호텔이나 가자고 저급하게 나갈 수는 없었습니다. 나름대로 분위기라는 게 필요했습니다.

　"여름방학에 비와코에 가. 그때 기회를 만들자."

미유키가 말했습니다. 비와코에는 형사님도 이미 조사하신 대로 여학생 넷이 가는 거지만, 엔메이도 참여하니까 계획 짜기는 쉬웠습니다.

8월 2일, 저는 나이토를 오토바이 뒤에 태우고 비와코로 가, 미리 의논한 대로 미유키에게 신호를 보냈습니다. 미유키는 다른 셋을 자연스럽게 밖으로 내보내고 민박에 남았습니다. 나와 나이토는 아래층 노파 몰래 숨어 들어갔습니다.

미유키는 잔뜩 긴장한 표정이었습니다. 창백했고 부들부들 떤다고 해도 과언이 아니었습니다. 그리고 나이토가 함께 있는 것을 보고는 눈살 찌푸렸습니다.

"야, 콜라라도 가져와."

저는 미유키가 입을 열기 전에 나이토를 복도 냉장고로 쫓아내고 미유키에게 속삭였습니다.

"어쩔 수 없어. 하지만 바로 가게 할게."

"빨리 해. 분위기 다 깨지잖아."

"알았어. 나이토도 그렇게 둔하지 않아."

나이토가 콜라 세 병을 가져와 미유키 앞에 한 병을 내려놓았습니다.

"저 병따개 엉터리야. 뚜껑 따느라 오래 걸렸어."

쓸데없는 말이었습니다.

나이토 기쿠오의 두 번째 진술

콜라 뚜껑을 따느라 시간이 걸린 게 아니었습니다. 강력한 수면제를 넣었습니다. 야규와 미리 상의했습니다. 물론 미유키 앞에 놓은 콜라병에 넣었죠.

셋이서 이야기를 시작했습니다. 약효가 돌 때까지 시간을 벌려는 게 목적이라 평범한 화제를 골랐습니다. 친구 소문, 시험 이야기, 3학년이 되면 대학 수험생이니 정신없이 공부에 매달려야 한다는 이야기들이었습니다.

처음에는 미유키가 영 대화에 끼질 않고 짜증을 냈습니다. 대놓고 저를 훼방꾼으로 여겼는데 그래도 여자가 대놓고 말할 수는 없다고 생각했는지 말로 표현하지는 않았습니다. 그 짜증을 아는 만큼 제 질투심은 한껏 부풀었습니다. 그렇게 야규와 섹스하고 싶냐, 흥, 아직 멀었다. 야! 이렇게 속으로 독설을 퍼부으며 아무렇지도 않은 얼굴로 대학 합격률 같은 소리를 하고 있자니 반쯤은 사디스트, 또 반쯤은 마조히스트 같은 쾌감을 느꼈습니다.

30분쯤 지나자 미유키는 살살 하품하기 시작했습니다. 저는 자연스럽게 일어나 창으로 호수를 바라보며 귀를 쫑긋 세웠습니다.

"나이토가 돌아갈 것 같지 않아. 오늘은 포기하자."

속삭이는 야규의 목소리가 들렸습니다.

"그러네. 어쩔 수 없지⋯⋯. 그리고 피곤했었나 봐. 나⋯⋯왠지, 졸려⋯⋯."

미유키도 바로 받아들이고 대답했습니다. 졸음이 초조한 마음을 이겼겠죠.

야규와 저는 발소리를 죽여 계단을 내려왔습니다. 마침 노파는 계속 낮잠을 자고 있었습니다.

우리는 온몸을 근질이는 흥분에 휩싸여 옷을 벗어 던지고 호수에 뛰어들었습니다.

저도, 야규도, 사실은 섹스해본 적 없습니다. 경험해보지 못한 만큼 상상은 자유분방했죠. 정신없이 잠든 미유키를 전라로 만들고, 이렇게 하자, 저렇게 하자고 망상을 부풀리다가 저는 폭발 직전의 상태가 되었습니다. 야규도 마찬가지였겠죠.

"어이. 괜한 데 쏘지 마라."

그런 말을 하며 씁쓸하게 웃고 말았습니다. 그리고 이제 괜찮겠지, 하며 턱짓해 신호했습니다.

"정말 괜찮아? 후회 없겠어?" 저는 다시 확인했습니다.

"안 해. 나는 이 거대한 비와코에 내 성스러운 정자를 뿌릴게."

야규는 그렇게 대답했으나 그것이 진심에서 나온 대답이 아님은 울상이 된 듯한, 억지로 웃는 듯한 기묘한 표정을 보고 알았습니다.

"그럼⋯⋯."

저는 호숫가로 나와 전속력으로 달렸습니다. 야규의 마음이 변하기 전에, 그리고 내가 폭발하기 전에.

다시 민박에 숨어 들어갔습니다.

미유키는 이불 위에 아무렇게나 사지를 뻗고 연두색 타올 담요를 덮고 잠들어 있었습니다. 살짝 열린 입에서 옅은 숨소리가 새어 나왔습니다.

타올 담요를 젖히자 달콤한 향기가 피어올랐습니다. 네글리제라는 게 그토록 아프게 눈을 찌를 줄은 몰랐습니다. 말라리아에라도 걸린 듯 온몸이 덜덜 떨리고 있음을 알 수 있었습니다. 네글리제를 걷어 올리자 왠지 어릴 때 맡은 엄마의 체취가 떠올랐습니다. 엄마의 가슴에 입을 댔을 때의, 신선한 모유의 향에 감싸인 듯한 착각에 사로잡혔습니다.

아담하고 동그란 엉덩이가 의외로 방해가 되었습니다. 은근히 무거워 힘을 주자 미유키는 신음하며 몸을 뒤척였습니다. 너무 놀라 손을 빼던 통에 속옷이 쓱 벗겨졌습니다. 순간 저는, 봐선 안 될 것을 응시하고 말았습니다. 그런 주제에 여자의 엉덩이는 참 차갑네, 라는 엉뚱한 감상이 머릿속을 스쳤습니다.

미유키의 다리를 벌렸습니다. 하지만 거기까지였습니다. 저는 온갖 생각을 하며 제 사타구니를 움켜쥐고 몸을 부르르 떨었습니다. 쓸데없이 흘러나온 정자가 제 아랫도리를 더럽혔습니다.

큰일 났다. 그렇게 생각하면서도 이걸로 됐다 싶었습니다. 엔메이가 임무를 수행하지 못했다고 질책할 수도 있겠으나 변명도 가능했습니다. 임무를 수행했다고 반드시 임신한다는 보장은 없으니까요.

저는 미유키를 더럽히지 않게 되어 다행이라고 자신을 다독이며 속옷을 다시 입히려고 손을 댔습니다. 그때 미유키가 말했습니다.

"아, 아르키메데스!"

잠꼬대였습니다. 그러나 그 말을 듣는 순간 저는 격렬한 질투심에 제정신을 잃었습니다. 그녀가 꿈속에서 야규를 받아들이고 있다……고 생각한 순간, 저는 미유키를 마구 더럽혀야겠다고 결심했습니다. 그러지 않으면 제가 너무 비참할 것 같았습니다.

그렇게 결심하자 제가 생각해도 이상할 정도로 차분해졌습니다. 미유키의 분홍색의 작은 가슴을 천천히 감상하며 저는 발가벗었습니다. 그리고 조용히 하나가 되었습니다.

"안 돼……."

미유키가 속삭였습니다. 깜짝 놀라 움직임을 멈췄습니다.

"틀림없이 돌아올 줄 알았어. 하지만 심하게 하면 안 돼."

미유키는 그렇게 말하고 타올 담요로 얼굴을 덮었습니다. 커튼을 닫았다고 해도 한낮이었습니다. 부끄러웠겠죠. 그러나 그것은 제게는 정말 행운이었습니다. 저를 야규라고 착각하고 확인하려 하지 않았으니까요.

저는 말없이 **평화롭게** 다시 움직이기 시작했습니다.

그녀는 마지막까지 타올 담요를 얼굴에서 내리지 않았습니다. 그러니까 그녀는 마지막까지 야규로 착각했을지 모릅니다. 이후 학기가 시작될 때까지 저도 야규도 미유키를 만나지 않았습니다. 9월이 되어 등교를 시작했으나 미유키는 병이라며 바로 결석해서 끝내 그녀의 입으로 들은 얘기는 없었습니다.

노무라 부장 형사의 네 번째 견해

형법 제177조 폭행 또는 협박으로 13세 이상의 부녀자를 간음한 자…….

형법 제178조 사람의 심신 상실이나 항거 불능 상태를 이용하거나 심신 상실이나 항거 불능 상태를 만들어 외설 행위 또는 간음한 자…….

유능한 변호사라면 나이토를 다음 조항으로 빼낼까.

형법 제180조 앞의 4조(강간, 강제 외설 등)의 죄는 고발을 기다려 처벌한다(친고죄).

2인 이상 현장에 있었고 공동으로 범죄를 저질렀을 때는 전 항의 규정을 적용하지 않는다.

미유키에게 고소 의사가 없었음은 분명하고, 그렇다면 이 경우를 이른바 윤간이라 부를 수 있을까.

야규 다카야스의 다섯 번째 진술

미유키가 상대를 저라고 착각했는지, 나이토인지 알았는지는 저도 모릅니다. 그녀에게 직접 듣지 못했습니다. 그러나 나이토 말로는 적어도 십여 분간 함께, 그것도 몸을 밀착시키고 있었다니까 알았을 것 같습니다. 수면제가 얼마나 강력한지는 모르겠으나 적어도 행위 후반, 그러니까 타올 담요를 얼굴에 덮었을 때부터는 미유키도 나이토라고 알아차리지 않았을까요?

만약 미유키도 저인지, 나이토인지 확실치 않았다면 나중에 확인했겠죠. 자신이 누구와 섹스했는지, 누구 아이를 가졌는지 모호하게 놔두는 여자는 없다고 생각합니다.

저라고 생각했든, 나이토임을 알았든, 미유키가 그 상황을 받아들인 것만은 확실합니다. 저라고 생각했다면 저랑 섹스하고 싶어서 했겠죠. 중간에 알았더라도 멈추게 할 수 있었을까요? 그거야말로 미유키에게 비참한 일 아닐까요? 마지막까지 모른 척하는 게 그녀에게도 나이토에게도 제일 좋은 방법이라 생각하지 않았을까요? 처음부터 나이토임을 알았다면 아버지의 속죄로 여기고 받아들였을 수도 있고요. 아니면 나이토의 '애정'에 마음이 끌렸을지도요.

그 증거로, 저녁때 나머지 셋이 돌아오자 미유키는 자리에서 일어나 크게 하품하고 기분 좋다고 했으니까요. 만약 노무라 형사님 말씀처럼 강간이나 윤간이었다면 전혀 다른 태도를 보였어야죠.

그러니까 이는 아주 단순한 섹스 행위였어요. 피해자 가해자 운운하는 것은 이상합니다. 굳이 말하자면 피해자는 접니다. 미유키에게 손가락 하나 안 댔는데 시바모토와 형사님에게 의심받았으니까요.

문제는 다른 데서 생겼습니다. 나이토가 자책하기 시작한 거죠. 공정한 섹스가 아니라며 자신을 몰아세우니 정말 어처구니없었죠.

저 대신 미유키와 섹스하고 싶다고 계획을 짠 게 바로 나이토 본인이거든요. 처음부터 공정하지 않았단 말입니다. 그렇지만 결과적으로 셋 다 받아들였으니까 나이토는 그렇게 끙끙 앓을 필요가 없었습니다. 그보다는 시바모토에게 타격을 준다는 소기의 목적을 충분히 달성했으므로 쾌재를 불러야 했죠. 다음은 미유키가 적당한 때 중절하면 아무도 상처 입지 않고 끝나는 일이었습니다. 물론 이런저런 소문은 남겠죠. 그러나 시바모토 부부가 '사실'을 필사적으로 은폐할 테니까 언젠가는 사람들 기억에서 사라지겠죠. 시바모토에게 그런 끊임없는 노력을 시키는 것도 복수 계획의 일부로 계산되어 있던 것이었으니까요.

그런데 미즈키가 죽어 버린 겁니다. 나이토 잘못은 아니었으나 그가 받은 충격은 아주 컸습니다. 고백하겠다는 말을 꺼낼 정도로요.

"도대체 나이토는 누구에게 고백하고 누구로부터 벌을 받고 누구에게 용서를 구할 건데?"

엔메이는 도무지 이해할 수 없다는 듯 물었습니다. 나이토는 고개를 저었습니다. 어쨌든 고백해야 한다, 모른체하고 있을 수 없다며.

"그럼 땅에 구덩이를 파고 그 구덩이에 대고 소리쳐. 임금님 귀는 당나귀 귀라고."

엔메이가 다그치자 나이토는 입을 다물어 버렸습니다. 그러나 우리는 안심할 수 없었습니다. 아르키메데스의 첫 번째 활동이 나이토의 값싼 감상 탓에 좌절될 수는 없었으니까요. 그래서 그에게 경고하기로 했습니다. 농약을 넣은 도시락이 그것이고 그 경과는 형사님이 추측하신 대롭니다.

그런 도시락을 잘도 먹었다 싶어 저도 놀랐습니다. 다시는 그런 거 먹고 싶지 않습니다.

나이토 기쿠오의 세 번째 진술

농약 도시락이라는 경고, 그렇게 비판받으니 무섭다기보다 부끄러웠습니다. 제가 한심하게 약한 모습을 드러내는 것은 미유키의 뜻을 그르치는 일임을 깨달았습니다. 오히려 미유키가 나서서 내게 안겼다고 미유키를 성토하는 것이, 시바모토에게 더 큰 고통을 줄 테니, 이것이야말로 나아가 미유키의 공양이 되리라 마음을 고쳐먹었습니다.

형사님은 지독한 짓이라고 하시지만, 그건, 그 상황만 놓고 생각하기 때문입니다. 가령 지독한 짓이라 할지라도, 합법적인 수단을 총동원해 시바모토에게 복수하는 게 우리의 목적이었으므로 제가 사정을 헤아릴 필요는 없다고 생각합니다. 미유키가 시바모토에게 아무 말 안 하고 죽은 것도 같은 이유일 겁니다.

제가 입을 다물어 아르키메데스 모임의 첫 번째 목표는 달성되었습니다. 동시에 제 결의도 굳어졌습니다. 두 번째 목표인 가메이 규탄에 전력을 기울이자 맹세했습니다. 미유키가 무사히 중절을 마치고 아르키메데스 모임에 참여했다면 그녀도 틀림없이 그랬으리라 생각했기 때문입니다.

엔메이 미유키의 진술

배 안에서 너랑 같이 있었다고 해줬으면 좋겠다고 야규가 부탁했을 때 왜 그래야 하냐고 반문했습니다. 야규가 그 알리바이를 어떻게 이용하려 하는지 설명을 듣고는 조금도 걱정하지 않았습니다. '모든 것을 합법적으로'라는 아르키메데스 모임의 규칙을 그가 깰 리 없으니까요.

알리바이 증인으로 여자를 선택한 것도, 야규다웠습니다. 커플이라면 다른 목격자가 없더라도 부자연스럽지 않으니까요. 둘이 은밀하게 있었다고 주장해도 이상할 게 없죠. 그런데 남자, 일테면 나이토라면 그럴 수 없습니다. 남자 둘이 아무도 없는 곳에 숨어 있었다면 믿어주기는커녕 이상하게 여길 겁니다.

저는 약속을 지켜 승선하자마자 위쪽 갑판의 사람들이 잘 보지 않는 곳에 숨어 있었습니다. 그런 곳에서 밤새 숨어 있는 일은 힘들었습니다. 바람이 생각보다 차가워 상당한 인내가 필요했죠. 게다가 수학여행 첫날 밤인데 아무와도 수다를 떨 수 없는 게 제일 힘들었습니다.

나이토와 아라키에게도 알리바이 공작은 알리지 않았습니다. 그러는 편이 그들이 자유롭게, 더 자연스럽게 행동할 수 있을 것 같았기 때문입니다. 만약 나나 야규에게 긴요한 용건이 있으면 나이토나 아라키가 우리를 찾으러 올 테니 그때 모든 걸 밝히고 협력을 요청하면 될 것 같았습니다.

말은 그렇게 했지만, 다카마쓰 항구에서 야규를 볼 때까지 정말 제정신이 아니었습니다. 야규가 화장실에서 태평한 얼굴로 나타났을 때는 절로 한숨이 나왔습니다. 이제 아무도 야규가 승선했는지 아닌지 모르고 지나가겠다는 생각이 들어서요. 그게 문제가 되었을 때 나 혼자만의 증언으로 어떻게든 될 테니까요.

야규가 가메이 살해 혐의를 받고 있다는 얘기를 들었을 때 놀라지 않았다고 하면 거짓말이겠죠. 그러나 믿을 수 없었습니다. 야규가 그런 실수를 저지를 줄이야…….

"정말…… 죽였어?"

따졌습니다. 그렇다면 용서할 수 없었습니다. 살인범을 도왔다니 참을 수 없었습니다.

노무라 부장 형사의 다섯 번째 견해

나이토와 엔메이 둘의 주장은 요컨대 범행 의사의 부정인가? 야규가 범죄를 저지르리라 생각하지 않았다, 사정을 알고 가담하지 않았다. 시종일관 이 주장만을 되풀이하고 있다. 일단 그 주장을 인정하더라도 그렇다면 엔메이는 왜 가메이의 시신이 발견된 후에도 가짜 알리바이를 주장했을까. 야규 집의 거실에서 자기가 야규와 같이 있었다고 말할 때의 가증스러운 태도를 잊을 수 없다.

"그때는 상황이 그랬어요. 야규가 죽었다고 결정되지도 않았고, 게다가 제게는 형사님 수사에 협력할 의무가 전혀 없잖아요."

엔메이는 내 추궁을, 말짱한 얼굴로 피해 갔다.

다케다 사다코의 진술

야마구치현 도쿠야마경찰서에서

신문에 실린 제 투서 내용에 거짓은 없습니다. 그리고 조금 전 형사님이 보여준 사진 속 학생은 분명 25일 밤, 제게 친절을 베푼 사람이 틀림없습니다. 신문사만이 아니라 경찰까지 나서서 제 은인을 찾아주셔서 감사합니다. 만나서 고맙다는 인사를 건네고 싶은 마음은 태산 같은데 무엇보다 이런 나이라, 오사카까지 나가기도 어렵고……. 부디 야규 학생에게 고맙다고 전해주세요.

야규 다카야스의 여섯 번째 진술

집 앞에 도착한 시각은 오후 9시 20분이었습니다.

벤텐 부두를 떠난 후부터 저는 틈만 나면 시계를 봤습니다. 오사카역 23시 29분 출발 와시바 2호를 타지 못하면 다카마쓰에서 수학여행 일행과 합류하지 못해 모든 계획이 물거품이 될 테니까 늘 시간을 신경 썼습니다.

모든 걸 샅샅이 아는 우리 집이고 출발 전에 내 방 창문을 열어둔 터라 숨어 들어가는 것은 일도 아니었습니다. 귀를 기울일 필요도 없이 거실에 사람이 있었습니다. 예상대로 누나와 가메이라는 것, 그리고 어떤 상태인지도 바로 알았습니다. 어떻게 알았냐고 물으셔도 정확하게 대답하지는 못합니다. 은밀하고 비밀스럽게 꿈틀대는 공기로 알았다고 할 수밖에요. 요행이었습니다. 자신들만의 세계에 빠진 둘에게는 제 발걸음 소리는 들리지 않겠죠.

저는 발소리를 죽이고 재빨리 다락으로 올라갔습니다. 바닥은 튼튼해서 살금살금 걸으면 아래층에서 알아차릴 일은 거의 없습니다. 주머니에 준비해둔 손전등을 꺼내 서까래 밑의 통풍용 창문에 불빛을 비췄습니다. 빛이 약해 거리를 다니는 사람은 전혀 알아차리지 못했을 겁니다. 알아차렸다면 빛이 없을 통풍구가 밝은 것을 그냥 보고 지나치지 않을 테니까요. 그 약한 불빛이 신호였습니다.

신호의 불빛을 보면 9시 40분에 현관문을 두드리라고 다나카 노부히로에게 말해두었습니다. 맞습니다. 도시락 경매를 담당하는 다나카요. 그는 수학여행에 안 갔거든요.

"문을 두드리면 누나가 나올 테니까 3분이든 5분이든 누나를 붙잡고 있어. 그거면 돼."

그렇게 말하고 천 엔을 줬습니다.

"네게 피해주는 일은 없어. 그냥 누나가 집에 있는지만 알면 돼."

다나카는 바로 승낙했습니다. 좋은 아르바이트라면 이러쿵저러쿵 캐묻는 남자가 아니었습니다. 그래서 그를 선택했죠.

느닷없이 손님이 찾아오면 누나는 가메이를 숨기려 하겠죠. 현관에서 그냥 보낼 수 있는 손님인지, 아니면 집에 들여야 하는 손님인지 모르니까요. 그런 상황에 숨길 장소는 다락밖에 없습니다. 가메이가 캄캄한 어둠 속에서 더듬더듬 다락으로 올라오면 상황 종료입니다. 갑자기 두세 방 정도 먹이고 상황에 따라서는 묶어서 큰 궤에 넣을 생각이었습니다. 그리고 저는 공부방에 숨었다가 누나가 가메이를 찾아 다락으로 올라가면 집을 나설 계획이었습니다. 가메이는 충분히 깨닫겠죠. 감금당했다고 가메이가 요란을 부리지도 않을 겁니다. 스스로 수치를 드러내는 일이니까요. 게다가 어둠 속에서 불의의 습격을 당한 것이니 상대가 저라는 사실을 확실히 알 수도 없고요. 만약 아무래도 그런 듯하다고 주장해도 누나는 믿지 않을 겁니다. 저는 분명 '배 위에 있을' 시간이니까요. 어쨌든 둘 사이에 불신감이 퍼진다면 저로서는 목적의 반은 달성한 셈이었습니다.

아뇨. 전에도 말했듯 죽이려는 생각은 눈곱만치도 없었습니다. 혼을 내서 누나에게 떨어지게 하려는 것뿐이었으니까요.

다락에 숨어 채 2분도 안 되었는데 현관문 두드리는 소리가 났습니다. 시계를 보니 막 9시 반이 되었더군요. 다나카, 이 성질 급한 놈이 약속보다 10분이나 빨리 왔다고 생각하며 저는 손전등을 끄고 계단 근처에 몸을 숨겼습니다.

"미사코, 미사코."

놀랍게도 어머니 목소리였습니다. 호쿠리쿠로 여행 갔을 어머니가, 왜 이런 시간에 돌아왔을까, 순간 판단이 서질 않았습니다. 하지만 그 이유를 생각할 겨를도 없이 장지문이 열리고 가메이가 부산을 떨며 황급히 뛰어 들어왔습니다.

뒤에서 문이 닫히자 밝은 곳에서 들어온 그는 눈먼 사람이나 마찬가지였습니다. 더듬더듬 계단을 다 오르자 두 손을 앞으로 뻗고 휘저으며 두세 걸음 다리로 바닥을 더듬으며 나아갔습니다.

"어이!"

뒤에서 목소리를 낮춰 불렀습니다. 그는 흠칫. 전류가 끊긴 로봇처럼 다리를 내딛다 말고 멈췄습니다. 굉장히 놀랐겠죠. 4, 5초쯤 꼼짝도 안 하고 있다가 마침내 정신이 돌아왔는지 어둠을 투시하듯 저를 응시했습니다. 그리고 말했습니다.

"뭐야? 먼저 온 손님이 있네?"

다음 순간, 저는 오른팔로 그의 목을 감았습니다.

가메이가 왜 그런 말을 했는지, 지금도 저는 짐작이 가지 않습니다. 그 어둠 속에서 저라고 판별할 수는 없었겠죠. 그렇다고 그곳에 있는 사람을 자신과 마찬가지로 '숨겨놓은 누나의 정부'라고 생각하다니 너무 얼토당토않잖아요? 이야기에나 나올 법한 정부들의 만남이 현실에서도 일어나리라 생각할 만큼 비상식적인 사람은 아닙니다. 지금 생각해 보면, 아마도 그는, 놀라움을 감추려고 세게 나왔거나 어쩌면 부끄러움을 눙치려고 그런 말을 뱉었을지 모르죠.

누나를 헤픈 여자로 취급했다. 그 말만 안 했으면 문제는 없었습니다. 여러 번 말했지만, 두들겨 패서 혼 좀 내주면 제 분은 풀렸을 테니까요. 그러나 그 말을 듣는 순간 분노에 제정신을 놓고 말았습니다.

몇 분이나 목을 졸랐는지 모르겠습니다. 정신을 차려보니 그는 제 팔에 온몸을 맡기고 늘어져 있었습니다. 유도를 조금 배운 제가 무의식적으로 팔에 힘이 너무 줬던 듯합니다.

당황했습니다. 코에 손바닥을 대봤는데 호흡이 느껴지지 않았습니다. 손전등으로 비춰본 얼굴은 창백했고 입술은 보라색이었습니다. 부릅뜬 눈이 허공을 노려보고 있었는데 손가락으로 찔러도 눈을 감지 않았어요.

"죽었어⋯⋯. 죽이고 말았어⋯⋯."

저는 넋을 놓은 채 우두커니 서 있었습니다.

아래층에서 어머니와 누나가 말다툼이라도 벌이는 듯 소리 높여 이야기를 나누고 있었습니다. 둘이 알게 해선 안 된다고 생각했습니다. 둘 다 제가 돌아온 줄 모릅니다. 이대로 저와 가메이의 시체가 사라지면⋯⋯. 그렇게 생각했지만, 저는 물론이고 시체를 없애는 것은 불가능했습니다. 계획적인 살인에서도 가장 힘든 게 시체 처리죠? 하물며 우발적으로 죽이고 말았을 때는 손쓸 방법이 없지 않나요?

저는 가메이가 너무 원망스러웠습니다. 살아있을 때는 누나를 괴롭히고 죽어서는 나를 괴롭히니까요. 죽을 필요까지는 없지 않았냐고 소리치고 싶었습니다.

현관문이 거칠게 닫히는 소리에 정신이 돌아왔습니다. 귀를 기울이니 아래층에는 아무도 없는 것 같았습니다. 어머니가 타는 버스는 10시에 출발한다고 들었습니다. 무슨 이유가 생겨 집에 왔다가 다시 나갔으리라 생각했죠. 누나도 배웅 갔으니 적어도 10시 넘어서까지는 돌아오지 않을 것이다……. 지금이다, 지금 어떻게든 처리해야 한다고 생각했습니다.

시체는 정말 무거웠습니다. 어깨에 짊어지는 게 한계였습니다. 급경사 계단을 내려오는 일은 상당한 중노동이었습니다. 세 평 크기의 방에 눕히고 시계를 보니 9시 45분이었습니다. 30분 안에 이 더럽고 성가신 짐을 치우려면 마루 밑에 숨기는 수밖에 없을 것 같았습니다. 떠오른 생각이 그 정도였습니다.

서둘러 다락에서 못 뽑개를 가져와 교복을 벗고 장갑을 꼈습니다. 다다미를 들고 마루를 떼어냈습니다. 무슨 대청소라도 하듯이요.

시체를 살짝 굴렸습니다. 시체는 한 바퀴 굴러 똑바로 누웠습니다. 원한에 찬 얼굴이었다면 자업자득이라며 독설이라도 날렸을 테고 그러면 작업도 더 쉬웠을 텐데 가메이는 생전의 말끔한 얼굴에 핏기가 사라졌을 뿐, 문자 그대로 백면서생 같은 얼굴이어서 전혀 무섭지 않았어요. 그렇게 나쁜 사람은 아니었나 싶어 가엾기도 하고, 아니지, 저런 선한 얼굴로 우리 누나를 가지고 놀았다며 화를 내면서 삽으로 흙을 파내기 시작했습니다.

시간상 시체를 묻을 구덩이를 팔 수 있으리란 생각은 하지 않았습니다. 본격적인 구덩이 파기는 수학여행에서 돌아온 다음에 한다 해도 일단 팔 수 있을 만큼은 파두는 게 좋겠다 싶었죠.

지금 생각하면 그게 바로 실수였습니다. 나중 일은 다음에 맡기고 얼른 마루를 깔고 다다미를 다시 덮었다면 어머니를 사건에 끌어들이는 일은 없었을 겁니다.

작업에 열중하고 있는데 갑자기 앞이 어두워졌습니다. 놀라 고개를 들어보니 그곳에 어머니가 서 있었습니다.

다나카 노부히로의 진술

야규 다카야스에게 10월 25일 밤 9시 40분에 집에 들러 누나 미사코 씨를 불러내 달라는 부탁을 받은 건 사실입니다.

아뇨. 그것 때문에 수학여행에 안 간 건 아닙니다. 처음부터 갈 마음이 없었습니다. 비용이 아까웠거든요. 왁자지껄 줄 서서 시코쿠 일대를 돌아다니는 게 무슨 도움이 되겠습니까. 그 돈이면 혼자 히치하이크하며 보름이나 한 달은 시코쿠를 돌아다닐 텐데요. 그게 훨씬 경제적이고 의미도 있지 않나요?

수학여행이니 소풍이니 다 혼자 못 다니는 초등학생에게나 필요하죠. 고교생에게는 무의미하다기보다 낭비죠.

네. 천 엔 받았습니다. 당연한 보수죠. 단순히 방문하는 것만이 아니라 9시 40분 정각이라는 조건이 있었으니까 그 정도 돈이 아니었다면 승낙하지 않았을 겁니다. 방문 이유는 듣지도 않았고 생각도 하지 않았습니다. 계약과는 관계없으니까요. 저는 9시 40분에 현관문을 두드려 미사코 씨가 집에 있는지만 확인하면 되니까요.

맞아요. 문은 두드리지 않았습니다. 저는 9시 30분쯤 야규의 집 근처까지 가서 다락 통풍구에 불이 들어오기를 기다렸습니다. 불이 켜지면 문을 두드리기로 계약되어 있으니까요.

그런데 40분이 되어도 다락은 캄캄했습니다. 따라서 저도 문을 두드릴 의무가 없다고 해석하고 집으로 돌아가려 했습니다. 그때 현관문이 열리고 두 사람으로 보이는 그림자가 나왔습니다. 제가 숨은 방향과는 반대쪽인 역 쪽으로 서둘러 가더군요. 뒷모습이었으나 야규의 어머니와 누나라는 것을 바로 알았습니다. 혹시나 해서 다락을 봤는데 아무리 봐도 여전히 캄캄했습니다.

저는 이걸로 계약이 끝났다고 이해했습니다. 우연이었으나 누나가 집에 있는지도 야규의 말대로 확인했고요. 그래서 저는 바로 집으로 돌아갔습니다. 집에는 9시 55분에 도착했습니다.

그게 다예요. 이후 이와 관련해 야규와 전혀 이야기를 나누지 않았습니다. 물론 그 이외의 누구와도 얘기한 적 없습니다.

노무라 부장 형사의 여섯 번째 견해

다카야스의 진술은 대체로 진실일 것이다. 카페에서 오쓰카와 검토하며 만든 다카하시, 이쿠요, 미사코, 가메이까지 넷의 행동 시간표와 맞춰봐도 거의 일치한다.

문제는 여전히 다카야스에게 살의가 있었냐는 점인데 그가 죽은 가메이의 얼굴에 대해 한 진술은 주목할 가치가 있다. 다카야스는 죽은 가메이의 얼굴을 말끔한 백면서생이라고 표현했는데 이건 상당히 차분하게 관찰했음을 나타낸다.

죽은 피해자의 얼굴은 고뇌와 원한에 찬 표정을 짓고 있다—고 소설 대부분이 표현하고 있다. 경관조차 신입일 때는 그런 인상을 품기 마련이다. 하지만 그것은 거짓이다. 상처가 없는 죽은 얼굴은 보통 전혀 무섭지 않다. 피부는 창백하나 근육이 이완되어 표정은 풀어진다. 따라서 병사든 사고사든 죽은 얼굴은 미소를 짓고 있는 듯 평온하게 바뀐다. 이른바 부처의 얼굴이 되는 것이다. 정말 부처가 된 게 아니라 근육이 풀어져 축 늘어졌을 뿐이다.

다카야스의 나이와 경험으로 보아, 그가 죽은 인간의 얼굴이 그렇다는 사실을 알 리 없다. 하물며 방금 자신이 목 졸라 죽인 인물이다. 사뭇 고뇌를 얼굴에 가득 드러낸 모습으로 상상하는 게 당연하다. 꽤 배짱이 두둑한 살인자라도 죽은 피해자의 얼굴을 똑바로 보지 못한다.

그런데 다카야스는 범행 직후 손전등을 비추고 호흡하는지 살피거나 눈을 찔러보는 등 생사를 확인했다. 이 태도는 죽일 생각은 없었는데 설마 이런 일이 벌어졌을까 싶어 반신반의하며 점검한 것으로 봐도 무방할까. 그렇다고 해도 살의의 유무는 다음 진술을 기다려 검토해야만 한다.

한편 사체 검안 조서에는 액살(목을 졸라 죽이는 것) 흔적은 없었다. 이것이 다카야스의 진술을 부정하는 것은 결코 아니다. 다카야스는 팔로 목을 감았다고 했는데 유도의 조르기에 의한 액살은 보통 팔 흔적이 남지 않는다. 또 액살 후 다시 교살(끈 등의 도구를 이용해 목을 졸라 죽이는 것)하면 역시 액살 흔적이 남지 않을 때도 당연히 있다.

야규 다카야스의 일곱 번째 진술

"죽이지는 말았어야 했는데……."

어머니가 한 말 가운데 비난이 섞인 말은 그 한마디뿐이었습니다. 우연하게도 제 계획과 어머니가 하려 한 일이 일치했음을 순간적으로 알아차렸습니다. 그래서 그런 말이 나왔겠죠.

"괜찮아? 수학여행은?"

"응. 23시 29분 와시바 2호에 타면……."

"앞으로 10분 있으면 미사코가 올 거다. 서둘러라. 뒷일은 내게 맡기고 얼른 손 씻고 옷 갈아입어라."

어머니는 경악에서 놀랍도록 빠르게 제정신을 차리고 조용히 명령했습니다. 그 짧은 시간 동안 만약의 경우, 내 죄를 뒤집어쓰겠다고 결심했겠죠. 지금은 압니다. 어머니는 물처럼 평온한 태도로 마루 밑의 삽과 못 뽑개를 치웠습니다.

둘이 힘을 합치자, 다다미를 원래대로 깔고 청소하는 데 10분밖에 걸리지 않았습니다.

"그럼, 갈게……."

저는 준비한 검은 레인코트를 입고 집을 나섰습니다.

아무에게도 안 들키고 오사카역에 도착했는데 그곳에서 그런 실수를 저지르다니. 저도 참 한심했네요.

아뇨. 저는 그 남자—요시노라고 하나요— 가짜 형사의 얼굴을 그때는 몰랐습니다. 요시노를 알았다면 피했겠죠. 물론 요시노가 그 노파를 노리고 있었다는 것도 몰랐습니다. 그냥 정신없이 서두르다가 제가 노파와 실수로 부딪혀 짐을 떨어뜨리게 한 줄 알았습니다. 그리고 소동이 일어나 시간을 빼앗기면 열차를 놓쳐 알리바이가 깨질까 걱정되어 노파의 입을 막으려고 짐을 들어준 겁니다. 친절이라니 말도 안 됩니다. 그런 여유가 있었겠습니까? 속으로는 이런 빌어먹을 노인네라고 생각했습니다. 일단 노파를 달래서 눈길을 끌 만한 사태가 일어나지 않도록 하려고 애를 썼습니다. 그것을 노파는 괜히 착각해서…….

네. 검은 코트는 말아서 우다카 고속선에서 바다에 버렸습니다. 벤텐 부두에서 입지 않은 코트를 입고 다카마쓰에 도착할 수는 없으니까요. 형사님이 예상하신 대로 똑같은 옷을 한 벌 더 방에 걸어놓았습니다. 나름 신중하게 계획했습니다. 그런데 그 노파 일만은 두고두고 아깝습니다. 괜한 짓은 절대 하지 말았어야 했습니다.

여행 중에는 최대한 평소처럼 행동하려 했습니다. 엔메이도 캐묻지 않았고 저도 고맙다는 한마디만 건넸을 뿐입니다. 그러니 그녀를 나무라지 말아 주세요.

어머니도 마찬가집니다. 여행에서 돌아온 저는 놀랐습니다. 어머니가 가메이의 시체를 시멘트에 묻으려고 했기 때문입니다. 놀라기는 했지만, 수긍도 했습니다. 부패 냄새를 막는 가장 간단한 방법임을 알았기 때문입니다. 그렇게 하면 우리가 그 집을 팔지 않는 한 시체가 발견되는 일은 막을 수 있습니다.

물론 도왔습니다. 오히려 제가 중심이 되고 어머니가 도왔다고 하는 게 더 맞겠죠. 그러니까 어머니의 죄는 제 살인을 은닉하는 것, 시체 유기와 훼손을 도운 것뿐입니다. 어머니가 아들을 감쌌다. 그것뿐입니다. 부디 어머니를, 너무 비난하지 말아 주세요.

누나의 자살은 저로서는 뭐라 말하기 힘듭니다. 누나를 위해 한 일인데 이런 결과가 되다니…….

사체가 신음했다.

1

"자……."

노무라는 다카야스와 마주 앉아, 이게 마지막 공격이라고 자신을 다독이면서 차분하게 입을 뗐다.

"가메이 마사카즈를 살해하기는 했으나 살의는 없었다. 욱하는 바람에 죽이고 말았다?"

"아, 네." 다카야스는 성가시다는 듯 마지못해 대답했다.

"그래? 그렇다면 됐어. 하지만 조금만 더 솔직히 말해주지 않겠나?"

다카야스는 슬쩍 이마를 찌푸렸다. 쓸데없는 얘기는 하지 말라는 항의의 표시였다.

"얼버무리지 마. 목을 졸랐잖아?"

"그렇게 말했죠."

"그래서 말인데, 무엇으로 졸랐어?"

"팔, 이요. 왼쪽 팔로……."

노무라는 천천히 고개를 흔들었다.

"그다음에, 말이야."

"그다음이요?"

다카야스는 잠시 침묵했다. 그리고 "아……"라며 고개를 끄덕였다.

"그랬죠. 끈으로 한 번 더……."

"끈……이란 말이지? 어떤 끈?"

"어떤 끈? 그게…… 그냥…… 마침 있던 끈……이었나, 코드였나……?"

"코드? 끈?"

"그냥 근처에 있던 걸 써서…… 뭐였는지는……."

노무라는 잠자코 다카야스의 눈을 응시했다. 거짓 진술의 논리를 맞추려 노력하느라 진술이 흔들리고 있구나. 오랜 시간 길러온 감이 알려줬다. 그럴 때는 가만히 노려본다. 피의자는 진술 어디에 모순이 있나 싶어 불안해질 것이다. 그리고 거짓말에 거짓을 더하다가 더는 어쩔 수 없는 순간 진실을 털어놓고 만다.

"까먹었어요."

다카야스는 그런 방법에는 넘어가지 않겠다는 듯 쌀쌀맞게 대답했다. 조사하는 사람에게는 가장 나쁜 대답이었다.

"까먹어? 자기가 사용한 흉기를 잊었다는 말을 믿으라고?"

다카야스는 대답하지 않았다. 믿든 말든 난 몰라. 잊었는데 어쩌라고. 그런 대답을 대신하는 침묵이었다.

노무라는 상대의 심리적 동요를 노리고 두꺼운 조서 서류철을 넘겼다.

사체 검안 조사에는 흉기는 끈 형태의 물건이라고 적혀 있다.

이쿠요의 진술에서는 빨래를 널 때 쓰는 비닐 끈이라고 했다.

"그래서? 끈인지 코드인지는 어떻게 했어?"

"버렸어요."

"어디에?"

"코트 주머니에 넣어 세토 내해 바다에."

찾을 테면 찾아보라는 듯한 쌩한 얼굴이었다. '이 새끼가!' 노무라는 속으로 욕설을 퍼부었다. 조사하는 사람과 조사받는 사람의 대결이 조용한 불꽃을 일으켰다.

노무라는 공격의 방향을 바꿨다.

"두 번째 조를 때의 상황을 설명해줄까?"

일문일답 형식으로 신문하면 머리 회전이 빠른 피의자는 형사의 의도를 파악하고 교묘하게 요점을 피할 우려가 있다. 그런 상대에게는 최대한 질문을 짧게 하고, 가능한 한 오래 진술하게 해야 한다.

다카야스는 천천히 진술을 시작했다. 이따금 1분 가까이 진술이 끊어질 때도 있었다. 그동안 다카야스는 눈을 감고 고개를 기울였다. 생각해내려고 애쓰는 것인지, 이야기의 맥락을 맞추려고 고심하는 것인지, 노무라로서는 판단하기 힘들었다. 그러나 끼어들지 않고 진술에 결정적 모순이 발견될 때까지 '기다리는' 자세를 유지했다.

"마루 밑에 가메이를 눕혔을 때 주머니에 넣어둔 끈……, 맞아요. 비닐 끈이었어요. 빨래를 널 때 쓰는 비닐 끈이 있다는 사실이 생각났어요. 끈은 전에 말했듯 여차하면 가메이를 묶어 다락에 2, 3일 놔둬 괴롭히려고 준비한 겁니다. 그 끈을 목에 감았습니다. 가메이는 똑바로 누워있었어요. 그래서 뒷덜미로 끈을 통과시키고 목젖 있는 데서 교차해 힘껏 졸랐습니다."

노무라는 조서 서류철을 넘겼다. 사체 검안 조서에는 '경부 앞쪽 압박흔 상부에 표피 박리 및 피부밑 출혈'이라고 적혀 있었다. 진술과 모순은 없다. 다만 고작 이 정도의 진술에 다카야스가 꼬박 5분이나 시간을 들였다는 게 이해되지 않았다. 쉬엄쉬엄 생각하고 또 생각하면서 진술했다. 이전 진술에 막힘이 없었던 만큼 이렇게 더듬거리는 게 영 마음에 걸렸다. 그리고 끈인지 코드인지 잊었다던 흉기를 준비한 끈이었다고 단언한 것도 찜찜했다. 문득 생각이 났다면 어쩔 수 없으나 생각난 것 같지 않았다. 어떤 **계기**가 있었던 게 분명하다. 그 **계기**가 무엇일까.

"그래서?" 계속하라고 재촉했다.

"그게 다예요."

다카야스는 툭 내뱉고 입을 다물었다. 말을 많이 하면 불리하다는 사실을 알고 침묵 속에 숨으려는 상대를 더 추궁하기에는 노무라가 가진 재료가 부족했다. 어쩔 수 없이 일단 휴식을 가져야겠다고 생각했다.

노무라는 수사과로 돌아와 오쓰카가 필기한 진술서를 신중하게 다시 읽었다.

이쿠요의 진술과 모순된 점은 끈으로 조르는 방식이었다. 끈이 교차한 지점은 목젖 부분인데 이쿠요의 진술에서는 목덜미라고 했다. 그래서 노무라는 이쿠요가 목을 조르지 않았다고 단정했다. 그리고 이쿠요가 아니라면 **당연히** 다카야스다. 다카야스가 아니면 있을 수 없다고 생각한 것이다. 그런데 과연 그렇게 단정할 수 있을까······.

노무라는 그렇게 반성하면서 하릴없이 다카야스의 진술서를 계속 검토했다. 그리고 문득 한곳을 응시했다.

—그다음에, 말이야.

이 한 줄이다. 순간 노무라의 머리에, 젊은 시절 승진시험에 대비해 달달 외울 정도로 읽은 「범죄 수사 규범」이 떠올랐다.

제7장, 조사.

제165조 제2항. 조사할 때 자기가 기대하거나 희망하는 진술을 상대방에게 시사하는 등의 방법을 통해 임의대로 진술을 유도하고(중략), 진술의 진실성을 잃을 우려가 있는 방법을 써서는 안 된다.

다카야스가 교살했다고 믿어 의심치 않은 바람에 순간 저지르고만 '유도' 신문이었다.

"오쓰카, 어쩌면 큰 실수를 저지른 것 같아."

노무라가 마음속 동요를 억누르며 말했다.

"다카야스는 가메이의 사인을 액살이라고 생각했어. 그런데 내가,

—무엇으로 졸랐어?

—(팔로 조른) 그다음에, 말이야.

라고 물었어. 사인이 교살이라고 알려준 셈 아닐까?"

"그럴 수도……." 오쓰카도 떨떠름하게 대답했다. "다카야스도 처음에는 부장님의 질문 의도를 몰랐던 듯합니다. 그리고 한참 생각한 후에 생각난 듯 진술을 시작했죠. 그것도 전과 달리, 더듬 더듬."

"흉기를 끈이라고 했다가 코드라고 했다가, 잊었다고 한 것은……."

"몰랐으니까요. 몰라서 말할 수 없었어요. 그러니까 다카야스는 교살은 하지 않았다!"

"오쓰카." 노무라는 창백해진 이마를 주먹으로 두드렸다. "사건이 원점으로 돌아가 버렸어!"

노무라는 서둘러 조사실로 돌아와 마치 상담이라도 하듯 다카야스에게 말했다.

"나를 형사라고 생각하지 말고, 그냥 머리 나쁜 삼촌이라 생각하고 내 얘기 좀 들어줘."

다카야스는 마음대로 하라는 듯 별다른 동요 없이 고개만 끄덕였다.

"너희 집에서 네 어머니를 긴급 체포했을 때 영 이상하더라. 어머니가 살인범으로 체포되는데 너 태도에는 조금도 흐트러짐이 없었거든. 보통은 어머니가 자식을 감싸고, 자식이 어머니를 감싸고 한참 괴로워하지. 내가 이상하게 여긴 부분이 바로 그거야. 그때 나는 그 직감을 더 파고들었어야 했어.

지금 생각해 보면 너는 어머니가 곧 석방될 줄 알았어. 왜냐면 가메이의 사인이 액살이라는 사실을 너는 **알고** 있었으니까. 힘도 없는 어머니가 청년인 가메이를 액살할 수는 없다. 어머니가 아들인 자신을 감싸려고 자기가 했다고 주장하더라도 경찰은 속지 않으리라 믿었지. 그래서 침착할 수 있었어.

나는 그때 그걸 놓치지 않았고 이상하게 여겼으면서 간과한 게 실패의 원인이었어."

다카야스는 마음의 회한을 털어놓는 노무라의 말을 참 한심한 말도 한다는 듯 무표정한 표정으로 흘려들었다.

"너는, 사인이 액살로 판명될 때까지, 그러니까 기껏해야 하루 정도 지나면 자기가 체포되리라 생각했어. 그런데 도무지 그럴 조짐이 없었지. 그러다가 가짜 알리바이가 폭로되어 체포되었어. 이미 각오한 일이라 액살 사실을 자백했지. 그런데 경찰은 그것만으로 만족하지 않고 '두 번째 교살'을 자백하라고 해.

액살했는데 교살이라니, 너는 당황했겠지. 하지만 너는 현명하게 바로 그 의문을 풀었어. 두 번째 교살, 그것은 어머니가 아들을 감싸려고 '다시 조른' 것임을.

그 사실을 깨달은 너는, 이번에는 자신이 어머니를 감싸야 한다고 생각했어. 죽인 사람은 자신이니 어머니에게 죄를 전가해서는 안 된다고 생각하는 게 당연하지.

너는 생각했어. 다행인지 불행인지 어머니가 시종일관 주장했음에도 아무래도 경찰은 속지 않은 것 같았지. 오히려 자신이 '다시 졸랐다'라고 착각하고 있는 듯해. 그렇다면 내가 다시 조른 것으로 하면 되겠다고."

듣고 있는지 아닌지, 다카야스의 무덤덤한 표정에는 변함이 없었다.

"하지도 않은 교살을 그럴듯하게 꾸며 자백하는 일은 어려웠을 거야. 흉기는 뭐로 할까? 집에 있는 물건 중에 어머니가 쓸 만한 것을 찾다가 세탁용 끈을 생각했겠지.

어떤 식으로 목을 졸랐을까? 가메이가 똑바로 누워있었으니까 가장 편한 방법을 고려해 대답하면 되겠다. 너는 그렇게 생각하고 또 생각하며 그 자백을 지어냈어.

우연의 일치라 해도 아주 훌륭한 창작이야. 실은 이런 건 알려주면 안 되는데 사체 검안 조서와 큰 모순은 없었어. 게다가 너한테 천만다행하게도, 시신이 시멘트에 묻히는 바람에 훼손이 심해져 액살 흔적이 사라졌어. 그리고 액살과 교살이 거의 연달아 이루어져 교살 흔적이 미약하기는 하나 생체 반응을 나타냈고."

노무라는 말을 끊고 잠시 침묵한 채 다카야스를 바라봤다. 다카야스는 아무런 반응을 보이지 않았다. 교실에서 재미없는 수업을 흘려듣고 있는 학생처럼 눈을 반쯤 뜨고 새초롬한 얼굴로 차분함을 유지하고 있었다.

"네가 어머니를 감싸는 마음, 이해해. 아주 훌륭한 일이지. 하지만 역시 진실은 진실이 아니면 안 돼. 다시 묻지. 너는 가메이를 끈으로 조르지 않았지?"

다카야스는 시원한 눈매를 크게 뜨고 노무라를 응시했다. 그리고 생긋 웃으며 말했다.

"아뇨. 저는 가메이의 목을 팔로 조른 다음 끈으로 졸랐어요."

노무라는 툭 고개를 떨궜다. 조사관으로서도, 상담사로서도 실격임을 깨달았기 때문이다.

조사관과 피의자의 관계는 상담사와 환자의 관계와 비슷한 면이 있다. 마음의 병이 있는 환자가 처음부터 모든 고민을 상담자에게 털어놓지는 않는다. 누구나 마음속 고민을 숨기고 싶어 하는 본능이 있다. 그래서 환자는 치료를 원하면서도 한편으로는 상담자로부터 도망치려는 마음을 지니는 게 일반적이다. 피의자도 형벌을 피하려는 마음과 자백해 양심의 가책에서 벗어나고 싶은 마음의 갈등을 겪는다.

상담자는 그런 환자의 모순된 마음을 상담 기법을 이용해 서서히 열게 한다. 양자가 서로 마음의 창을 열어야 비로소 상담의 목적을 달성한다. 조사도 같은 과정을 거친다. 조사관과 피의자의 마음이 상담, 즉 조사에 의해 서서히 접근해 쌍방에 신뢰가 생겨야 피의자는 진실을 말할 마음이 생기는 것이다.

노무라는 특별히 의식해, 상담 기법을 조사에 응용하지는 않는다. 그는 자신을 그렇게 '현대적인' 형사로 생각하지 않는다. 그가 이처럼, 자신의 기존 틀을 깨면서까지 조사한 것은, 이번에 일련의 사건을 추적하면서 다카야스에게 일종의 친근감을 느끼기 시작했기 때문이다.

그것은 아버지가 자식에게 갖는 감정과 비슷한 것이었다.

형사라는 직업상, 노무라는 현실 사회의 인간성을 짓밟고 이익만을 앞세우는 추악한 모습을 수없이 봐왔다. 법률상 가해자보다 피해자가 도덕적으로 더 지탄받아야 할 때도 헤아릴 수 없었다. 그러나 그런 부분을 적극적으로 추궁할수록 경찰서 안에서 경외시되고 고립되는 게 현실이다. 그래서 노무라는 최대한 남몰래 이를 악물 뿐이다.

그런 사회의 추태가 고교생의 의식에 투영되지 않았을 리 없다. 모순과 기만을 견딜 수 없었던 소년들은 성행위와 시너 흡입이라는 놀이에 매달린다. 똑바로 좌시할 수 없는 사회로부터 도망치려고 눈을 돌리는 것이다.

―다카야스에게 더 소년다운 패기가 있다.

일반적인 젊은이들과 비교하며 노무라는 생각했다. 자기 주변의 참아선 안 되는 것들을 하나씩 부수겠다는 다카야스의 주장은 미숙하고 논리적으로 충분한 설득력도 없다. 하지만 노무라는 스스로 반문했다.

　─그러나 나처럼 뭐 하나 행동하지 못하고 이만 악물고 있는 것 보다는……

　그렇게 생각하다가 노무라는 이을 말을 찾지 못했다. '뛰어나다'라거나 '용기가 있다'라는 것과는 다른 것 같다.

　노무라는 빈칸 맞추기 퀴즈를 풀듯 적당한 표현을 떠올렸다 지우기를 반복하다가 이거다 싶은 단어를 찾았다.

　─멋지다. 맞다, 이거다. 다카야스는, 그러니까 멋진 녀석이다.

　개구쟁이라도 좋다, 튼튼하게만 자라다오……라는 광고(1970년대 마루다이식품의 광고로 인기를 끈 카피)가 인기를 얻은 것도 복종에 길들어진 어른이 되어 더는 말썽을 일으키지도 못하게 된 아버지 세대의 공감을 얻었기 때문일 것이다. 아버지 본인이 자신의 소심함을 통감하고 있는 만큼 적어도 아들만큼은 무기력하기보다 멋지게 크기를 바랐을 것이다.

　노무라도 마찬가지였다. 한심한 기타에 맞춰 이상야릇한 목소리로 노래하는 친아들의 모습보다, 다카야스가 더 멋지고 사랑스럽게 보였다. 어머니 이쿠요를 감싸려고 살인죄를 뒤집어쓰려는 것도 보기 좋았다. 그런 생각이 쉰 줄에 들어선 남자의 감상에 지나지 않는다고 하더라도.

"네가 목을 졸랐다고 하면 어쩔 수 없어. 일단 그런 걸로 하자. 하지만 어머니가 뭐라고 하실까?"

노무라가 일어서면서 쓸쓸하게 말했다.

2

"가메이가 교살된 시간에, 다카야스가 현장에 있었다는 사실이 확인되었는데."

노무라가 이쿠요에게 말을 걸었다.

이쿠요는 그리 수척해 보이지 않았다. 아무리 건장한 남자라도 구치소 생활은 심신을 피로하게 한다. 의외로 의지를 불태우는 사상범도 있으나 그것도 대부분은 허세일 때가 많다. 그런데 이쿠요는 달랐다. 단정한 태도를 무너뜨리지 않았다. 의지를 불태우지도 않았고 그렇다고 낙담한 기색도 없었다. 저지른 죄의 무게에 짓눌려 보이지도 않았고 자신을 변호하려는 태도는 더욱 없었다. 자연스러운 모습으로 평온한 일상을 보내는 것처럼 보였다.

미사코의 자살을 알렸을 때는 역시 동요했다. 창백한 뺨을 굳히고 눈을 질끈 감은 채 소리 없이 염불 같은 것을 외운 게 그녀가 보인 유일한 반응다운 반응이었는데 곧 물과 같은 평온함을 되찾았다. 딸의 죽음도 과정의 하나로 받아들인 것일까.

"다카야스가 현장에 있었던 이상, 당신이 아무리 부인해도 다카야스가 자백하면 그 진술로 당신의 행위까지 인정돼. 당신이 허위 진술을 고집해도 당신의 변명은 들을 수 없게 되지."

노무라는 설득하듯 이야기를 이어 나갔다.

"당신은 끈으로 가메이의 목을 졸랐다고 했어. 그런데 다카야스도 끈으로 목을 졸랐다는데? 시신에는 끈 자국이 하나밖에 없었어. 그럼 어떻게 된 걸까?"

"그러니까……, 나 혼자 졸랐어요." 이쿠요는 눈 한번 깜빡이지 않고 대답했다.

노무라는 입술의 힘을 빼고 고개를 끄덕였다.

"그렇다면 솔직히 말해. 어떻게 졸랐는지. 전에 말한 거짓 방식 말고……."

"……"

"받아들일 수 있는 설명이 없는 한 다카야스가 졸랐다고 생각할 수밖에 없어. 그의 진술은 시신의 상태와 완벽하게 일치하니까."

"……"

"그렇지만, 나는 다카야스가 가메이의 목을 졸랐다고 생각하지 않아." 노무라는 이쿠요의 침묵에 못을 박듯 덧붙였다.

이제는 기다리는 수밖에 없다고 생각하고 노무라는 입을 다물었다. 이쿠요가 교살했음은 의심의 여지가 없다고 생각했다. 다만 이쿠요는 왜 교살의 상황을 솔직히 털어놓지 못할까. 그 이유를 알 수 없었다. 추측은 가능하나 이쿠요의 자백이 필요했다. 이쿠요를 감싸는 다카야스의 진술을 뒤집기 위해서라도 필요했다.

"다카야스가, 자기가 목을 졸랐다고 했나요?"

이쿠요는 한동안 침묵을 지키다가 낮은 목소리로 물었다.

"그래. 그 전에 팔로 졸랐다는 것도." 노무라는 고개를 끄덕이며 말했다.

"바보 같은 녀석이네. 입을 다물었어야지……."

이쿠요는 후 한숨을 내쉬었다. 단정한 이쿠요의 자세가 살짝 흔들렸다. 실토하겠구나. 노무라는 직감했다. 예상대로 이쿠요는 기죽은 기색도 없이 담담하게 이야기를 시작했다.

"마루 밑에 구덩이를 파고 있는 다카야스를 본 순간, 저는 모든 것을 알았습니다. 큰일이 났다는 것을. 가메이를 죽여야 한다면 그건 제 역할이었습니다. 다카야스가 할 일이 아닙니다. 내 손은 더럽혀도 되지만, 다카야스는…….

한탄한다고 달라질 것도 없었고, 한탄하고 있을 시간도 없었습니다. 저는 다카야스의 손에서 삽을 빼앗고 다카야스를 재촉했습니다. '뒷일은 내가 잘 처리할 테니까'라고 말하고 빠져나온 수학여행으로 다시 돌아가게 했습니다. 다카야스의 발소리가 멀어진 것을 확인하고 시체 처리를 시작했습니다. 잘 처리하겠다고는 했으나 할 방법이 없었습니다. 초조하기만 해서 손이 제대로 움직이지 않았죠.

일단 놀란 마음이 진정되자 이번에는 덜컥 공포가 찾아오더군요. 최대한 시체를 보지 않으려 했으나 좁은 마루 밑에서의 작업이니 안 보기는커녕 다리와 팔이 자꾸 닿았습니다. 그때마다 팔의 힘이 빠져 작업이 좀처럼 진행되지 않았습니다.

하지만 미사코가 돌아올 때까지 시체를 숨겨야 했어요. 있는 힘을 다해 흙을 파내다가 발을 헛디뎌 그만 시체 옆구리에 걸려 넘었습니다. 금방 벌떡 일어났죠. 그때였어요…….”

이쿠요는 찌를 듯 노무라의 눈을 정면으로 응시하며 말했다.

“그때 가메이가 신음했어요.”

“뭐라고!”

노무라는 놀라 소리를 지르며 글자 그대로 자리에서 벌떡 일어났다. 필기하던 오쓰카의 손도 흠칫 경련하며 멈췄다. 한동안 바위와 같은 무거운 침묵이 지배했다. 마침내 노무라가 흥분을 억누르고 물었다.

“사체가 신음했다고?”

“네. 분명히.”

이쿠요는 노무라가 알아들을 수 있도록 다시 말했다.

“아니…… 시체가 신음할 수는 없지.”

"네. 시체가 신음할 리 없죠. 그러니까 가메이는 죽지 않았던 겁니다."

이쿠요는 못을 박듯 천천히 말했다.

"말도 안 되는 거짓말을……."

"거짓말이 아닙니다. 정말 신음했습니다. 신음했을 뿐만 아니라 몸을 비틀 듯 꿈틀댔습니다. 아직 안 죽은 애벌레처럼."

가메이에 대한 혐오와 경멸을 숨기지 않고 내뱉었다.

"……"

"저는 가메이의 망령이 나왔나 싶어 덜덜 떨었습니다. 무서웠다기보다 이런 남자의 원한을 사면 큰일 나겠다, 이렇게 끈질기게 다시 살아오는 상황만은 견딜 수 없겠다는 생각이 들었습니다. 미사코와 다카야스에 어떤 짓을 할지. 그런 생각이 든 순간 세탁용 끈이 눈에 들어왔습니다.

다음은 반쯤 정신이 나갔습니다. 끈을 목 아래로 넣고 목젖 있는 데서 교차했습니다. 혼자 힘만으로는 미덥지 않아 한쪽 끝을 마루 기둥에 묶고 다른 쪽을 힘껏 잡아당겼습니다. 2분간 졸랐을까요? 이번에는 구덩이로 굴러 떨어뜨렸는데도 신음하지도 않았고 꿈틀대지도 않았습니다."

이쿠요는 말을 중단하고 평온한 웃음을 지었다.

"가메이는 이때, **처음** 죽은 겁니다."

후련한, 이라고 표현할 만한 미소였다. 이번에야말로 다카야스를 완벽하게 보호하는 데 성공했다는 승리의 미소라고 노무라는 느꼈다.

가메이는 다카야스에게 액살되었나.

가메이는 가사 상태였나.

가메이는 가사 상태였으나 방치했다면 진짜 죽음에 이를 상태였나.

가메이는 정말 소생했나.

가메이는 소생하지 않았는데 이쿠요가 다카야스의 액살을 얼버무리려고 사체의 목을 조른 게 아닐까.

그런 의문이 노무라의 머릿속에서 들끓었다. 그러나 어떤 질문에도 노무라는 증거를 대고 답할 수 없었다. 그 말은 곧 이쿠요의 진술을 믿을 수밖에 없다는 것이다.

"처음부터 왜 말하지 않았지? 이제야 가메이가 소생했다고 하면 아들을 감싸려는 거짓말로 생각할 수밖에 없는데⋯⋯."

"그건."

다 아는 사실을 왜 묻냐는 듯 입가의 미소를 지우지 않고 별일 아니라는 듯 대답했다.

"다카야스가 팔로 목을 조른 사실을 최대한 알리고 싶지 않았기 때문입니다. 다카야스는 사실 가메이를 잠깐 기절시켰을 뿐입니다. 그래도 졸랐다는 사실이 알려지면 살인미수 혐의를 받겠죠. 그렇게 되면 다카야스가 너무 불쌍하잖아요. 그럴 바에는 내가 전부 짊어지면 되겠다고 생각했습니다. 그 탓에 괜히 번거롭게 해드린 건 죄송합니다."

가볍게 고개를 숙였다. 그리고 노무라에게 눈길을 돌리고 호소하듯 말했다.

"다카야스는 자신이 가메이를 죽였다고 착각하고 있을지 모릅니다. 부디 그 오해를 풀어주세요."

그리고 경찰도 부디 오해를 풀라고 그 눈은 호소하고 있었다. 노무라는 말 없이 일어나 수사과로 돌아왔다.

"이걸로 한 건, 끝났나? 영 찜찜한 결론이지만."

노무라는 대놓고 중얼거리고 책상에서 교쿠로 녹차와 다구를 꺼냈다. 지금 당장 맛있는 차라도 마시지 않으면 마음이 너무 불편할 것 같았다. 마지막 한 방울까지 우려내고 오쓰카에게도 마시라고 눈으로 권했다.

"다카야스는…… 범인이 아닌가요?"

오쓰카는 영 탐탁지 않다는 듯 물었다. 이번 결론에는 그가 더 불만이 많았다.

"살해에 관해서는 결국은 그렇게 되지 않을까?" 노무라의 답도 시원치 않았다.

"가메이가 소생했다는 이쿠요의 진술은 좀 믿기 힘들어요."

"어쩔 수 없잖아. 반증할 도리가 없으니까. 가끔 만나는 사건이야. 무죄로 인정해야 하는 증거가 있는데 그게 영 부자연스러운 경우가. 하지만 부자연스럽다고 그 증거를 무시할 수는 없어. 우리로서는 피의자에게 유리한 증거는 적극적으로 수용해야 하니까."

그것은 자신의 찜찜한 마음을 납득시키기 위한 말이기도 했다.

3

12월로 들어서자 도요노고고교는 조용한 날들이 이어졌다. 3학년은 대학 수험에 쫓기기 시작했고 2학년은 기말고사 기간을 맞아 얌전히 교과서에 집중하기 시작했다. 특히 2학년 2반 교실은 완전히 활기를 잃었다. 다나카의 도시락 경매는 개시될 조짐이 없었고, 리더를 잃은 아르키메데스 모임은 자연 해체 상태였다.

점심시간에 자연스럽게 양지에 모여들었다. 나이토, 아라키, 미네, 하야마에 엔메이까지. 이렇다 할 화제도 없이 하릴없이 해바라기하는 모양새였다.

"무슨 한낮의 요양원 같네." 엔메이가 하품을 참으며 자조적으로 말했다.

"원래 비슷해." 미네가 진짜 노인처럼 달관한 목소리로 대답했다.

"어라, 왜?"

"노인과 고교생, 둘 다 일도 없고 돈도 없잖아. 그리고 사는 보람도 없고."

미네는 자랑거리인 긴 머리를 양손으로 쓸어 넘기며 느릿느릿 말했다. 진심인지 농담인지 알 수 없는 말투였다.

"유치한 논리네." 엔메이가 비웃었다.

대화는 그걸로 끝이었다. 다음은 수업 시작종이 울릴 때까지 우두커니 있는 게 전부였다.

"얘들아, 해냈어!" 갑자기 소리가 들려왔다. 놀라 눈을 부릅뜬 다섯에게 다나카가 눈을 반짝이며 떠들기 시작했다.

"지난 11월 13일, 월요일. 이날은 내게 평생 기념할 날이 될 거야. 얘들아, 들어 봐. 내가 느낀 게 있어서 이날 전 재산을 퍼부어 생애 처음으로 주식이란 것을 샀어."

"주식?" 엔메이는 순간 무슨 소린지 알아들을 수 없어 되물었다.

"응. 주식. 니혼유센 주식을 이백오십 엔에 오천 주 샀어. 합쳐서 백이십오만 엔이야. 놀랐지?"

"정말 경제 동물인 네 행동은 봐도 봐도 어이가 없다. 주식을 시작했다고 해서 새삼 놀랄 것도 없네." 미네가 성가시다는 듯 말했다.

"그럼 더 놀라게 해줄까? 오늘은 12월 4일. 아까 증권회사에 전화해 물어봤는데 주가가 삼백 엔을 돌파했어. 주당 오십 엔을 벌었으니까 오천 주면 이십오만 엔이야. 20일 벌이로 나쁘지 않지?"

"나쁘지 않기는커녕…… 얘기의 차원이 달라서 난 도통 모르겠다." 허무주의자인 척하는 미네도 그야말로 두 손 든 모양이다. 고교생 사이에서 도박 마작이나 경마로 만 엔을 땄느니 잃었느니 하는 얘기는 심심치 않게 돌았다. 그러나 주식까지는 손대지 않았다. 손대지 않았다기보다 자신들과는 다른 세계의 일이라고 생각했다. 다섯 친구는 도무지 이해할 수 없는 생물이 출현한 듯한 눈으로 다나카를 뚫어지게 쳐다봤다.

"내 예상으로는 올해 안에 삼백오십 엔은 될 거야." 다나카는 의기양양했다.

"그럼 오십만 엔을 버네. 차라도 살래?" 미네는 놀릴 생각으로 물었다.

"그런 낭비는 안 해. 잔뜩 벌어서 대학 부정 입학 자금으로 써야지. 수험 공부처럼 무의미한 데 노력할 생각은 없어. 어차피 내 실력으로는 제대로 된 대학에는 시험도 못 쳐. 게다가 부모님 벌이도 시원치 않고."

태연하게 미네의 조롱을 받아쳤다.

"아, 맞다. 핵심을 잊었네. 야규가 가정법원으로 보내졌대. 아까 노무라 형사가 와서 후지타에게 그렇게 말하더라. 앞으로 2,

3년, 속세 밥은 못 먹겠어."

"그럼 학교는? 퇴학이야?" 엔메이가 조심스럽게 물었다.

"어쩔 수 없잖아. 하지만 요즘은 소년원이나 보호소에서도 학교에 다닐 수 있다던데. 조금 늦을 뿐 대학에도 갈 수 있을 거야."

"그럼 좋겠는데……."

"그렇게 고민하지 마. 인생은 길어." 다나카는 별일 아니라는 듯 말했다. "그보다 야규 면회 안 가?"

"맞아. 힘을 줘야지." 엔메이가 바로 대답했다.

"그것도 있지만, 실은 야규 일로 의논할 게 있어. 너희들 의견을 듣고 싶은데……."

다나카는 다섯 명 앞에 앉아 진지한 표정을 지었다.

"야규는 외톨이가 됐어. 어머니도 심판받아야 할 몸이고 내 자식처럼 돌볼 친척도 없어. 그런 야규를 그저 동정하거나 힘을 주려고 면회 가는 일은 우리 마음 편하겠다고 하는 짓일 뿐이야. 현실적으로는 아무런 도움이 안 돼."

"……"

일동은 다나카의 발언이 불만스러웠으나 침묵을 지킬 수밖에 없었다. 동정으로 사태가 호전되지는 않겠으나 그렇다고 달리할 수 있는 일도 없지 않냐며 속으로 반론하는 게 전부였다. 다나카는 그런 불만스러운 얼굴은 전혀 고려하지 않았다.

"당장 필요한 일은 조금이라도 야규와 어머니가 받을 형을 가볍게 하는 거야. 그러려면 유능한 변호사를 붙여야 하고 그를 위해서는 돈이 필요해. 그래서 말인데."

다나카는 일동을 한바탕 둘러보고는 선언하듯 말했다.

"그 집을 팔아버리자. 야규가 돌아온다고 해서 그 집에 다시 들어가 살 마음은 없을 거야. 그러니까 이참에 팔아버리자. 살인 난 집이라도 돈만 벌 수 있다면 건축업자는 묘지 터였다고 해도 아무렇지 않게 살 테니까. 시바모토 겐지로 같은 녀석들이 의외로 있잖아. 집은 낡았지만, 토지는 평당 이십만 엔은 해. 낮게 잡아도 천만 엔이야. 변호사를 써도 많은 돈이 남아. 그건 야규와 어머니의 재기 자금이지. 이 내용으로 야규의 승낙을 받아야 해."

일동은 어안이 벙벙한 채 바쁘게 움직이는 다나카의 입술을 멀거니 바라봤다.

"그야 뭐 그렇지만……."

엔메이는 다나카의 페이스에 전혀 따라가지 못해 바로 뭐라 대답해야 할지 몰랐다.

"어이, 모여 있었네."

목소리가 들리더니 노무라와 후지타가 다가왔다. 엔메이와 나이토는 노골적으로 미간을 찌푸렸다. 다른 셋도 그다지 환영하는 마음은 없었다. 하지만 다나카만은 "네!"라며 친근하게 손을 들었다.

"마침 잘 오셨어요. 형사님과 선생님도 와보세요. 제가 중대한 제안을 하던 참이거든요."

"우리가 들어도 되는 얘기인가?"

"그럼요. 나쁜 일을 꾸미는 것도 아니니까요. 우리끼리만 의논하면 애들이나 하는 짓이라며 세상 사람들은 가볍게 보겠지만, 형사님처럼 어른이 참여하면 오히려 무게가 생기죠."

"어쩐지 끌리지는 않지만, 일단 이야기나 들어볼까?"

노무라와 후지타는 다른 다섯의 차가운 눈길을 모른 척하기로 하고 다나카의 옆에 앉았다.

"엔메이는 아직 받아들이지 못한 것 같지만." 다나카가 말을 이었다. "요컨대 돈만 있으면 야규의 형이 가벼워질 게 분명해."

"상식적인 의견은 아니네." 노무라가 거들었다.

"형사님은 방청인이니까 조용히 해주세요. 좋은 변호사는 선임료도 비싸다는 얘기니까요."

"그래서? 집 판 돈으로 어쩌자고?" 엔메이가 이야기를 재촉했다.

이야기가 여기까지 오면 그래도 다나카가 논쟁할 수 있는 사람은 엔메이 정도였다.

"상의한다는 게 바로 그거야. 그 천만 엔을 너희 아르키메데스 모임에서 관리해줬으면 해. 어쨌든 아르키메데스 모임은 노무라 형사님이 눈을 번뜩이며 감시하니 활동을 중단할 수밖에 없잖아? 그러니까 야규 다카야스를 지키는 모임으로 이름을 바꾸고 일단 그 돈을 관리해보지 않을래? 관리라고 해도 어렵지 않아. 통장과 인감을 보관하는 게 전부니까."

"그런 거라면 후지타 선생님에게 부탁하면 되잖아."

"그건 안 돼." 다나카가 한마디로 기각했다.

"어른은 돈에 약해. 그런 점에서 너희는 돈의 매력도, 쓸 방법도 모르니까 손댈 걱정이 적지. 집단 감시 체제이기도 하고."

후지타는 쓸쓸하게 웃었다. 그런 거금을 보관하는 일은 나도 사양이야. 써버리겠다고 생각하지도 않겠으나 보관하는 것만으로 분명 마음이 무거울 테니까.

"그리고 상의할 게 하나 더 있어. 그 돈을 그저 은행에 넣어두기만 해서는 도움이 안 돼. 오백만 엔 정도만 내게 운영을 맡겨 줘. 주식으로 불려줄게. 야규를 위해서도, 그리고 나를 위해서."

"주식? 네가, 주식을……?" 후지타가 놀라워했다.

"선생님, 한심한 소리는 하지 말아 주세요. 그 정도로도 꽤 벌 수 있다고요."

"하하하……. 참!" 노무라도 견디지 못하고 소리를 내고 말았다.

"꼭 이러더라. 내가 돈 얘기를 하면 선생님들은 꼭 경멸의 눈빛을 보낸다? 그 눈빛은 말이에요, 손이 닿지 않는 곳의 포도는 시다고 우기는 여우의 눈빛이라고요. 돈 없는 사람들이 꼭 돈은 필요 없다는 얼굴을 한다니까요."

노무라는 쓴웃음을 짓고 후지타와 마주 봤다. 다나카의 말이 다 틀린 것도 아니라 대답할 말이 없었다.

"보너스라도 타면 네게 맡겨 볼까?" 후지타가 놀려볼까 싶어 간신히 생각해 말했다.

"그런 푼돈은 싫어요." 다나카는 가볍게 일축하고 말했다. "내 제안 어때?"

다나카는 다섯 명에게 하나씩 동의를 구하는 눈길을 던졌다. 그 눈길이 눈부신 듯 고개를 돌리고 다들 대답이 없었다. 엔메이가 마지막으로 그 눈길을 받고 자신 없는 목소리로 대답했다.

"아무래도…… 우리가 감당할 일이 아닌 것 같아……."

넷 다 맞는 말이라며 고개를 끄덕였다. 후지타도 동감이었다. 집이나 주식 매매에 관심을 지닌 고교생과는 아무래도 어울리기 힘들지. 노무라도 속으로 맞장구를 쳤다.

"그래? 그럼 너희는 야규가 죽는 걸 그냥 보고만 있겠다는 거지?" 다나카는 더는 대화가 안 된다는 듯 강하게 말하고 자리를 털고 일어났다.

"죽는 걸 보고만 있어?" 엔메이는 말도 안 된다는 표정으로 되물었다.

"그렇지 않아? 야규 모자는 고립무원이야. 재판에는 돈이 들어. 집은 누군가 관리하지 않으면 황폐해지고. 그런데 너희는 수수방관하겠다는 거잖아. 그게 죽는 걸 보고만 있는 거지 뭐."

"그러니까 그런 일은…… 누군가 적당한 사람이…… 일테면 친척이나……."

"없다니까. 있었으면 이미 나타나 그들을 위해 동분서주했겠지. 물론 교류하지 않은 먼 친척 정도는 있겠지. 하지만 그 사람들 속내는 빤해. 살인범과는 얽히고 싶지 않다는 거지. 하지만 형이 확정되고 야규 모자가 세상과 격리되면 욕심 사나운 얼굴을 디밀겠지. 야규 모자가 자유롭지 못한 상황을 이용해 친절을 가장해 집을 팔아 착복할 게 분명해. 그래도 좋아?"

"……"

"너희가 감당할 일이 아니라고? 농담하지 마. 좀 더 자신감을 가지라고. 잘 들어. 지금 일본에서 지능지수가 제일 높은 사람이 바로 우리 고교 2학년이야. 지능의 성장은 열다섯이나 열여섯에서 멈춰. 이후로 수십 년을 살아도 뇌는 무거워지지 않고 지능도 좋아지지 않아. 생물 시간에 배우잖아. 지식도 마찬가지야. 일본에서 가장 높은 평균점을 받는 사람들은 고3이야. 너희들도 영어, 수학, 국어, 한문부터 물리, 화학, 지리, 가정까지 다 배우잖아. 노벨물리학상 수상자도 《만요슈》을 읽게 하면 너희만큼의 학력이 있는지 의심스럽기 마련일걸? 반대로 《만요슈》의 권위자도 답안으로 낸 너희들 해석에는 두 손 들 거야.

그러니까 어른을 상대로 할 때 조금도 꿀릴 거 없어. 다만 너희에게는 경험에 근거한 생활의 지혜와 세상의 신용만이 부족해.

유감스럽게도 오직 이것만은 오래 인간으로 살아야 얻을 수 있지. 그러므로 그 점만은 후지타 선생님과 노무라 형사님이 보완해 달라고 해야지."

후지타와 노무라는 난해한 고문학을 듣는 느낌이라 당황했다. 알 듯도 하면서 모르겠는 다나카의 논리를 웃고 넘겨야 할지 모르겠다.

"그러니까……" 다나카는 엔메이를 보고 잠깐 망설인 다음 이야기를 계속했다. "아르키메데스 모임이라는 아이들 놀이는 이쯤에서 관두고 더 현실적으로 되면 어때?"

다나카는 나무라듯 말하고 나이토에게로 눈길을 옮기고 말을 이어 나갔다.

"너도 그래. 무엇보다 말이야, 법률이 서민을 지켜주리라고 믿었다는 게 동화야. 동화를 믿는 것은 애들뿐이야. 네 맨션 사건이 좋은 예야. 부자가 더 부자가 되게 보호하는 게 법률이야. 시바모토를 원망하는 것이 정당하다는 이유로 그 동화를 믿은 네가 오히려 틀렸어."

나이토는 반박하려고 입을 열었으나 말이 나오지 않았다. 자기 행동이 얼마나 공허하고 어리석은 결과로 끝났는지는, 다나카의 지적을 받지 않아도 너무나 잘 알고 있었기 때문이다.

"그럼……" 다나카는 입을 다물어버린 일동을 천천히 둘러보았다. "야규 건은 절대 건드리지 않을게. 너희들의 찬성을 얻지 못한 것 같으니까." 그렇게 내뱉고 학교 건물로 향했다.

일동은 다시 해바라기로 돌아갔다. 마음이 영 찝찝해져 우울했으나 겉보기에는 노인 요양시설에서 일광욕을 즐기는 무기력한 풍경으로만 보였다.

"다나카!"

엔메이가 그런 울분을 털어버리듯 소리쳤다. 다나카는 살짝 고개를 돌렸으나 엔메이가 쫓아오는 모습을 보고도 그냥 걷기 시작했다.

"아무래도⋯⋯말입니다."

후지타는 둘을 바라보면서 조용히, 딱히 노무라에게 건네는 말이라고도 할 수 없게 중얼거렸다.

"요즘 학생들은 저 두 타입으로 나뉘는 것 같아요. 아주 현실적인 타입과 아주 유치한 정의파로."

"그리고 나머지 대부분은 양처럼 무기력하게 대세를 따르는 '얌전한 아이'로⋯⋯."

"남자에게 여자는 영원한 수수께끼이고 어른에게는 아이가 영원한 수수께끼라는 말이 있죠."

"누구 말인가요? 설마 아르키메데스?"

"확실히 그건 아닙니다."

유치한 어른들의 대화였다.

"금방 한 얘기 말인데⋯⋯. 죽는 걸 지켜본다는 말은 너무 심했어." 엔메이가 다나카와 나란히 걸으며 말했다.

"표현이 심했다면 얼마든지 부드럽게 바꿀 수 있어. 하지만 사실이 바뀌진 않아."

"……"

"다른 애들이 손을 떼겠다면 상관없어. 어차피 대단한 능력도 없으니까. 하지만 너는 달라. 야규를 구할 사람은 너밖에 없어."

"내가? 왜?"

"야규는 너를 좋아했으니까."

거침없는 말이었다. 엔메이는 흠칫 놀라더니 걸음을 멈추고 격렬하게 고개를 저었다.

"거짓말이야! 한마디도 내게 그런 말 한 적 없어. 그런 느낌도 없었고."

항의하는 듯한 격렬한 말투였다. 다나카는 말없이 두세 걸음 걷다가 돌아보며 크게 한숨을 내쉬었다.

"너희 여자들은 아주 중요할 때 둔하더라. 잘 들어. 야규가 왜 미유키와 섹스하지 않았을까? 너, 한 번도 생각해 보지 않았어? 네가 선동한 데다 미유키까지 원했는데도 나이토에게 양보했어. 왜 그랬을까?"

"……"

"너에 대한 의리 때문이야. 다른 여자와 섹스해 너에 대한 마음을 더럽히고 싶지 않으니까. 녀석은 그렇게 고루한 놈이야.

그런 야규의 가련한 마음을 받아주지 않는다면 넌, 한심한 여자야."

엔메이는 크게 숨을 들이쉬고 눈을 부릅떴다.

"야규가, 나를……? 그렇다면 나, 말도 안 되는 착각을……."

"맞아. 이제야 알았어? 너는 큰 착각을 했어. 너는 미유키가 미웠겠지. 야규를 빼앗았다고 생각하고. 그래서……."

"그만해!"

엔메이는 낮고 날카롭게 소리치고 갑자기 다나카의 뺨을 때렸다. 짝 소리가 울렸다.

"앗!"

그 격렬한 소리에 놀란 사람은 다나카가 아니라 엔메이였다. 다음 순간, 엔메이가 구르듯 뛰기 시작했다. 어디를 어떻게 달렸는지, 정신을 차렸을 때는 탁구부실 기둥에 우두커니 기대어 하염없는 생각에 잠겨 있었다.

─시바모토 겐지로를 괴롭히기 위해 미유키를 범하자고 제안했을 때 내게는 은밀한 계획이 있었다. 내가 좋아하는 야규에게 접근하는 미유키가 미웠다. 야규의 나체를 봤다고 특별한 사이라도 된 양 행동하는 미유키에게 화가 났다. 그런 미유키를 나이토의 복수라는 명분으로 더럽히고 싶었다. 범하는 사람은 야규여도, 나이토여도 상관없었다. 가령 그게 야규라도 범하고 당한다는 형태로 두 사람 마음에 상처가 생기면 다시 가까워질 일은

없을 테니까…….

그걸로 충분했다. 내 마음이 받아들여지지 않을 바에는 적어도 미유키에게 넘겨주고 싶지 않았다. 그게 내 비뚤어진 계획이었다.

결과적으로 나이토가 실행해 더 좋았다. 이제 미유키는 야규에게 접근할 권리를 잃었으니까…….

야규가 내게 호감을 품고 있다는 사실을 알았다면 그런 바보 같은 짓을 할 필요가 없었다. 서로의 호감이 사랑으로 익어가기를 조용히 기다리면 되었다. 미유키도 나이토도 아르키메데스 모임도 상관없었다. 모두 우스꽝스러운 공회전에 불과했어…….

"어때? 야규를 만나러 갈래?"

다나카가 옆에 서 있었다. 평온한, 쓸데없는 감정을 품지 않은, 건조한 말투여서 마음이 놓였다. 엔메이는 툭 고개를 떨궜다.

"잘됐네. 이제 야규는 살았어. 아주 유능한 변호사를 찾자. 비용을 아끼지 말고. 무엇보다 야규는 죽이지 않았으니까 대단한 죄는 아닐 거야."

"맞아." 엔메이도 힘차게 말했다. "살해된 사람이 나빴고 그는 직접적인 범인이 아니야. 그의 손은 더럽혀지지 않았어."

"그런 표현에는 저항감이 좀 있다." 다나카가 차갑게 되받았다.

"아르키메데스 모임의 회칙 같은 그런 유치한 발상은 적당히 졸업해라. 잘 들어. 아르키메데스가 발명한 살인 기계는 많은 로

마 군인을 죽였어. 그는 살인 기계를 발명했을 뿐 실제로 조작한 사람은 시라쿠사 병사들이다. 그러니까 아르키메데스는 손을 더럽히지 않았다고 할 수 있어? 나는 그가 명예와 이익을 초월한 학자라는 전설을 믿지 않아. 너처럼 '미와 고귀함을 갖춘 것에만 자기의 포부를 둔다'라는 사람들이라면 아무리 히에론왕이 명령하더라도 살인 기계는 만들지 않았어야지. 수학에 열중하다가 로마 병사에게 찔려 죽었다는 이야기도 아무리 봐도 만들어진 이야기야. 요컨대 그를 신비화하려는, 아이들이나 속이려는 동화지."

"그런 말이야말로…… 저항감이 느껴지네."

"그래? 그럼 이런 얘기는 어때? 작년 말 신문에 실린 얘기야. 히로시마에 원폭을 투하한 B29 이놀라 게이 폭격기의 부조종사였던 로버트 루이스 대위가 원폭 투하 때의 비행일지를 경매에 내놓아 천삼백만 엔을 받았어. 루이스는 경매장에서 얼마나 거금으로 낙찰될지 숨을 죽이며 지켜봤대. 그리고 끝까지 그의 입에서 히로시마 희생자를 추모하는 말은 나오지 않았어. 또 원폭 투하 레버를 당긴 폭격수 토마스 피아비 대위도 여전히 '죄책감은 없다'라고 해.

직접 이십여만 명을 죽게 한 두 사람이 그래. 하물며 티니안 기지에서 지휘한 사람들과 투하 작전 최고 지휘관인 레슬리 그로브스 소장은 자신들은 '손을 더럽히지 않았다'라고 주장할 거야. 승조원 가운데는 죄책감으로 노이로제에 걸리거나 목사가 되어 속죄한 사람이 있는데 그들은 다 하급 병사였어."

다나카는 여기서 말을 끊고 엔메이에게 따져 물었다.

"그런데도, 아르키메데스와 원폭 발명자는 손을 더럽히지 않았다고 할 수 있어?"

"……"

"피차 이제 동화를 믿을 나이는 지났잖아? 더러운 세상에는 손을 더럽히며 맞서야 하지 않을까?"

갑자기 시계를 보고 말했다.

"아, 빨리 가야겠다. 벌써 1시야. 기타하마 증권거래소의 오후장이 열려. 유센이 얼마나 올랐는지도 궁금하니까 잠깐 증권회사에 전화부터 해보고."

엔메이에게 가볍게 손을 흔들고 재빨리 탁구부실을 나갔다. 열린 문으로 겨울이라 생각할 수 없을 정도로 밝은 빛이 들어와 눈이 부셨다.

청춘 미스터리의 출발점!

"이 작품과의 만남이 책을 싫어하던 멍청한 고교생의 운명을 바꿨다."

『아르키메데스는 손을 더럽히지 않는다』의 일본 문고판에 실린 작가 히가시노 게이고의 말이다. 현재 일본 문학계를 대표하는 작가인 히가시노 게이고가 나도 추리 소설을 쓰겠다고 마음먹게 했다는 작품이라는 것만으로도 벌써 구미가 당길 독자가 있을 것이다.

이야기는 한 여고생의 장례식에서 시작된다. 17세 여고생 미유키가 임신 중절 수술 중 사망하는데 아이의 아버지가 누군지를 놓고 한바탕 소동이 벌어진다. 미유키는 왜 끝까지 아이 아버지를 밝히지 않았나, 그리고 숨을 거두는 순간 미유키가 내뱉은 '아르키메데스'라는 말은 무엇을 뜻하는가.

이어서 미유키가 다니던 학교의 점심시간에 농약이 든 도시락을 먹고 한 남학생이 중독 사고를 일으켜 병원에 실려 간다. 이 남학생 야규는 미유키의 삼우제에 참석한 친구 나이토의 도시락을 대신 먹었다가 농약에 중독된 것이다. 도시락에 농약을 넣은 범인은 나이토를 노린 것인가, 아니면 불특정 학생을 상대로 한 것인가.

학교의 신고로 중독 사건을 조사하게 된 형사 노무라는 아들과 또래인 학생들을 흥미롭게 바라보며 사건의 수수께끼를 조금씩 풀어간다. 그때 야규의 누나와 불륜을 저지르던 회사 상사가 야규의 집 마루 밑에서 시체로 발견되며 학생들의 소소한 일탈로 시작된 이야기는 살인 사건이라는 급물살을 탄다.

이어서 야규의 누나 미사코까지 밀실이 된 상태에서 자살로는 보이지 않는 죽음을 맞이하자 노무라 형사는 임신 중절, 중독, 살인, 밀실 사체에 이르는 미로를 풀어야 하는 난제에 부딪히고 그 경계에 야규가 서 있음을 발견한다.

세 건의 사건. 전혀 연결되어 있을 듯하지 않은 일들이 하나의 선으로 이어질 때 모든 사건의 진상이 서서히 떠오르며 그 속에 숨은 진실이 민낯을 드러낸다. 어디선가 많이 본 본격 미스터리의 단골 멘트라고 생각하시는가? 하지만 이것이 바로 이 작품을 설명하는 가장 적합한 문장이다.

노무라 형사는 흩어진 단서를 하나씩 따라 사건 뒤에 숨은 진짜 동기를 찾아내고, 그 배경에 있는 슬픈 사연을 추슬러 낸다. 또 바로 앞을 가로막는 알리바이와 밀실 트릭마저 푼다. 이렇게 본격 미스터리의 정수인 트릭들을 하나씩 격파하다 보면 현대 일본 사회(1970년대)의 추악한 일면이 고스란히 드러나는 사회파 미스터리의 영역으로 이야기는 훌쩍 분위기를 바꾼다.

고미네 하지메 작가는 추리작가의 최고 등용문인 1973년 제19회 에도가와란포상을 수상하며 작가의 길을 본격적으로 걸었다. 당시 이 작품이 발매되자마자 대단한 인기몰이를 해 발매 1년 만에 문고판이 나오며 65만 부의 판매 실적을 기록했다. 이로써 란포상이 단순한 등용문에서 실력 있는 대중 작가를 길러내는 명실상부한 상으로 자리매김하였다.

그뿐만 아니라 추리의 주인공으로 청춘을 등장시키는 출발점에 있는 작품이기도 하다. 일본 미스터리계에서 상당한 지분을 차지하고 있는 청춘 미스터리의 선구자라는 것이다. 실제로 이 작품에 이어 1978년 제24회 란포상에 구리모토 가오루의 『우리의 시대』, 1985년 제31회 란포상에 히가시노 게이고의 『방과후』 등 청춘 미스터리 걸작이 연달아 탄생했다

무역상사 직원, 교사 등의 직업을 거쳐 마이니치신문사 편집부에서 일하며 틈틈이 글을 쓴 작가는 신문사라는 제일선에서 패전

과 이후의 경제 성장기를 목격하며 경제 동물로 변화하는 기성세대와 돈만 좇는 사회의 일면을 학생들의 미숙하나 날 선 시선으로 비판한다. 그래선지 작가는 자기 작품을 '악당 소설'이라는 말로 표현하며 다음과 같이 말했다.

"오랜 전쟁이 끝나자 아메리카 대륙에서 엄청난 부가 흘러들어와 온 나라가 물욕, 권력욕, 명예욕에 휩쓸려 선망과 허위라는 찰나적 생활로 도피하고 있다. 이는 신대륙 발견과 무적함대로 뒷받침된 15, 6세기 스페인과 비슷하다. 당시 뛰어난 관찰자는 이 현실을 수많은 피카레스크 소설(악당 소설)로 그려냈다. 경쾌한 필치와 우스꽝스러우나 반체제적인 주인공, 자신이 할 일에 끈기 있고 약삭빠르게 머리를 굴리는 젊은 악당. 나는 현대 추리 소설에서 이런 악당 소설을 쓰고 싶었다."

그래선지 작품 속에는 가증스러울 정도로 얄미운 소리를 해대는 학생들이 여럿 등장한다. 그들은 거창한 대의명분을 내세우며 온갖 지혜를 짜내지만, 그들의 논리는 곧 파탄을 받으며 많은 이에게 상처를 남긴다. 또 그 상처 속에서 젊은이들은 성장한다. 작가는 그들의 공격을 받으면서도 웃어넘기며 그들의 말에 귀를 기울이는 노무라 형사와 후지타 선생 같은 기성세대를 작품에 배치하고 얄미운 아이들을 어딘가 친근하고 정이 가게 그리고 있다. 작품 속에서 작가는 끊임없이 세대 차이를 강조하지만, 실상은 작품을 관통하며 세대 이해를 이야기하려 했는지 모른다.

기발한 제목 자체가 눈길을 끄는 작품인데 제목의 수수께끼는 작품 마지막에 설명되니 마지막까지 즐겨보시기를. 다만 그 설명을 읽고 우리 독자들이 어떻게 생각할지 궁금하고 걱정도 된다. 분명 개운치는 않으실 것이다. 그것 자체가 일본 사회가 갖는 한계라는 생각도 했다.

자, 그럼, 본격 미스터리의 정수와 사회파 미스터리의 주제를 품고, 청춘 미스터리라는 장르를 연 작품으로 들어가 보시길 바란다.

아르키메데스는
손을 더럽히지 않는다

2022년 11월 23일 1판 1쇄 인쇄 | 2022년 11월 30일 1판 1쇄 발행
지은이 고미네 하지메 | 옮긴이 민경욱 | 발행인 황민호
콘텐츠4사업본부장 박정훈 | 편집기획 김순란 강경양 김사라 | 디자인 End design
마케팅 조안나 이유진 이나경 | 국제판권 이주은 김준혜 | 제작 심상운 최택순 성시원
발행처 대원씨아이(주) | 주소 서울특별시 용산구 한강로 3가 40-456
전화 (02)2071-2018 | 팩스 (02)749-2105 | 등록 제3-563호 | 등록일자 1992년 5월 11일
www.dwci.co.kr
ISBN | 979-11-6944-855-0 03830